Stephan Pörtner

# *Der Campingplatzkiller*

*Der erste Fall für Henry Kummer*

*Kriminalroman*

Atlantis

www.atlantisverlag.ch
Lektorat: René Stein
Satz: Tristan Walkhoefer, Leipzig
Gesetzt aus der Stempel Garamond LT / 230140
Druck und Bindung: Friedrich Pustet, Regensburg
Auch als E-Book erhältlich
ISBN 978 3 7152 5506 4

# *Erstens*

Verschlafen schlurfte Henry Kummer den Kiesweg entlang, es war früher Donnerstagmorgen, und alles war still. Wer ging, ging gemächlich, noch war man unter sich. Die ersten Wochenendgäste und Ausflügler würden am Freitagnachmittag eintreffen. Gutes Wetter war angesagt. Seit zwei Wochen war der Campingplatz wieder geöffnet. Die Coronakrise hatte dem Saisonstart, wie allem anderen, einen Strich durch die Rechnung gemacht. Den ganzen, ungewöhnlich schönen Frühling hindurch waren die Campingplätze geschlossen gewesen, sogar als die Beizen und Hotels wieder aufmachen durften, blieben sie zu, was unter den Campern für Gemurre sorgte.

Camping war beliebter denn je. Hatte Margrit Rainer über das Zelten im Sihltal noch ein Spottlied gesungen, war die ehemals als biedere Kleinbürgeridylle verlachte Tourismusform hip geworden. Gut aussehende, glückliche und von keinen finanziellen oder sonstigen Sorgen geplagte Paare und Familien zeigten auf YouTube und Instagram, wie schön das Leben im Camper sein konnte. Der seit Jahren anhaltende Boom ließ die Zahl der Wohnmobile, -wagen und Campingbusse stetig steigen. In diesem Frühling, als während des Lockdowns alle zu Hause eingesperrt waren und sich nach Abwechslung und Reisen sehnten, waren die Verkäufe regelrecht explodiert. Es war abzusehen, dass es in diesem Jahr keine Ferien im Ausland geben würde. Man blieb im eigenen Land, und Camping war eine Möglichkeit, dabei in den eigenen vier Wänden zu bleiben, auch wenn es nur dünne Fiberglas-, Blech- und Zeltwände waren. An dem Wochenende, an dem die Campingplätze wieder öffnen durften, hatte es allerdings geregnet.

Auch Kummers Pläne waren durchkreuzt worden. Sein neues Leben war stecken geblieben. Seit Anfang des Jahres war er Rentner, die Frühpensionierung hatte er selbst beantragt. Finanziell ein grober Unfug, trotzdem war ihm der Entscheid leichtgefallen. So ein Bauchschuss regt zum Nachdenken an, über das Leben, wie lange es noch dauert und was man damit anfangen will. Er war sechzig Jahre alt. Jeden Tag konnte Schluss sein. Ein Fehltritt, eine Diagnose, ein Virus. Wäre er damals nicht schnell genug ins Spital gebracht worden, hätte dort schon der coronabedingte Krisenmodus geherrscht, die Kugel ein wichtiges Organ getroffen oder das Rückenmark verletzt, wäre er tot oder schwer behindert. Er hatte Glück gehabt, aber das Glück, Kummer wusste es, sollte man nicht herausfordern. Aufhören, so lange man vorn liegt. Auch wenn er nicht vorne, sondern in einem Spitalbett gelegen hatte, als er diesen Entschluss fasste. Der Bauchschuss hatte ihm gezeigt, wie entscheidend Gesundheit war. Abhandenkommen würde sie ihm so oder so: langsam, stetig, unaufhaltsam oder schnell und vollständig. »Dem Weisen ist es einerlei, ob er früh oder spät stirbt«, hatte neben den kunstvoll gemalten chinesischen Schriftzeichen auf der Karte gestanden, die ihm der Kollege Bärtschi gemalt hatte. Acht Jahre lang hatten sie das Büro geteilt, aber Kummer wusste nicht, dass Bärtschi sich mit chinesischer Kalligraphie befasste. Er wusste auch sonst nicht allzu viel über ihn. Sie waren beide große Schweiger, darum kamen sie gut miteinander aus. Mehr aber auch nicht.

Den Zeitpunkt seines Todes konnte er nur bedingt beeinflussen, aber er konnte beeinflussen, wie er die Zeit bis dahin verbringen würde. Noch fünf Jahre lang Dienst tun oder selbstbestimmt leben. Polizist war er gewesen. Aber keiner, der Verbrecher jagt, nicht einmal einer, der den Verkehr regelt. Zweiunddreißig Jahre lang war er bei der Kantonspolizei gewesen, die letzten fünfundzwanzig davon im Kommandobereich 2 in der Abteilung Logistik. Zu seinen Aufgaben hatte unter anderem der Dienst am Empfang des Kripo-Gebäudes an der Kasernenstrasse gehört. Das war natürlich nicht die Laufbahn, die er sich vorgestellt hatte. Er war zur Polizei gegangen, um Verbrecher zu jagen, der Gerechtigkeit zum Durchbruch zu verhelfen, schwierige Fälle zu lösen. Zumindest hatte er sich das eingeredet. Eigentlich war er bei der Polizei gelandet, weil er nicht wusste, was er sonst machen sollte. Sein Plan: Nach spätestens zehn Jahren, noch bevor er vierzig war, bei der Kriminalpolizei angestellt zu sein oder den Job zu wechseln. Er hatte sowohl die Karriere wie auch den Absprung verpasst. Es war diese Mentalität, diese fehlende Entschlossenheit, die ihn daran gehindert hatte, beispielsweise in die Abteilung Leib und Leben vorzustoßen. Das war die Elite der Polizei, doch er war im Mittelbau gelandet, nach ein paar Jahren auf einem Posten in der Agglomeration war die Stelle im Hausdienst frei geworden, und er hatte sich darum beworben, weil er wieder in Zürich arbeiten wollte. Auch wenn er am Stadtrand, in Affoltern an der Wehntalerstrasse, aufgewachsen war, so war er doch ein Städter und vermisste seine Heimat. Er blieb hängen, schob eine ruhige Kugel, hatte ein sicheres Einkommen. Abgesehen von den unregelmäßigen Arbeitszeiten eine solide Existenz. Leider nur beruflich, seine Ehe war gescheitert, was er nicht einmal auf den Stress bei der Arbeit schieben konnte.

Bei dem Einsatz, bei dem es passiert war, hatte er nichts verloren gehabt. Es war keine Schießerei mit Bankräubern oder Terroristen, bei der er eine Geisel gerettet oder sonst eine Heldentat vollbracht hätte. Die Kugel durchschlug die Tür eines gutbürgerlichen Einfamilienhauses, abgefeuert aus einer ordentlich registrierten, großkalibrigen Waffe. Schwer zu handhaben und zur Selbstverteidigung denkbar ungeeignet. Als Symbol von Macht und Potenz hingegen unschlagbar.

Er war zur falschen Zeit am falschen Ort gewesen, im Auto seiner Kollegin Strittmatter nämlich. Sie hatten beide frei und waren unterwegs in ein Brockenhaus, wo sie einen Schrank abholen wollten, den sie gekauft hatte. Strittmatter hatte ihn gefragt, ob er Traggurte besäße; der Hausdienst war auch für den Umzug von Büromobiliar verantwortlich, und er bot an, ihr zu helfen, das Ding in die Wohnung hinaufzutragen. Kummer half Kollegen öfter beim Umzug, davon hatte wohl auch Strittmatter Wind bekommen.

Sie waren ganz in der Nähe des Gebrauchtwarenladens, als sie, die bei der Kripo arbeitete und direkt von der Arbeit kam, den Funkspruch mithörte. Typische Berufskrankheit, den Funk auch in der Freizeit eingeschaltet zu lassen. Da sie in unmittelbarer Nähe waren, fuhren sie hin.

»Lass mich machen«, sagte Kummer, als er aus dem Wagen stieg. Männer, die ihre Frauen und Kinder terrorisierten, hatten tendenziell Mühe, sich von einer Frau etwas sagen zu lassen, so seine Überlegung.

»Ich bin gleich hinter dir.« Strittmatter war ebenfalls ausgestiegen.

Mit seinen knapp zwei Metern Körpergröße, seiner Masse, von der ihm seither ein Stück abhandengekommen war, wirkte er deeskalierend, wie das im modernen Polizeijargon hieß.

Beeindruckend, aber nicht bedrohlich. Papa Bär ist da, alles wird gut. Hinter der Tür tobte ein Mann, schrie, er solle verschwinden. Kummer blieb ruhig, bat ihn, die Tür zu öffnen. Der Mann schoss ohne Vorwarnung. Da nützte seine deeskalierende Erscheinung natürlich nichts, wenn der Agitator sie gar nicht sehen konnte. Die Kugel fühlte sich an wie ein Schlag in die Magengrube. Im ersten Moment begriff Kummer nicht. Er roch das Blut, bevor er es zwischen den Fingern der linken Hand spürte, die er auf den Bauch hielt. Wollte etwas sagen, doch die Stimme versagte ihm. Das Blut floss, die Tür blieb verschlossen, er sank auf die Knie. Strittmatter stützte ihn, dann rief sie über Funk nach einer Ambulanz und Verstärkung. Kummer lag schon im Rettungswagen, als sich der Schütze widerstandslos festnehmen ließ.

Ein Mann Anfang vierzig, Position im mittleren Management. Nach außen hin ein unauffälliger, anständiger Bürger. Zu Hause ein Tyrann, der Frau und Kinder seinen Launen mit Gewalt unterwarf, in dem modernen, gesichtslosen Einfamilienhäuschen mit dem gepflegten Rasen und der Doppelgarage. Kaum war der Mann in Haft, meldeten sich die Nachbarn bei der Polizei. Sie sprachen in die Mikrophone der Lokalradios und Onlineportale: Schlimm sei es gewesen, vor allem die Kinder hätten einem leidgetan, hätten manchmal stundenlang in der sengenden Sonne oder im strömenden Regen gestanden, ohne sich zu bewegen, vom Vater durch das Fenster beobachtet. Manchmal hätten sie geschrien oder seien voller Striemen gewesen, das habe man schon gesehen, beim Schulsport zum Beispiel.

Bei der Gemeinde gemeldet hatte es aber nur eine Bürgerin. Die einen fanden, das sei Privatsache. Es ginge sie nichts an, was zu Hause passierte, und wenn es überhandnähme, würde der Staat schon eingreifen. Wo war er denn überhaupt, der Staat, der doch immer da ist, wenn es darum geht, Steuern einzutreiben? Und diese Kindes- und Erwachsenenschutzbehörde, KESB oder wie die hieß, machte die Sache doch nur noch schlimmer. Also!

Die andern wollten nicht Polizist spielen und den Nachbarn denunzieren. Das wäre doch bünzlig. Lieber eine halb totgeschlagene Frau und misshandelte Kinder, als sich wie ein Blockwart vorkommen. Außerdem hat sie ihn ja geheiratet, nicht wahr, und in der Schweiz kann man sich scheiden lassen. Wir sind hier nicht in Saudi-Arabien. Eben!

Männer waren bereit, jeden Gehorsam zu leisten, jede Erniedrigung hinzunehmen, zu kriechen und schlucken, solange sie in den eigenen vier Wänden unbeschränkt herrschen durften. Männer am unteren Ende der sozialen Hackordnung waren deshalb etwas anfälliger, aber es gab sie in allen Schichten. Diesen Umstand machten sich Despoten, repressive politische und religiöse Systeme zunutze. Ein Mann, der zu Hause König ist, ist ein guter Untertan, ein frommer Gläubiger, ein effizienter Abteilungsleiter. Ein schlechter Mensch.

Kummer sah den Schützen erst beim Prozess, bei dem akribisch geschildert wurde, wie der Täter seine Familie terrorisiert hatte, jahrelang. Die Verhaftung gab der Frau Gelegenheit sich zu befreien, mit ihren Kindern zu fliehen. Eine Befreiung, die direkt in die Armut führte. Sie stammte aus Polen, ihre Ausbildung wurde in der Schweiz nicht anerkannt. Kummer hoffte, dass sie nicht zu ihrem Mann zurückgekehrt war, als der aus dem Gefängnis kam. Abzüglich der Untersuchungshaft musste er nach dem Prozess noch drei Monate einsitzen, der Rest der Strafe wurde auf Bewährung ausgesetzt, er war ein Ersttäter mit gutem Leumund. Bestimmt hatte er schon wieder Arbeit. Es sei denn, die Coronakrise habe ihm einen Strich durch die Rechnung gemacht.

Kummer kümmerte das nicht mehr. Er war wieder gesund, aber nicht mehr der Alte. Im Krankenhaus hatte er achtzehn Kilo abgenommen. Sein Magen war wieder zusammengeflickt worden, nach den Operationen musste er ihn schonen, seither hielt er sich zurück mit fettigem Essen und Alkohol. Auch Kaffee war nicht gut für den Magen, aber darauf mochte er nicht verzichten. Abgesehen davon hatte er seine Ernährung umgestellt. Nicht ganz freiwillig.

Den Winter hatte er in Südfrankreich verbracht und war nach seiner Rückkehr, kurz vor dem Lockdown, zu seiner Tochter gezogen. Sie hatte ihn auf den Geschmack gebracht. Sie brachte ihm bei, frisches Gemüse und Früchte zu schätzen. Er war eher der Imbissbuden- und Fertigmenütyp gewesen. Wie alles war es eine Frage der Gewohnheit.

## *Zweitens*

Auf dem Boden vor dem Eingang des Camping-Bistros waren mit gelbem Klebeband Streifen angebracht, auf einem Tischchen neben der Tür stand ein Pumpspender mit Desinfektionsmittel. Kummer, der die Hände in den Sanitäranlagen gewaschen hatte, trat ein und holte die vorbestellten Gipfeli ab. Dreimal Butter, zweimal Laugen.

»Einen Kaffee dazu?«, fragte der Betreiber, ein kleiner Mann unbestimmbaren Alters, der ein Gesicht machte und sich bewegte, als habe er einen Reißnagel im Schuh. Kummer kam Dr. John's *I Walk on Gilded Splinters* in den Sinn, während er »Nein, danke« sagte.

Der Mann brummte etwas, worin der Name »Heinz« vorkam. Kummer bezahlte bargeldlos mit Karte, wünschte einen schönen Tag und bekam keine Antwort.

»Guten Morgen!« Heinz war damit beschäftigt, die Frontplane seines Vorzelts aufzurollen, damit die zaghaften Sonnenstrahlen den weißen Plastiktisch erreichen konnten.

»Salü Kummer.« Rosa saß bereits auf ihrem gewohnten Platz in einem der vier weißen Plastikstühle. »Ich würde dich gerne küssen, aber man darf ja nicht.« Den Spruch brachte sie jeden Morgen. Kummer war es recht, dass man nicht durfte, und er bezweifelte, dass sie würde, wenn sie dürfte. Diese Küsserei auf die Wangen hätte man seiner Ansicht nach gerne den Franzosen überlassen können. Vielleicht machte das Virus diesem vor etwa dreißig Jahren eingeschleppten Brauch endlich den Garaus. Die Schweizer gaben sich gern traditionsbewusst, liebten ihre Bräuche und machten doch jeden irgendwo auf der Welt praktizierten Firlefanz begeistert mit. Vom Autokonvoi über Jubelgeschrei oder eben Bussi hier Bussi da, alles, was Lebensfreude und Offenheit zum Ausdruck bringen sollte, setzte sich durch. Das Leben wollte ausgekostet sein, und alle sollten sehen, wie einem das gelang. Nicht dass noch der Eindruck entstand, man blase Trübsal. Kummer trauerte dem beengenden Mief keinesfalls nach, der in seiner Kindheit und Jugend, in den sechziger und siebziger Jahren in der Schweiz geherrscht hatte. Er war ein Rebell gewesen, was damals noch Konsequenzen hatte. Die Mehrheit war brav. Das heutige Rebellentum war gratis, ungefährlich und mittelklasselimousinenwerbungskompatibel.

»Morge mitenand.« Er setzte sich auf einen der Stühle, der knirschend nachgab, und legte die Backwaren, ohne sie zu berühren, in den bereitstehenden Plastikkorb.

»Expresso?«, fragte Heinz unter Betonung des x und verschwand, ohne eine Antwort abzuwarten, in seinem Wohnwagen.

»Na?«, machte Rosa.

»Momoll«, antwortete Kummer, »und selber?«

Sie seufzte und winkte ab. »Die Sonne scheint, es wird warm, also will ich nicht klagen.«

»Rächt häsch.«

»Das Wetter wird gut. Dieses Wochenende ist restlos ausverkauft, sogar die Warteliste ist voll, sagt der Miroslav.«

Miroslav war der Chef auf dem Platz. Er hatte ein gutes Herz. Leben auf dem Campingplatz lag im dunkelsten Bereich der rechtlichen Grauzone. Die Gemeinde versuchte immer wieder, neue Vorschriften zu erlassen, die es unterbanden. Miroslav ignorierte sie, so gut es ging. Selbst während der Krise hatte er die sechs Menschen, die ganzjährig auf dem Campingplatz wohnten, nicht ausquartiert, einen der Waschräume offen gelassen, das Warmwasser nicht abgestellt, ohne zu fragen, ob das den Vorschriften entspräche. Wo hätten die Leute auch hinsollen?

Heinz brachte Kummer ein Tässchen mit dem Logo einer italienischen Kaffeemarke. Hatte er irgendwann mal irgendwo mitgehen lassen, vielleicht, weil man ihn schlecht bedient, vielleicht, weil es ihm gefallen hatte, vielleicht einfach so. Heinz trank Milchkaffee, Rosa Cappuccino. Alles zubereitet mit einer Kaffeemaschine, die in Heinz' Wohnwagen stand. Er hatte sie aus dem Sperrmüll gefischt und wieder hergerichtet.

»Die Leute bestellen solche Maschinen im Internet, und wenn sie kaputtgehen, kaufen sie eine neue, weil ihnen das Einschicken zu mühsam ist. Statt bis zur Post tragen sie das Zeug bis zur nächsten Straßenecke, hängen einen Zettel dran, auf dem *Gratis* oder *Zum Mitnehmen* steht.« Er grinste. »Das meiste ist tatsächlich Schrott. Es ist billiger, die Komponenten zu verkleben als zu verschrauben. Und selbst wenn du die Maschine aufkriegst, findest du keine Ersatzteile. Aber es gibt Ausnahmen.«

Kummer kannte Heinz seit letzten Dienstag. Am Samstag war er auf den Platz gekommen, am 6. Juni, dem Tag, an dem die Campingplätze wieder öffnen durften. Am Montagmorgen hatte im Bistro einen Espresso getrunken. In seinem Camper hatte er eine Bialetti Moka, aber der Aufwand, damit einen Kaffee zu kochen, war ihm zu groß gewesen.

»Ist er gut, der Kaffee?«, hatte Heinz im Vorbeigehen gefragt.

»Nein«, gab Kummer zu. Der Espresso hatte den sauren, metallischen Geschmack, der entstand, wenn die Maschine nicht regelmäßig gereinigt wurde.

»Billig ist er auch nicht«, bemerkte Heinz.

»Das stimmt.« Vier Franken, etwa genauso viel wie in Zürich, wo allerdings sechs Franken keine Seltenheit waren. Nach oben offen waren die Preise in den hippen Stadtvierteln, wo sogar Filterkaffee getrunken wurde. Kummer musste eigentlich sparen. Seine Rente war knapp. In Frankreich war das Leben billiger gewesen. Nach der Sommersaison, wenn die Pandemie vorbei war, wollte er wieder in den Süden und diesmal weiter bis nach Spanien fahren. Bis dann würde er in der Schweiz bleiben, auch seiner Tochter Mona zuliebe, die sich sonst Sorgen machte. Die Rollen hatten sich seit dem Bauchschuss vertauscht. »Was, wenn du irgendwo in Südfrankreich ins Spital kommst und ich nicht ausreisen kann?«, hatte sie gefragt.

Heinz war listig grinsend weitergegangen. Am nächsten Morgen fing er Kummer noch vor dem Bistro ab und führte ihn in den hinteren, der Straße abgewandten Teil des Campingplatzes. Dorthin, wo die Dauercamper standen. Ein Hund bellte.

»Sei still, Tara!« Eine mittelgroße Mischlingshündin rannte auf Kummer zu, bellte noch ein paar Mal, schnupperte, als er sich nicht beeindrucken ließ, an seinen Beinen und wedelte mit dem Schwanz.

»Hock ane!« Kummer setzte sich an den Plastiktisch unter dem Vorzelt. Die Hündin legte ihm den Kopf auf den Oberschenkel.

Heinz servierte ihm einen Espresso. Er schmeckte gut, besser als jener im Bistro. Um das festzustellen, brauchte man kein Aficionado zu sein. Im Aufenthaltsraum des Hausdienstes hatte irgendwann eine Kapselmaschine gestanden, und er trank sich durch die verschiedenen Farben, ohne große Unterschiede festzustellen. Espresso schade dem Magen am wenigsten, hatte er irgendwo gelesen und es gerne geglaubt.

»Besser?«, fragte Heinz.

»Viel besser.«

»Hör zu. Von nun an frühstückst du bei mir. Du bringst die Gipfeli, ich spendiere den Kaffee, ist das ein Deal?«

»Klingt gut.«

»Dann bringst du morgen für mich und Rosa je ein Laugen- und ein Buttergipfeli.«

Jedes Gipfeli kostete im Bistro einen Franken vierzig. Der Kaffee wurde für Kummer also nicht billiger, aber er sagte nichts. Er vermutete, dass er auch noch einen zweiten Espresso bekommen würde. Auf den er wegen des Magens verzichten sollte.

»Machst du hier Ferien?«, fragte Heinz.

»Nein, ich bin pensioniert.«

»Du siehst nicht aus wie ein Pensionierter.«

»Wie sehen Pensionierte denn aus?«

»Beige Bermudashorts mit Seitentaschen, dazu Sportsocken in Turnschuhen oder Sandalen, T-Shirt mit Aufdruck oder kurzärmliges kariertes Hemd. Baseballkappe bedruckt mit einem Markenlogo oder einer Touristendestination.«

Kummer lachte. »Du schaust genau hin.«

Heinz trug abgeschnittene, verwaschene Jeans, ein schwarzes T-Shirt unter einer Lederweste. Kummer erkannte den AC/DC-Schriftzug. Heinz reckte stolz die Brust.

»Das ist im Fall ein Originalshirt von der Black-Ice-Tour. Für das Konzert und das T-Shirt hab ich fast ein Jahr lang gespart. 2009 im Stade de Suisse, eines der letzten Konzerte mit Malcolm Young an der Gitarre.« Heinz zuckte mit den Schultern. »Ich habe AC/DC vor über vierzig Jahren im Volkshaus in Zürich gesehen, mit Bon Scott, sie spielten im Vorprogramm von Black Sabbath. Ich muss zugeben, dass ich AC/DC damals auch nicht gekannt habe, aber seit dem Abend bin ich Fan, also lang vor ihrem ersten Hit mit TNT.

In der Zeit habe ich in einem Spunten in Zürich gearbeitet. Was habe ich mir da anhören müssen: ›Eysidisi gang uf d'Schissi, AC/DC gang ufs WC.‹«

»Auf was sparst du jetzt, da du keine Gipfeli mehr kaufen musst?«, fragte Kummer. Seit er im Camper wohnte und ihm seine Tochter auf dem Tablet ein Spotify-Konto eingerichtet hatte, hörte er auch andere Musik als die auf den kümmerlichen Überresten seiner einst umfangreichen CD-Sammlung, die er noch im Camper hatte und die Country, Rockabilly, Rock 'n' Roll und seine Vorläuferformen wie Jump Blues umfassten.

Metal hatte ihm nie etwas gesagt, und er bezweifelte, dass er jetzt noch auf den Geschmack kommen würde. Mit der zukünftigen Lieblingsmusik wurde man in jungen Jahren infiziert. Gerade beim Metal war ein hoher Testosterongehalt im Körper ein Türöffner.

Heinz zuckte mit den Schultern. »Ich weiß nicht, ob ich AC/DC ohne Malcolm noch mal sehen will, er war für mich mit Abstand der beste Rhythmusgitarrist aller Zeiten. Die Abschiedstour von Black Sabbath habe ich verpasst, Motörhead gibts nicht mehr, die Zeit meiner Helden ist vorbei.«

»Jedenfalls siehst du auch nicht aus wie der typische Rentner«, sagte Kummer, der Jeans und ein rotes, groß kariertes Hemd mit heraufgerollten Ärmeln trug.

»Da hast du recht, es gibt auch noch die Variante mit den kurzen weißen Hosen mit Bügelfalte und dem Polo-Shirt. Die Leute, die einen pastellfarbenen Pulli um die Schultern legen, wenn es kühl wird. Seit ein paar Jahren tragen die alle diese Schweizer Turnschuhe, die von zweihundert Stutz an aufwärts kosten, weil der Roger Federer alle Jahre mal in die Gummimischung spuckt. Das sind die, die mit dem Edelcamper ankommen, der so lang ist wie ein Postauto und so viel kostet wie ein Einfamilienhaus im Thurgau. Die tauchen hier allerdings selten auf.« Heinz winkte ab. »Was warst du vor der Pensionierung?«

»Polizist.«

»Oha!« Heinz verzog das Gesicht.

»Du magst keine Polizisten?«

»Nun gut, auch da gibt es solche und solche.«

»Wie meinst du das?«

»Es gibt solche, die bei Dienstschluss mit der Uniform auch den Polizisten ablegen.«

»Ich war für den Hausdienst tätig, eine Art Pförtner oder Portier.«

Heinz zuckte mit den Schultern. »Nur damit du es weißt: Ich stand zeit meines Lebens auf der anderen Seite des Gesetzes. Ich bin dreiundsechzig Jahre alt. Fast die Hälfte davon habe ich im Knast, im Heim oder im Entzug verbracht.«

Kummer hatte Heinz älter geschätzt. »Aber jetzt bist du hier. Du bist frei und bleibst es.«

»Ich hoffe es.«

»Ich bin der Henry.«

»Ist das dein richtiger Name?«

»Nein, Heinrich, Heinrich Kummer. Seit ich fünfzehn bin, nennt man mich Henry.«

»Heinz, schon immer und für immer.«

Sie schlugen ein.

»Ein Schmier. Das muss ich erst mal verdauen.« Heinz ging in den Wagen und kam mit einer Glasflasche ohne Etikett zurück, leerte noch im Stehen ein wenig davon in seinen Kaffee und hielt sie über Kummers halb ausgetrunkene Espressotasse.

»Chrüter. Aus der Innerschweiz.«

»Danke, dafür ist es noch zu früh.«

Als Kummer am nächsten Tag mit den bestellten Gipfeli

bei Heinz vorbeigegangen war, hatte er Rosa kennengelernt. Sein früherer Beruf wurde nie mehr erwähnt.

»Die Rosa und ich sind so«, sagte Heinz am dritten Morgen, an dem Kummer bei ihnen Kaffee trank, und legte den Mittelfinger über den Zeigefinger seiner rechten Hand. »Aber nicht so, wie du jetzt denkst. Im Winter, wenn es kalt ist, schlafen wir im gleichen Bett, mehr nicht.«

»Musst du alles ausplaudern? Glaubst du, das interessiert den Henry?« Rosa schüttelte den Kopf. Sie war größer als Heinz, Ende fünfzig, dezent geschminkt, ihre weißen Haare hatte sie zu einem Zopf geflochten. Sie trug weiße Leinenhosen und ein hellgrünes T-Shirt mit Rüschen.

Kummer lächelte. Nein, es interessierte ihn nicht besonders. Er musste an seine eigene Situation denken, die genau umgekehrt war. Irma ließ ihn ab und zu in ihr Bett, aber mit ihm zusammenleben wollte sie nicht. Sie arbeitete noch. Solange er auch gearbeitet hatte, war es gegangen, aber kaum war er pensioniert, ging er ihr auf die Nerven. Dabei war das mit dem Camper ihre Idee gewesen. Nicht darin zu wohnen, sondern damit Urlaube und Ausflüge zu machen. Sie mieteten für zwei Wochen einen VW-Bus und fuhren damit in die Westschweiz. Irma war nicht begeistert, man hocke zu eng aufeinander, fand sie, nachdem es in Estavayer-le-Lac drei Tage lang geregnet hatte. Kummer hingegen gefiel es, auch wenn sie recht hatte. Für zwei Personen war der Camper zu klein.

Weil sie im Gesundheitswesen arbeitete, war sie vorsichtig mit Kontakten. Ein paar Mal hatte er vor ihrem Balkon gestanden, und sie hatten sich unterhalten wie einst Romeo und Julia. Ab und zu chatteten sie auf WhatsApp miteinander oder schickten sich Sprachnachrichten. Kummer mochte Sprachnachrichten, dabei konnte man sagen, was man zu sagen hatte, ohne dass ein endloses Gespräch daraus wurde. Auch wenn es nur ein, zwei Sätze waren, bei denen ihm nicht in den Sinn gekommen wäre anzurufen. So plauderten sie zeitverschoben miteinander.

»Ich habe mit den Männern genug Ärger gehabt. Damit bin ich fertig«, unterbrach Rosa seine Gedanken.

»Rosa hätte Grund sich zu beklagen, aber sie beklagt sich nie!«, bemerkte Heinz.

Sich trotz widriger Umstände nicht zu beklagen, galt in der Schweiz als hohe Tugend. Obwohl, wenn sich niemand beklagte, änderte sich an den Umständen nie etwas, dachte Kummer.

»Ich kann schon selber reden, Heinz. Willst du meine Geschichte hören, Henry?«

»Gern.« Mehr als das, was die beiden im Bett miteinander anstellten, interessierte ihn, wie sie dazu kamen, auf dem Campingplatz zu wohnen.

»Also gut, hier die Kurzversion: Ich bin ein Gastarbeiterkind, geboren in Italien, in der Nähe von Padua. Mein Vater war Saisonnier, ich habe ihn nur im Winter gesehen, bis meine Mutter und ich in die Schweiz durften. Da war ich schon neun Jahre alt. Ich konnte kein Wort Deutsch und schon gar kein Wort Berndeutsch. Darauf wurde aber keine Rücksicht genommen, Sprachförderung oder so was gab es damals nicht, man wurde ins kalte Wasser geworfen, und dann hieß es: Schwimm oder geh unter! Die Lehrpersonen halfen einem lieber beim Untergehen. Was aus dir wird, geht uns nichts an, niemand hat euch hierhergebeten, also wartet auch niemand auf dich. In Italien war ich immer gut in der Schule, hier blieb ich im ersten Jahr sitzen, habe schließlich die Real gemacht und Verkäuferin gelernt.« Rosa tunkte – das hatte Kummer schon ewig nicht mehr gesehen – ihr Gipfeli in den Kaffee. Diese Geste war der Beweis der vollständigen Assimilation. Wobei heute kaum mehr jemand sein French Almond Croissant in den Chocolate Cream Frapuccino tunkte.

Kummer erinnerte sich daran, wie im letzten Schuljahr der Berufsberater in die Klasse gekommen war und die verschiedenen Berufe vorgestellt hatte. Jeder Beruf ein quadratisches Kärtchen aus Karton. Vorne ein Foto und die Bezeichnung: Bäcker, Maurer, Technischer Zeichner, Kaufmännischer Angestellter, hinten die Anforderungen: handwerkliches Geschick, kräftige Statur, gutes Auffassungsvermögen, Freude am Umgang mit Zahlen. So wurde den Fünfzehnjährigen vermittelt, wie ihre Zukunft aussehen würde, welchen Platz in der Gesellschaft sie einnehmen konnten. Damals ging man davon aus, dass der gewählte Beruf ein Leben lang ausgeübt wurde. Knapp fünfzig Jahre lang, von der Lehre bis zur Pensionierung. Den Fleißigen und Aufgeweckten winkte der berufliche und soziale Aufstieg. Handwerker konnten es zum Eigenheim, mitunter sogar zur Villa bringen, wenn sie sich selbstständig machten und über Geschäftssinn verfügten. Angestellte konnten sich die Karriereleiter hocharbeiten, Sprosse um Sprosse, in einem Großbetrieb oder in der Verwaltung. Die restlichen Leute würden in ihrer Schicht verharren, aber sich im Vergleich zu ihren Eltern trotzdem materiell verbessern. Die Zeit, die für ein Auto, eine Waschmaschine oder einen Fernseher gearbeitet werden musste, sank kontinuierlich. Es sei wichtig, so der Berufsberater, dass ein jeder wisse, wo er hingehöre. Der Kärtchenstapel für die Mädchen war deutlich kleiner gewesen, Verkäuferin kam weit unten. Der Beruf war für sie nicht so wichtig, sie würden sowieso heiraten, Hausfrau und Mutter werden. Zwar gab es schon Leute, die einen anderen Weg suchten, die aus dem starren Gesellschaftskorsett ausbrechen wollten, aber die waren dünn gesät in Zürich Affoltern, wo Kummer aufgewachsen war. Er wusste damals nicht, was er werden wollte. Er wusste nur, was er nicht werden wollte: eines der Kärtchen. Auf eine Art war ihm das gelungen. Polizist, weil kein Lehrberuf, war nicht dabei gewesen. Ein Polizist war kein Kärtchen, wie er später merkte, sondern eine Schablone.

Als er dem Lehrer sagte, er wolle aufs Gymnasium, lachte der ihn aus. Zürich Affoltern war ein Arbeiter- und Kleinbürgerquartier. Aufs Gymnasium gingen die Kinder vom Zürichberg und der Goldküste. Kummer meldete sich selber zur Prüfung an und bestand. Im Gymi gab es nur wenige, die aus einfachen Verhältnissen stammten, Arbeiter- und Ausländerkinder, deren Eltern nicht studiert hatten. Kummer schaffte die Matura, aber nach dem ersten Semester Geschichte schmiss er den Bettel hin und beendete seine akademische Laufbahn. Er arbeitete auf dem Bau, bis er sich aus einer Laune heraus bei der Polizeischule anmeldete und genommen wurde. Als einfacher Polizist mit Matura, als Studierter, der nicht oben in der Hierarchie einstieg, war er damals ein Exot. An beiden Orten fehl am Platz.

Rosa fuhr mit ihrer Erzählung fort. »Ich habe eine Lehre als Parfüm-Verkäuferin beim Loeb in Bern gemacht, das galt damals etwas. Ich habe früh geheiratet, einen Kunden, der immer mit seiner Mutter vorbeikam. Wir eröffneten zusammen eine Boutique, es lief gut, irgendwann hatten wir vier Filialen und drei Kinder. Sie waren elf, vierzehn und sechzehn, als ich ihn im Warenlager entdeckte. Er hatte sich erhängt, wir waren pleite, weil er unser ganzes Geld verspielt hatte, das Finanzielle war sein Ressort. Wir waren eine Einzelfirma, ich als Geschäftsführerin eingetragen, und so blieben die ganzen Schulden an mir hängen. Der Umzug vom Einfamilienhaus in die Blockwohnung ist den Kindern nicht leichtgefallen. Vor allem, weil wir im selben Ort geblieben sind. Sie wurden ausgelacht und gepiesackt.

Nichts sehen die Leute lieber, als wenn jemandem, der aus denselben Verhältnissen stammt, die Flügel gestutzt werden. ›Haben gemeint, die sind etwas Besseres, das haben sie jetzt davon.‹ Wir mussten die Gegend verlassen, die Älteste ist bei der Gelegenheit gleich ausgezogen. Ich habe zwanzig Jahre lang gearbeitet und abbezahlt. Weil mein Mann während der ganzen Jahre keine Beiträge für mich entrichtet hat, bekomme ich die Minimalrente, und die reicht nicht weit. Wenigstens müssen meine Eltern das nicht mehr erleben. Sie haben hart gearbeitet, damit ich es besser habe, sie waren so stolz, dass ich in meinem eigenen Haus mit Garten wohne. Jetzt lebe ich im Wohnwagen. *Come una zingara*, würde meine Mutter sagen, Gott hab sie selig!« Rosa bekreuzigte sich. »Mir macht es nichts aus, ich brauche nicht viel und lebe lieber auf dem Campingplatz als in einem anonymen Mietshaus. Hier kennt man sich, schaut man aufeinander und lernt sogar die reichen Nachbarn kennen.« Rosa lachte, und Kummer begriff nicht gleich, dass sie ihn damit meinte.

»Du bist noch mobil, du kannst hinfahren, wo du willst. Wir sitzen fest. Du hast noch Pläne, wir stehen auf dem Abstellgleis.«

Kummer dachte an seine Pension, die gerade so reichte. An seine Pensionskasse, die er zum Teil in den Camper gesteckt, zum Teil seiner Tochter Mona geliehen hatte. Sie hatte sich selbstständig gemacht mit einem Café. Vier Monate vor der Coronakrise. Es war nicht sicher, ob ihr Geschäft überleben oder ob sie wie Rosa viel Zeit, Geld und Zuversicht verlieren würde.

## *Drittens*

Es war Freitagmorgen, und es roch nach Sonne. Nach Sonne und nach etwas anderem, das Kummer erst nicht einordnen konnte, dann aber erkannte: Blut. Er schaute auf sein Kopfkissen, ob er in der Nacht Nasenbluten gehabt hatte, untersuchte das Bett und seinen Körper. Nichts. Er hatte sich getäuscht. Kummer war kein Sonnenanbeter, keiner jener Menschen, die über ein paar Sonnenstrahlen regelmäßig aus dem Häuschen gerieten, als hinge ihr Lebensglück davon ab, obwohl es Studien gab, die belegten, dass Menschen in Südkalifornien nicht glücklicher waren als jene in Finnland. Auf dem Campingplatz bedeutete Regen allerdings erschwerte Bedingungen, und so war er zufrieden, dass sich der Sommer doch noch gezeigt hatte. Er legte die Bettdecke zusammen und verstaute sie in der Kiste unter dem Bett. Er brauchte einen Kaffee und überlegte sich, selber einen zu brauen, weil er nicht wusste, ob er Heinz schon gewachsen war. Es gab Tage, da redete der am Morgen, redete und redete und redete, während Kummer und Rosa sich ansahen und stumm die Köpfe schüttelten. Er mochte den Heinz, mochte solche Typen, die immer knapp an der Wahrheit und am Abgrund vorbeischrammten, die Fäden spinnen konnten, die zu entwirren unmöglich war, die sich im Kreis drehten, sich um Kopf und Kragen redeten und dabei immer wieder Sätze von erstaunlicher Klarheit und Tiefe formulierten. Die über Intelligenz und Witz verfügten, aber Nerven kosteten, und das nicht nur, weil sie zu viel redeten.

»Tamisiech«, brummte Kummer unentschlossen vor sich hin und machte sich auf den Weg in den Waschraum. Es war kurz nach sieben, eine Frau kam ihm entgegen, in Bermudashorts und Turnschuhen, sie trug einen kleinen Rucksack und eine blaue Baseballkappe.

»Grüezi«, entwand er sich einen Gruß, das gehörte sich so auf dem Campingplatz.

»Morge«, erwiderte sie, ohne aufzuschauen. Ihre Stimme klang zuversichtlich. Mit der Ruhe würde es bald vorbei sein. Ab Mittag trudelten die Leute ein, die Reservationen waren gemacht, die Saison startete so richtig. Das letzte Wochenende hatte einen Vorgeschmack darauf gegeben. Während es am Freitag noch geregnet hatte, war es am Samstag schön gewesen, ehe es am Sonntag wieder regnete. Erwachsene, Kinder, Jugendliche, alle auf engem Raum, die einen schrien und lachten, die anderen hörten Musik über ihre Bluetooth-Speaker und ignorierten die ab dreiundzwanzig Uhr geltende Nachtruhe. Bis in den frühen Morgen röhrte oder kreischte jemand, bellte ein Hund, wummerte ein Bass, verlor jemand die Nerven und schrie nach Ruhe. Kummer konnte es egal sein, wenn er in der Nacht nicht schlafen konnte, blieb er am Morgen einfach länger liegen. Ganz bestimmt würde er die Zeit, die ihm noch blieb, nicht damit verplempern, sich aufzuregen und andere zurechtzuweisen. Wenn es ihm irgendwo nicht gefiel, konnte er ja weiterziehen. Theoretisch zumindest, zurzeit war fast alles ausgebucht, aber trotzdem. Wenn es ihm zu laut wurde, stopfte er sich Ohropax in die Ohren, das war ein wohlfeiles Gegenmittel.

In einer Kabine im Waschraum schaufelte er sich kaltes Wasser ins Gesicht und schaute in den Spiegel. Eigentlich hätte er sich rasieren müssen. Oder sollte er sich einen Bart wachsen lassen? Praktisch wäre es. Mit seinen Jeans und karierten Hemden und der Brille, die er zum Lesen brauchte, sähe er dann aus wie ein Hipster oder wie die hießen, nur dass er nicht tätowiert war. Das konnte sich ja ändern. Früher wurde das bei der Polizei nicht gern gesehen, inzwischen hatten die jungen Kollegen teils großflächige Motive. Kummer hatte selten genau genug hingeschaut, um herauszufinden, was sie darstellten. Einige tätowierten sich die Namen ihrer Kinder auf die Arme, so vergaßen sie nicht, wie die hießen. Vielleicht könnte er sich die Wappen aller Dörfer tätowieren lassen, in denen er übernachtete, wie die Leute früher Stocknadeln am Wanderstab anbrachten.

Zurück im Camper zog er seine Jeans an, das Hemd, das er seit drei Tagen trug und das er nach dem Frühstück in die Sonne hängen würde. Dazu die hässlichen, aber praktischen blauen Crocs-Kopien. Sie ließen sich rasch an- und ausziehen, die Füße blieben auch bei Regen trocken. Dergestalt angekleidet holte er die Gipfeli.

»Wo ist Rosa?«, fragte Kummer, als er sich zu Heinz an den Plastiktisch setzte.

»Keine Ahnung. Sie macht nicht auf. Vielleicht ist sie früh aufgestanden, weil sie irgendwohin musste.«

»Wo soll sie so früh hinmüssen?«

»Was weiß ich? Zum Amt, zum Arzt, etwas besorgen? Es geht mich nichts an, wir sind nicht verheiratet.«

»Hast du nachgeschaut, ob sie in ihrem Wohnwagen ist?«

»Das käme nicht gut. Wenn sie allein sein will, will sie allein sein.«

»Will sie das öfter?«

»Es kommt vor, aber selten am Morgen. Auf ihren Kaffee verzichtet sie ungern.«

Kummer erhob sich aus seinem Plastiksessel. »Lass uns nachschauen.«

Heinz winkte ab. »Das ist der Schmier in dir, Henry. Immer nachschauen, immer die Nase in das Leben anderer Leute stecken. Das ist genau das Problem.«

Kummer, der Heinz nicht noch einmal erklären mochte, dass das kein Bestandteil seiner Arbeit gewesen war, seufzte und setzte sich wieder. »Also gut, erst einen Espresso.«

Heinz verschwand im Wohnwagen und machte sich an die Zubereitung.

Schweigend tranken sie Kaffee und aßen ihr Gebäck. Rosa tauchte nicht auf.

Kummer erhob sich. »Wo steht ihr Wagen?«

»Ich bringe dich hin, aber auf eigene Verantwortung.«

Sie gingen über die Kieswege des äußeren Rings der Anlage. Vorne waren die Touristen- und Tagesplätze, hinten die Dauercamper. Einfach zu erkennen an den Vorzelten und Vorbauten, die mitunter größer waren als der Wohnwagen selbst. Manche kamen jedes Wochenende, andere blieben den ganzen Sommer, einige wenige blieben das ganze Jahr. Es gab gemauerte Außencheminées und Unterstände für Töffs oder Velos. Die Parzellen waren eingezäunt, mit Gartenzwergen oder Buddha-Statuen aus Plastik dekoriert. Kleine, klar abgegrenzte Refugien, ein paar hatten sogar Namen wie »Paradiesli«, »Vrenelisgärtli« oder »Biergarten«. Die Dauermieter mochten die Touristen nicht, sahen sie als Eindringlinge in ihren Garten Eden. Barbaren, die Lärm und Dreck machten, ungezogene Kinder und Hunde einschleppten, sich weder an die Regeln hielten noch zu benehmen wussten. Die ihnen den Platz wegnahmen. Genau wie die Leute die Zuwanderer betrachteten die Dauermieter die Touristen, ob es sich nun um Schweizer oder Ausländer handelte. Fremde Fötzel allesamt. Je schneller sie wieder verschwanden, desto besser. Dass ohne sie das System zusammenbrechen würde, weil sie einen wichtigen Teil der

Wirtschaftsleistung erbrachten, wurde im Kleinen wie im Großen übersehen, dachte Kummer.

Heinz blieb vor dem Vorbau aus dunklem Holz stehen. »Rosa?«, rief er. »Bist du da?«

Keine Antwort. Sie betraten den Vorbau, Heinz klopfte an die Tür des Wohnwagens. Keine Antwort.

»Rosa! Ich bin es, der Henry!«

Keine Antwort.

Heinz griff, ehe Kummer ihn daran hindern konnte, nach dem Türknauf. Es war offen.

»Rosa, hallo, was ist denn?«, rief Heinz und drehte sich zu Kummer um. »Wenn sie weggeht oder schläft, schließt sie immer ab!«

Kummer schob Heinz zur Seite und stieg über die Stufe in den Wohnwagen. Da war er wieder, der Geruch, den er am Morgen in der Nase gehabt hatte. Er schlüpfte aus seinen Crocs-Imitaten. Er wollte keinen Dreck machen, keine falschen Spuren hinterlassen, es war schon ein Fehler gewesen, dass Heinz den Türknauf angefasst hatte. Dies war, wie er erkannte, ein Tatort.

Rosa lag auf dem Boden vor der Schlafkoje. Fast hätte man meinen können, sie schliefe. Wenn die Augen nicht offen gestanden hätten, wenn das Blut nicht gewesen wäre, das er unmöglich bis in seinen Camper gerochen haben konnte. Er beugte sich über sie. Man hatte ihr die Kehle durchgeschnitten, ein einziger sauberer Schnitt. Rosa lag mit altmodischem Nachthemd, das so gar nicht in diesen schäbigen Wohnwagen passte, auf dem blutgetränkten senfgelben Teppichboden. Kummer sah sich um. Das Bett war nicht gemacht, es wirkte, als sei sie eben erst aufgestanden. Als sei sie geweckt worden, zur Tür gegangen, habe jemanden hereingelassen, der ihr, als sie ihm den Rücken zudrehte, die Kehle durchgeschnitten und sie rücklings abgelegt hatte. Der Wohnwagen schien nicht durchsucht worden zu sein, auch im vorderen Teil, bei der Kochnische und dem kleinen Tisch mit der Eckbank, war ihm nichts aufgefallen, was auf einen Raubmord hinweisen würde. Er wandte sich von der Toten ab, machte einen Schritt Richtung Ausgang und stöhnte auf. Er glaubte, in eine Scherbe getreten zu sein. Vorsichtig hob er seinen linken Fuß, tastete ihn ab, nichts steckte darin, die Socke war trocken, er blutete nicht. Kummer ging in die Knie und hob etwas vom Boden auf. Ein kleines blaues Plastiknilpferd, angetan mit einem Schwimmring, etwa drei Zentimeter groß.

»Tamisiech«, fluchte Kummer. Weil er keine Lust hatte zu erklären, wie seine Fingerabdrücke auf die Figur gekommen waren, steckte er sie ein. Er sah sich im Wohnwagen um. Nirgends Spuren eines Kampfes.

»Was ist los?«, rief Heinz von draußen.

Kummer schlüpfte in seine Latschen und durch die Wohnwagentür. Er sah Heinz an. Versuchte zu spüren, ob die Frage aufrichtig war.

»Rosa ist etwas passiert.«

»Was ist mit ihr, braucht sie Hilfe?« Heinz versuchte, sich an ihm vorbei in den Wagen zu drängen.

»Stopp. Wir müssen die Polizei rufen. Sie ist tot.«

»Du bist doch die Polizei. Sag schon, was los ist!«

»Sie wurde umgebracht.«

»Rosa? Lass mich zu ihr!«

Kummer streckte den Arm aus und versperrte den Eingang zum Wohnwagen. Heinz, der knapp einen Meter siebzig groß war und um die sechzig Kilo wog, versuchte den Arm wegzudrücken. Als er merkte, dass er keine Chance hatte, fuhr seine rechte Hand an den Gürtel, dorthin, wo ein schmales Lederetui befestigt war. Der Druckknopf sprang auf, eine präzise Bewegung, die Heinz wohl unzählige Male in Bedrängnis ausgeführt hatte.

»Stopp!« Kummer trat einen Schritt zurück. »Gib mir das Messer!«

Zögernd streckte Heinz den Arm mit der Hand aus, in der er bereits das Klappmesser hielt. Kummer ließ es in der Brusttasche seines rot-schwarz karierten Flanellhemds verschwinden, in der sich schon das kleine Nilpferd befand.

»Warst du das? Hattet ihr Streit?«

»Spinnst du?« Heinz war bleich geworden.

Instinktiv glaubte Kummer, dass sein Barista nichts mit Rosas Tod zu tun hatte. Doch der Instinkt konnte täuschen. Heinz hatte im Leben wohl so oft den Unschuldigen gespielt, dass es ihm zur zweiten Natur geworden war. Der Bauch war – allen Legenden zum Trotz – ein schlechter Detektiv. Kummer wusste von Fällen, in denen sich die Ermittlungen so lange auf einen Unschuldigen konzentrierten, bis der wahre Täter nicht mehr gefunden werden konnte. Weil ein Ermittler auf sein Bauchgefühl vertraut hatte, anstatt die Fakten zu analysieren. Polizisten glaubten, überdurchschnittlich gut darin zu sein, Menschen einzuschätzen, zu merken, wenn jemand log. Bei Tests schnitten sie aber nicht besser ab als der Durchschnitt. Die meisten Menschen waren schlechte Lügner, leicht zu durchschauen. Ein erfahrener Lügner aber konnte einem in die Augen schauen und ohne die geringste Veränderung von Stimmlage oder Puls Märchen erzählen. Die Hände waren verräterischer als die Augen oder die Gesichtszüge. Profis hatten auch ihre Hände unter Kontrolle, wie ihm ein altgedienter Ermittler einmal erklärt hatte. Heinz' Hand hatte nach dem Messer gegriffen.

»Wir gehen zu Miroslav. Er hat die Nummer vom Polizeiposten.« Der Campingplatz befand sich noch im Kanton

Zürich, seine ehemaligen Kollegen waren zuständig. Kummer wollte sich auf keinen Fall in die Arbeit der Kriminalpolizei einmischen. Er war nichts weiter als ein pensionierter Hausdienstler.

*

Es dauerte fast eine Stunde, bis ein Nissan Micra in Graumetallic auf dem Platz vorfuhr. Eine junge Frau stieg aus und betrat Miroslavs Büro, in dem Heinz und Kummer warteten.

»Brandstetter, Kripo Zürich«, stellte sie sich vor. »Wo ist das Opfer?«

Das Opfer. Nicht die Tote oder die Verstorbene. Kummer stand auf.

»Ich bringe Sie hin.«

»Die Kollegen von der Spurensicherung sollten auch gleich hier sein.«

»Ich zeige ihnen den Weg«, versprach Miroslav. Heinz sagte nichts, seine Augen waren starr auf einen Winkel des Universums gerichtet, den nur er im Blickfeld hatte.

»Waren Sie drinnen?«, fragte Brandstetter, während sie über den Kiesweg zum Wohnwagen gingen. Ihre Kleidung passte nicht auf den Campingplatz, zu städtisch.

»Ja, die Tür war offen.«

»Warten Sie hier!« Die Polizistin betrat den Wohnwagen. Während sie noch drin war, kam Miroslav mit der Spurensicherung, die den Wagen auf dem Kiesweg parkten. Brandstetter, die Einweghandschuhe trug, kam heraus, um sie zu begrüßen.

»Braucht es mich noch?«, fragte Kummer.

»Im Moment nicht. Ich wäre aber froh, wenn Sie sich zur Verfügung halten würden«, antwortete sie.

»Sie finden mich auf Platz 109. Der graugrüne VW-Camper«, sagte Kummer und folgte Miroslav ins Büro.

Wenig später fuhr ein Leichenwagen auf den Platz.

»Das ist schlecht fürs Geschäft, ausgerechnet jetzt, am ersten schönen Wochenende«, brummte Miroslav.

»Es geht um Rosa, nicht ums Geschäft!« Heinz, der die ganze Zeit im Büro gesessen hatte, stapfte davon.

»So war das nicht gemeint«, rief ihm Miroslav nach.

Kummer folgte Heinz, aber der schlug die Tür seines Wohnwagens zu und reagierte weder auf Klopfen noch auf Rufen. Die Hündin, die an einer Transportbox angebunden war, die ihr offenbar als Hundehütte diente, sah Kummer fragend an.

## *Viertens*

Zurück in seinem Camper stopfte Kummer die herumliegenden Kleider in die Schubladen, die sich unter dem Bett befanden. Der begrenzte Platz zwang ihn, mehr oder weniger Ordnung zu halten. Weil er alleine hauste und ihn nie jemand besuchte, eher weniger.

Den Camper hatte ihm Franco umgebaut, ein gelernter Bootsbauer, der Jahrzehnte in Spanien eine kleine Werft betrieben hatte. Seine Spezialität waren Boote mit Zwischenwänden oder Kiele mit Hohlräumen, in denen Schmuggelware, meistens Haschisch, von der nordafrikanischen an die europäische Mittelmeerküste transportiert werden konnte. Keine allzu großen Mengen, bloß solche, die den Bootsbesitzern ein Leben auf dem Meer ermöglichten. Als seine Firma in Schieflage geriet, versuchte er sie zu sanieren, indem er ein Kilo Kokain nach Zürich schmuggelte. Er hatte das Pech, an einen Dealer zu liefern, der kurz vor der Verhaftung stand, weil er verdächtigt wurde, einen Mordanschlag auf einen Konkurrenten verübt zu haben. Darum wurde er überwacht, Franco ging bei den Ermittlungen als Beifang ins Netz. Kummer hatte ihn einmal von der Untersuchungshaft zum Gericht begleitet, weil sonst niemand Zeit hatte, und sie waren ins Gespräch gekommen.

Franco, Kind spanischer Einwanderer, der an seinem achtzehnten Geburtstag eingebürgert worden war, blieb nach Verbüßen seiner Strafe in der Schweiz und arbeitete als Schreiner. Kummer lief ihm hin und wieder über den Weg, weil Franco in der Nähe der Polizeikaserne eine kleine

Schreinerei übernommen hatte. In den letzten Jahren hatte er sich auf den Ausbau von Campingbussen spezialisiert, das Geschäft florierte, Hashtag Vanlife war ein Trend, junge hippe Pärchen füllten die sozialen Medien mit Bildern ihres coolen Lifestyles und wurden dafür bezahlt. Seine Spezialität hatte Franco nicht verlernt, in Kummers Kastenwagen gab es ein Stück Holzverkleidung, das sich zurückschieben ließ, dahinter seine Dienstwaffe, die er behalten, aber nicht über die Landesgrenze transportieren durfte. Der Umbau war nicht billig gewesen, doch er hatte sich gelohnt. Kummer gefiel sein Bus, auch wenn er mit seinen ein Meter dreiundneunzig nicht ganz aufrecht stehen konnte; das war der Preis für die Isolation, die oben und unten ein paar Zentimeter wegfraß. Das war es ihm wert, seine Jungfernfahrt hatte ihn im November nach Südfrankreich geführt, wo die Nächte kalt waren. Er wäre noch lange dort geblieben, aber als Anfang Jahr die Pandemie ausbrach und klar wurde, dass die Grenzen schließen würden, war er auf Monas Drängen in die Schweiz zurückgekehrt. Obwohl er keine Wohnung hatte.

Er zog das Messer aus der Brusttasche und musterte es. Ein Klappmesser mit Holzgriff, die Klinge blitzblank geputzt und scharf geschliffen, das Gelenk geölt. Kummer klappte es zu und versuchte, es mit einem Schnappen des Handgelenks einhändig zu öffnen. Nach etwa zehn Versuchen gelang es. Ein Trick, den er von früher beherrschte und den Heinz bestimmt auch draufhatte. Einhändig zu öffnende Messer waren in der Schweiz verboten, aber mit ein bisschen Finesse ließ sich das Verbot umgehen. Kummer klappte es zu und legte es mit der blauen Nilpferdfigur in die Besteckschublade.

Eine halbe Stunde später klopfte es.

»Darf ich reinkommen?«, fragte die Polizistin.

»Von mir aus, allerdings ist es ziemlich eng. Wir können

uns auch draußen hinsetzen.« Kummer wies auf die beiden Klappstühle, die unter der Markise standen.

»Ich habe dem Platzwart versprochen, diskret zu sein.« Auf einem Campingplatz verbreiteten sich Neuigkeiten rasch. Miroslav wollte den Schaden in Grenzen halten. Außer ein paar Stammgästen hatte niemand den Leichenwagen bemerkt, die Leute waren wandern, Rad fahren, baden.

Kummer trat zur Seite und bat sie, an dem kleinen Tisch beim Fenster Platz zu nehmen. »Wollen Sie einen Kaffee?«

Sie schüttelte den Kopf und schraubte eine Wasserflasche aus Aluminium auf. Ihre braunen Haare waren zu einem Pferdeschwanz zusammengebunden, die blauen Augen schauten streng, sie war so geschminkt, dass sie nicht auffiel und nicht um besser auszusehen. Wahrscheinlich würde man sie erst auf den zweiten Blick erkennen, wenn sie die Haare offen trug und ungeschminkt war. So wie sie sich bewegte, war sie durchtrainiert. Kummer hatte eine Zeit lang das Boxtraining bei der Polizei geleitet und war einmal ziemlich gut gewesen. Meister seiner Gewichtsklasse. Im Schwergewicht, in der es nur drei weitere Konkurrenten gegeben hatte.

Mit zunehmendem Alter hatte er nachgelassen und seit dem Bauchschuss gar nicht mehr trainiert. Seine Arme waren aber immer noch kräftig, und wenn es sein musste, hatte er schon noch genug Wumms in seiner Linken. Hoffte er.

»Ich muss Ihre Personalien aufnehmen.«

Kummer zog die Identitätskarte aus dem Portemonnaie und legte sie auf den Tisch.

»Ich war bis letzten Oktober ein Kollege von Ihnen, ich glaube aber nicht, dass wir uns begegnet sind.«

Sie schaute auf den Ausweis. »Kummer? Natürlich, der Bauchschuss!«

Darauf war er also reduziert worden. Das war es, was nach zweiunddreißig Jahren Dienst blieb.

»Ich war damals ganz frisch bei der Kripo Zürich, zuvor war ich bei der Kantonspolizei Aargau.«

»Ach so.«

»Ich bin aber keine Aargauerin«, verteidigte sich Brandstetter. »Ich bin in Zürich geboren und aufgewachsen. Die Mieten haben mich in den Aargau vertrieben.«

»Mich auf den Campingplatz.«

»Wie geht es Ihnen?«

»Sagen Sie Du zu mir. Ich bin der Henry.« Kummer streckte die Hand aus.

Brandstetter zögerte. »Ich weiß nicht, ob das angebracht ist.«

»Wie Sie wollen.« Er verstand, sie nahm einen Schluck aus ihrer Flasche.

»Sprechen wir über das Opfer. Sie haben die Frau gekannt.«

»Flüchtig.«

Kummer erzählte, wie er Rosa begegnet war.

»Dieser Heinz ist der Freund des Opfers?«

Kummer wusste, dass bei einer getöteten Frau ein aktueller oder ehemaliger Liebespartner der wahrscheinlichste Täter war. Es war für eine Frau weitaus gefährlicher, sich mit einem Mann einzulassen, als nachts allein durch eine dunkle Straße zu gehen. Rosa hatte weder das eine noch das andere getan.

»Sie waren befreundet, aber nicht in einer Beziehung, soviel ich weiß.«

Brandstetter nickte. »Ist Ihnen sonst etwas aufgefallen?«

Es wäre der richtige Zeitpunkt, das Nilpferd aus der Schublade zu holen. Kummer ließ ihn verstreichen und schüttelte den Kopf.

Brandstetter legte ihre Karte auf den Tisch. »Melden Sie sich, wenn Ihnen etwas einfällt.«

## *Fünftens*

Kummer nahm seinen Rucksack und stieg aufs Rennrad, das er hinter dem Camper geparkt hatte.

Im nächsten Dorf gab es einen kleinen Markt, dort wollte er einkaufen gehen. In Frankreich hatte er begonnen, auf Märkten einzukaufen. Supermärkte mochte er noch nie, und seit der Pandemie betrat er sie nur, wenn es nicht anders ging. Er bevorzugte kleine Läden und Bäckereien, auch wenn sie teurer waren. Für Früchte und Gemüse waren Supermärkte nur bedingt geeignet. Gemüse war heikel und aufwendig in der Pflege, nicht umsonst hatte es früher spezielle Gemüseläden gegeben. Wollte man regionale oder Bio-Produkte kaufen, waren diese meist zu mehreren Stück in Plastik verpackt. Das war ihm erst bewusst geworden, seit er einen kleinen Kühlschrank und noch dazu wenig Platz für Abfälle hatte. Einzelpersonen mussten mit dem offen angebotenen konventionellen Gemüse vorliebnehmen. Bio und lokal war für erfolgreiche Menschen, und die hatten zumindest einen Lebenspartner, Freunde oder eine Familie, die sie bekochen konnten, weshalb sie größere Mengen benötigten. Bio war nichts für einsame Loser.

Mona, seine Tochter, war seit ihrem dreizehnten Lebensjahr Vegetarierin, wofür er lange Zeit nur Spott übriggehabt hatte. Als er im Februar, kurz vor dem Lockdown, bei ihr aufschlug, hatte er sich ihren Gewohnheiten angepasst. Ihre Wohnung, ihre Regeln. Es war peinlich genug, bei der dreißigjährigen Tochter zu wohnen.

Inzwischen kochte er sich Suppen, Reis oder Teigwaren

auf seinem zweiflammigen Gaskocher, der im Camper eingebaut war. Meist machte er so viel, dass es für ein paar Tage reichte, dazu Salat, Gemüse oder Früchte. Er aß auch nicht mehr dreimal am Tag, sondern dann, wann er Hunger hatte. Sein früheres Gewicht erreichte er nie mehr.

Er hatte immer geglaubt, es würde ihm schwerfallen, auf Fleisch zu verzichten, inzwischen fühlte es sich nicht mehr wie Verzicht an, im Gegenteil. Unzählige Schnipos, Schweinekoteletts und Plätzli hatte er während seines Lebens verdrückt, in Beizen, die mitunter richtig mies waren. Essen klaglos hinunterzuschlingen galt als männliche Tugend. Ein Mann nahm das Menü, mit Suppe oder Salat. Ein Mann war nicht heikel. Ein Mann hatte Hunger. Ein Mann hatte gearbeitet. Ein Mann brauchte Fleisch. Kürzlich hatte jemand auf dem Kocher ein Schweineschnitzel gebraten, und ihm war allein von dem Geruch schlecht geworden. Wohl eine Supersonderaktion vom Discounter ennet der wieder geöffneten Grenze. Die Schweizer mochten ihr Essen entweder spottbillig oder völlig überteuert.

*

Zurück auf dem Campingplatz verstaute er seine Einkäufe und machte sich draußen unter der Markise einen Salat. Er holte sein zusammenklappbares Solarpanel und die Powerbank hervor, die er damit auflud. Auf dem Dach hatte er ein zusätzliches, festes Panel. Die Powerstation war ziemlich teuer gewesen, und er wusste nicht, ob er jemals so viel Energie damit gewinnen würde, wie ihre Herstellung verbraucht hatte, aber es machte ihm Spaß, das Panel immer wieder neu auszurichten, um möglichst viele Watt zu ernten. Beim Einfangen von Sonnenenergie konnte er den Sammeltrieb befriedigen, ohne dass sich Waren anhäuften.

Seine CD-Sammlung hatte er ins Brockenhaus gebracht, da Mona kein Interesse daran gezeigt hatte, was ihn ein wenig verletzte, wenn er es ihr auch nicht verdenken konnte. Was sollte sie mit den aufwendigen Kollektionen von George Jones, Louis Jordan und Bo Diddley oder den dreißigteiligen, obskuren Rockabilly- sowie Rhythm-and-Blues-Samplern, die teilweise Songs enthielten, die noch älter waren als er selber? Über die Jahre hatte sich einiges angehäuft, es waren knapp 2000 Stück. Weil in Amerika das Copyright für Musikrechte nach fünfzig Jahren auslief, waren ab der Jahrtausendwende zunehmend Sampler erschienen mit Songs, die seinerzeit nur auf Singles veröffentlicht worden und außerhalb der USA kaum aufzutreiben waren. Nicht alles war gut, aber es gab Perlen darunter, wie das Lied von Dave Bartholomé, das von Affen handelte, die es rundheraus ablehnten, dass der Mensch von ihnen abstammen könnte. Behalten hatte er die Sugar-Serie, 3er-CD-Sets, die den Sound bestimmter Städte wiedergaben: Heavy Sugar für New Orleans, Breezy Sugar für Chicago, Classy Sugar für New York und so weiter. Der Camper verfügte über einen CD-Player und Boxen im vorderen und hinteren Teil, doch er hörte die CDs vor allem beim Fahren. Den Rest der Sammlung, für die er Zehntausende Franken ausgegeben hatte, landete im Brockenhaus, und er konnte froh sein, dass sie überhaupt angenommen wurde. Eine komplette Wert- und Kulturvernichtung war das. Der bärtige Enddreißiger, der sich die Ware angeschaut hatte, kannte nichts außer den Johnny Cash, und dessen Box-Sets besiegelten den Deal. Johnny Cash hatte einst geäußert, er wünsche sich, dass alle Compilations so liebevoll gemacht würden wie die des deutschen Bear Family Labels, die der Mann wahrscheinlich für sich behalten hatte. Es hatte Kummer wehgetan, sich davon zu trennen, doch inzwischen vermisste er die Sachen nicht mehr. So oft hatte er die aufwendig gestalteten Booklets dann doch nicht angeschaut oder die raren Demo Takes gehört. Es war der Sammeltrieb gewesen, der ihn zum Kauf ermuntert hatte.

Der Campingplatz war voll. Falsch hatte Heinz mit seiner Typologie nicht gelegen, aber das angestammte Publikum war nicht mehr unter sich. Neben ihm stellte eine junge Familie einen winzigen alten Wohnwagen auf, den sie mit ihrem Vintage-vw-Bulli mittels eines Sonnensegels verband. Die Eltern waren großflächig tätowiert, der Mann trug einen Bart, die Frau schiefe Fransen. Das Lager, das sie errichteten, sah gemütlich aus, die Kinder fuhren auf ihren Velölis herum. Kummer grüßte freundlich, sie winkten zurück. Nach dem Abwasch brachte er Heinz das Messer zurück. Tara nahm ihn freudig in Empfang.

»Wer macht so etwas?«, fragte Heinz, ohne eine Antwort zu erwarten. Er saß an seinem weißen Plastiktisch, vor sich die Glasflasche ohne Etikett. »Die Rosa war eine Gute. Das hat sie nicht verdient.«

Kummer schwieg.

»Ich muss morgen zur Kripo nach Zürich, meine Aussage machen«, seufzte Heinz nach einer Weile. »Dabei habe ich gesagt, was ich weiß: nichts.«

»Wird nur eine Formalität sein«, antwortete Kummer, der es besser wusste.

»Wurdest du auch vorgeladen?«

»Nein.«

»Da siehst du's. Ich bin verdächtig, du nicht.«

»Soll ich dich begleiten?«, bot Kummer an.

»Danke Henry, ich kann schon selber auf mich aufpassen«, winkte Heinz ab und trank sein Glas leer. »Aber eins sage ich dir: Ich gehe nicht in den Knast. Nie mehr!«

»Das musst du auch nicht, du hast ja nichts getan.«

Heinz lachte bitter. »Du weißt, dass einem das nicht immer hilft.«

Kummer stand auf. »Sehen wir uns morgen früh, wie immer?«

»Nein. Ohne Rosa ist es nicht wie immer.«

»Einen guten Espresso brauche ich trotzdem.«

»Dann geh halt zum Schtarböcks, die haben überall Filialen.«

»Schon gut.« Kummer ließ ihn allein.

# *Sechstens*

Am Samstagmittag schaute Kummer noch einmal bei Heinz vorbei. Er war noch nicht zurück. Tara, die an einer langen Leine an ihrer Box im Vorzelt angebunden war, jaulte und sprang an ihm hoch. Kummer kramte Brandstetters Karte aus dem Portemonnaie und rief sie an.

»Ich wollte nur fragen, ob Heinz schon auf dem Heimweg ist.«

»Nein, er ist in Untersuchungshaft.«

»Warum das?«

»Er war schon ziemlich betrunken, als er hier auftauchte, und konnte keine Angaben machen, wo er zur Tatzeit war. Wir versuchen es morgen noch mal.«

»Wann war denn die Tatzeit?«

»Genau können wir sie nicht feststellen, die beste Schätzung liegt irgendwann zwischen fünf und neun Uhr morgens.«

»Ich habe die Tote doch um halb neun gefunden.«

»Präzise ist die Tatzeit nur im Fernsehen, das sollten Sie wissen.«

Das wusste Kummer. Er war einfach davon ausgegangen, dass der Mörder in der Nacht gekommen war.

»Was wird aus seinem Hund?« Kummer schaute Tara an, die neben ihm saß und aufmerksam zuzuhören schien.

»O stimmt, das habe ich vergessen, Heinz Widmer hat mich gebeten, Ihnen zu sagen, Sie sollen auf sie aufpassen. Sie muss morgens und abends ausgeführt werden, pro Tag mindestens eine Stunde. Die Leine und das Futter sind im

Vorzelt im blauen Gestell, Säckchen für den Kot seien auch da. Sie schläft in der Transportbox. Wenn das Vorzelt offen ist, muss sie angebunden werden, das sei Vorschrift auf dem Platz.«

»Was, wenn ich nicht angerufen hätte? Das Tier wäre verhungert!«, schimpfte Kummer, der sich aber mehr über Heinz ärgerte, der ihm diesen Job aufgebürdet hatte. Andererseits, wer sollte es sonst tun? Rosa war tot.

»Ich hatte anderes zu tun, und so schnell verhungert ein Hund nicht.« Brandstetter legte auf.

Kummer, der keine Ahnung von Hunden hatte, streichelte Tara. »Du musst sicher mal.«

Er öffnete den Reißverschluss des blauen Campinggestells, das sich zusammenklappen ließ, aber schon ewig nicht mehr zusammengeklappt worden war. Er zweifelte nicht daran, dass es irgendwer beschädigt zurückgelassen und Heinz es geflickt hatte. Kummer entdeckte ein paar orange Plastikbeutel und eine schwarze Stoffleine, die in der Mitte zusammengeknotet war. Er band Tara von ihrer Box los und nahm sie an die Leine. Sie hatten noch nicht den Ausgang des erreicht, als sie ihr Geschäft machte. Kummer sammelte es ein, erwischte aber nicht alles und machte, dass er fortkam. Das Säckchen warf er beim Eingang in den Container.

Auf dem Weg, der vom Campingplatz zum Wald führte, ließ er den Hund laufen, der freudig schnüffelnd davonrannte. Nach etwa zehn Minuten kehrten sie um, am Eingang des Campingplatzes nahm er sie an die Leine und brachte sie zu Heinz' Wohnwagen. Er fand ihre Näpfe und das Futter. Den größeren befüllte er am Wasserhahn vorne am Weg. Er hatte keine Ahnung, wie viel so ein Tier fraß, daher gab er auf gut Glück Futter in den kleineren Napf. Nachdem sie gefressen hatte, band er sie wieder an. Die Box, in der sie schlief, stand in der hinteren Ecke des Vorzelts.

»Schön warten, Heinz kommt bald wieder«, sagte er zu ihr, ging davon und drehte sich nicht um, als sie leise winselte.

*

Die Sonne schien den ganzen Tag, Kummer baute zufrieden sein Solarpanel ab, als die Batterie voll war. Er ging über den Platz und schaute sich die verschiedenen Wohnmobile, Wohnwagen und Camper an, die brandneuen vw California T6, die zum ersten Mal ausgefahren wurden, die jungen Paare, die noch etwas unbeholfen die Standardausrüstung aufbauten, die erfahrenen Familien mit ihren Vor- und Heckzelten, Außenküchen und Klappvelos. Die älteren Ehepaare in ihren Wohnmobilen, die alles dabei- und einen genauen Plan hatten. Die auf ihren Liegestühlen in der Sonne lagen, ihres Privilegs bewusst, über eigene Duschen und wcs zu verfügen und darum nicht mit dem Pöbel in den Waschräumen anstehen zu müssen.

Am Morgen hatte dort schon ziemlich Betrieb geherrscht. Kummer fragte sich, wie es wohl morgen, am Sonntag, sein würde. Obwohl er es inzwischen gewohnt war, öffentliche Toiletten zu benutzen, spielte er immer wieder mit dem Gedanken, sich für solche Fälle ein Camping-wc zu kaufen, um in Ruhe und Frieden scheißen zu können.

Vorne auf der Zeltwiese hatten junge Männer, die mit Rennvelos unterwegs waren, ihre winzigen Ultraleichtzelte aufgebaut. Die Stimmung war gut, entweder war es Miroslav gelungen, das Verbrechen unter den Teppich zu kehren, oder die Leute wollten sich nicht die Stimmung verderben lassen.

Später schaute er noch einmal nach Tara, die ihn wiederum freudig begrüßte. Neben ihrer Box stand eine Klappschachtel aus Plastik, darin stapelte sich das Altpapier. Kummer entdeckte zwei Exemplare der Gratiszeitung vom Freitag. Bei einem waren die Sudokus gelöst, das andere war unberührt. Das war noch kein Beweis für Heinz' Unschuld, doch bezweifelte Kummer, dass Heinz so kaltblütig war, seine Freundin umzubringen und danach wie gewohnt für sie die Zeitung zu holen und seelenruhig sein Sudoku zu lösen. Der Wohnwagen war zwar nicht verschlossen, aber Kummer wusste, dass Heinz es nicht gutheißen würde, wenn er bei ihm herumschnüffelte.

Beim Bistro hatte sich eine Schlange gebildet. Die Leute standen um Pommes oder Pizza an, die Standard-Menüs auf Campingplätzen. Die Linien am Boden, die den einzuhaltenden Abstand anzeigen sollten, wurden kaum beachtet. Es wurde endlich Sommer, man wollte diese blöde Coronakrise hinter sich lassen, schließlich wäre im Herbst wieder alles vorbei. Hieß es.

Miroslav war nicht im Büro, die junge blonde Frau, die an der Rezeption arbeitete, hatte viel zu tun. Fragen wurden gestellt, Rechnungen beglichen, Schäden gemeldet, Kabel und Adapter ausgeliehen. Kummer hatte fragen wollen, ob der Campingplatz videoüberwacht war, aber das ließ sich auch so feststellen, er brauchte sich nur umzuschauen.

Es waren Kameras in dem Raum, in dem die Waschmaschinen standen, die mit Münzen betrieben wurden, und vor der Rezeption, an der alle vorbeifahren mussten.

Rosa hatte ihren Mörder hereingelassen. So wie sie dagelegen hatte, hatte sie nicht erwartet, angegriffen zu werden. Jemanden mit einem Messer zu töten, war fast schon etwas Intimes.

Beides machte Heinz als Täter wahrscheinlich.

## *Siebtens*

Heinz kehrte auch Sonntag nicht zurück. Kummer erfuhr von Brandstetter, dass er die Aussage verweigerte.

Als er das Vorzelt zu dessen Wohnwagen öffnete, wurde er begeistert, aber wie ihm schien auch etwas eingeschnappt begrüßt. Tara sprang an ihm hoch und gab schrille Töne von sich. Kummer band sie los und führte sie an der Leine über den Platz und ein Stück weit den Weg entlang. Zurück bei Heinz, gab er ihr von dem Futter, das in dem Gestell stand. Als er sie wieder an ihrer Box anbinden wollte, sah sie ihn so niedergeschlagen an, dass er sie mit zu seinem Camper nahm.

Nachdem er noch einmal mit Brandstetter telefoniert hatte, schleppte er das Futter und die Transportbox, die Tara als Hundehütte diente, zu seinem Stellplatz. Er würde für ein paar Tage Hundesitter spielen müssen, da Heinz, wie Brandstetter ihm erklärt hatte, länger als achtundvierzig Stunden in Untersuchungshaft bleiben würde. Begründung: Fluchtgefahr. Er hatte keinen festen Wohnsitz, da Miroslavs Anschrift auf dem Campingplatz nicht akzeptiert wurde. Die Gemeinde wollte so vermeiden, dass sich Sozialhilfebezieher ansiedelten, für die sie aufzukommen hätte. So war Heinz bei einem alten Kumpel gemeldet, aber dass er in dessen Eineinhalbzimmerwohnung nicht wohnte, war schnell klar. Kummer bot an, mit ihm zu sprechen, aber erfolglos. Dabei hätte er ein paar dringende Fragen gehabt. Zum Beispiel, wie das mit Tara weitergehen sollte, denn er hatte keine Ahnung, wie mit so einem Hund umzugehen war. Solange Heinz nicht mit der Polizei redete, würde er auch nicht mit ihm reden können. Es blieb nur die Hoffnung, dass er bald entlassen würde, immer vorausgesetzt, er hatte Rosa nicht umgebracht.

Kummer erkannte das Geräusch erst nicht, das ihn geweckt hatte. Es war Tara, die draußen vor seinem Camper derart jaulte, dass er aufstand, um zu sehen, was los war. Als sie ihn erblickte, wedelte sie mit dem Schwanz und beruhigte sich. Weil er nun schon wach war, ging er mit ihr auf eine frühe Morgenrunde, der Tag brach eben an, es war noch kühl. Kummer kam an einer Bäckerei-Konditorei vorbei, die gerade öffnete, und frühstückte dort. Auf dem Weg zurück zum Campingplatz klingelte sein Handy.

»Kummer? Es ist etwas passiert.« Brandstetter war dran. »Der Verdächtige hat sich heute Morgen in seiner Zelle erhängt.«

Die friedliche Stimmung, die Ruhe, die er gerade noch empfunden hatte, implodierte.

»Wie, passiert?«, fragte er und überlegte, ob Heinz zu der Zeit gestorben war, als Tara gejault hatte. Unwahrscheinlich, dass sie das gespürt hatte. Das Untersuchungsgefängnis war dreißig Kilometer entfernt.

»Ich weiß nicht, wie das möglich war, offenbar hat er sich mit dem zusammengerollten Leintuch an der Zellentür erhängt. Damit habe ich nun wirklich nicht gerechnet. Den Untersuchungsgefangenen werden alle gefährlichen Gegenstände wie Gürtel oder Schnürsenkel abgenommen.«

Kummer schwieg.

»Der Mann hat sein halbes Leben in Institutionen verbracht, da geht man doch nicht davon aus, dass er sich umbringt, nur weil er ein paar Tage in U-Haft sitzt.« Für Menschen, die sich zum ersten Mal im Gefängnis wiederfanden, weil sie ein Verbrechen begangen hatten oder dessen verdächtigt wurden, konnte eine Nacht in der Zelle ein Schock sein, der unvorhersehbare Reaktionen auslöste. Der Individualismus war ein hohes Gut, selber entscheiden zu können, selbstbestimmt zu leben. Das alles auf einen Schlag zu verlieren und zu befürchten, es auf Jahre hinaus nicht wiederzuerlangen, konnte Schuldige wie Unschuldige derart verzweifeln lassen, dass sie lieber sterben wollten, als so zu leben. Die Furcht vor dem Verlust der Selbstständigkeit verband man normalerweise mit dem Altwerden, der Zeit vor dem Sterben. Niemand wollte ein Pflegefall werden, doch die meisten wurden es. Dass die Pandemie vor allem in Altersheimen gewütet hatte, kam einigen deshalb als Segen vor, und sie sahen nicht ein, warum sie ihren Individualismus für die paar alten Leute aufgeben sollten, die ohnehin bald gestorben wären. Kummer allerdings fand, dass bei allem Individualismus die Gesellschaft doch recht gleichförmig geblieben war. Offenbar hatten ganz viele Menschen ganz individuell zur gleichen Zeit das Bedürfnis, mit derselben Turnschuh-Marke herumzulaufen, ein E-Mountainbike zu kaufen oder sich einen Bart wachsen zu lassen.

»Sie konnten nicht damit rechnen. Ich hätte es selber nicht vermutet, dass er so etwas tut. Allerdings hat er mir gesagt, dass er nicht mehr in den Knast geht.«

»Das heißt, er wusste, dass er dort landet.«

»Er saß im Untersuchungsgefängnis«, erinnerte sie Kummer. »Das ist Knast.«

»Sein Selbstmord kann als Schuldgeständnis interpretiert werden.«

»Nicht unbedingt. Es heißt bloß, dass er damit rechnete, für den Mord an Rosa verurteilt zu werden.«

»Wäre er wohl auch. Seine Fingerabdrücke waren auf dem Türgriff, seine DNA wurde im Wohnwagen gefunden.«

»Er hat die Tür geöffnet, als wir die Tote gefunden haben. Außerdem waren sie befreundet, er war öfters in ihrem Wohnwagen.«

»Für mich ist der Fall damit abgeschlossen. Es gibt keinen anderen Verdächtigen. Außer Ihnen.«

»Ich war es nicht«, erwiderte Kummer.

»War ein Witz, sorry, ich weiß, die Situation ist nicht lustig. Zwei Menschen sind tot.«

»Haben Sie alle Leute auf dem Platz kontrolliert?«

»Das hat die Gemeindepolizei übernommen.«

»Bei mir ist niemand vorbeigekommen, und ich habe keine Polizisten auf dem Gelände gesehen.«

»Mit Ihnen hatte ich ja bereits gesprochen. Wie gesagt, der Betreiber hat uns gebeten, diskret zu sein. Der Tourismus hat genug gelitten.«

Kummer hatte während des Frühstücks auf seinem Tablet von einem »Beziehungsdrama« oder Femizid gelesen. Es waren nur kurze Meldungen, die wohl alle aus derselben Quelle stammten. Der Campingplatz war nicht erwähnt worden, nur die Gemeinde. Offenbar wog für die Medienschaffenden das Interesse des Tourismus und der Gastronomie ausnahmsweise mal schwerer als die Sensationslust. Vielleicht zogen auch schlechte Nachrichten nicht mehr so wie vor der Pandemie. Damals, als das Leben sicher war, ließen sich die Leute gerne durch Mord und Totschlag erschrecken. Heute wollten sie positive Nachrichten. Es ist Campingsaison, macht Ferien im eigenen Land, nicht: Auf dem Campingplatz werden Menschen umgebracht. Zumal Opfer und vermeintlicher Täter gar keine echten Campingfreunde waren, sondern Außenseiter.

Bis zu seiner Pensionierung war Kummer Zeitungsleser gewesen, wenn auch nicht Abonnent. Er las in der Beiz oder dem Café die Zeitung, die gerade herumlag. Mal das altehrwürdige Qualitäts-, mal das Behauptungs-, mal das Boulevardblatt. Auf den Titel kam es ihm nicht so an, ihm gefiel, dass man sich hinter einer Zeitung verstecken konnte. Mit dem Tablet war das nur bedingt möglich, aber in seinem Camper war der Platz begrenzt, und so tastete er, der sich lange Zeit geweigert hatte, ein Smartphone zu benutzen, sich langsam in die moderne Welt vor.

»Sie können nichts dafür, dass Heinz sich umgebracht hat«, tröstete Kummer Brandstetter. Tara schnupperte weiter vorne am Wegesrand. Fast hätte er gefragt, was aus der Hündin werden sollte. Sie würde wohl ins Heim kommen, weil er nicht annahm, dass es Verwandte gab, die Heinz' Erbschaft antreten wollten. Vermutlich hatte er nichts als Schulden. Kummer seufzte. Heinz hätte bestimmt nicht gewollt, dass sein Hund im Zwinger endete.

Eigentlich wollte er sagen, dass er nicht daran glaubte, dass Heinz Rosa umgebracht hatte, aber er wusste, dass seine Meinung nicht gefragt war. Er war kein Polizist mehr, er war ein ganz normaler Bürger, und als solcher hatte er Vertrauen in die Fähigkeiten der Polizei zu haben, in Brandstetter. Trotzdem ging er, zurück auf dem Platz, zuerst bei Heinz' Wohnwagen vorbei. Tara schnupperte aufgeregt und winselte. Der Wohnwagen war nicht verschlossen. Heinz wusste, wie wenig Widerstand so eine Wohnwagentür leistete, und verließ sich auf Tara, die angab, wenn sich jemand näherte. Kummer betrat den alten, langen Caravan, ausgestattet mit dem typischen dunklen Holzfurnier, das so viele Leute als heimelig empfanden. Bei allem Individualismus, den das Campen versprach, waren die Geschmäcker und Einrichtungen doch sehr einheitlich. Zumindest bis vor ein paar Jahren.

Heinz hatte in der linken Hälfte, wo standardmäßig die Sitzecke mit dem versenkbaren Tisch war, seine Werkstatt eingerichtet. Aufgeschraubte Elektrogeräte standen herum, daneben lagen Einzelteile, Schraubenzieher, Zangen und ein Lötkolben. Viel Werkzeug war es nicht, und nichts passte zusammen, wahrscheinlich stammte alles aus dem Sperrmüll anderer Leute. Heinz war im Gefängnis gewesen und hatte dort bestimmt mit improvisiertem oder geschmuggeltem Werkzeug Dinge hergestellt und abgeändert. Er muss geschickt gewesen sein, dachte Kummer.

Abgesehen von dem Durcheinander in der Werkstatt, hinter dem wahrscheinlich ein System steckte, war es blitzblank sauber. All die Dinge, die Heinz vor der Entsorgung gerettet hatte, würden dieser nun doch anheimfallen. Kummer griff nach dem Küchentuch, das neben der kleinen Chromspüle hing, und öffnete damit die Schubladen und die vielen Klappfächer, die unter der Wohnwagendecke angebracht waren. Kleidung hatte Heinz nicht viel besessen. Da war das AC/DC-T-Shirt, frisch gewaschen. Kummer nahm es an sich, Heinz hätte nicht gewollt, dass es auf dem Müll landete.

Schließlich fand er auch den Hundeausweis, der einem Reisepass glich. Darin stand, dass Tara fünf Jahre alt und ein Mischling war. Er nahm den Ausweis an sich. Außer zwei Tennisbällen fand er keinerlei Spielzeug, weder für Tara noch sonst welches. Keine Plastikfiguren in Nilpferdform. Er verließ den Wohnwagen. Alles, was irgendwie nach Hundezubehör aussah, nahm er aus dem Gestell im Vorzelt und stopfte es in einen dieser wiederverwertbaren Migros-Säcke, die fein säuberlich darin gestapelt lagen.

»Komm, Tara!«, rief er, und nach kurzem Zögern folgte sie ihm zu Rosas Wohnwagen, der nicht versiegelt war, die Spurensicherung hatte ihre Arbeit beendet. Kummer versuchte den Türknauf. Verschlossen.

Aus dem Portemonnaie zog er seine Maestro-Karte. So

eine Wohnwagentür ließ sich damit öffnen. In den Fernsehkrimis ließen sich so auch Wohnungs- und Haustüren öffnen, dabei funktionierte es schon bei einer besseren Zimmertür nicht mehr. Das klappte nur bei den amerikanischen Türschlössern, die nicht viel mehr als Verzierungen waren. Darüber hatte sich Kummer, der sich wegen der Musik für Amerika interessierte, bei seiner einzigen Reise in dieses Land gewundert. Ein Volk, das von Angst um Besitz und Leben besessen war, aber lieber in Waffen investierte als in solide Türen und Fenster. Von dort stammte auch der Mythos, dass sich Vorhängeschlösser mit einem gezielten Pistolenschuss öffnen ließen. In der Praxis produzierte diese Methode nur Querschläger.

»Sitz! Warte!«, befahl er Tara, die zu seiner Verwunderung gehorchte, und trat ein. Im Wohnwagen herrschte größere Unordnung als bei seinem letzten Besuch. Ein Teil des senfgelben Teppichs war herausgeschnitten worden, Schubladen standen offen. Kummer sah sich alles an. Auch hier keine Nippes- oder Plastikfigürchen. Entweder war das blaue Nilpferd das einzige seiner Art gewesen. Oder der Mörder hatte es zurückgelassen.

## *Achtens*

Kurz vor Mittag betrat Kummer das Büro des Campingplatzes.

»Was ist nur los auf der Welt?«, fragte Miroslav. »Erst diese Seuche und jetzt das. Rosa und Heinz sind tot. Glaubst du, dass er erst sie und dann sich umgebracht hat?«

»Nein, das kann ich mir nicht vorstellen.«

»Ich auch nicht, aber wer sollte es sonst gewesen sein?«

Kummer zuckte mit den Schultern. »Was geschieht nun mit ihren Sachen?«, fragte er, um herauszufinden, ob sich jemand nach dem Hund erkundigt hatte.

»Die Kinder von Rosa, ihre Tochter und ein Sohn, waren gestern hier und haben sich umgeschaut. Sie werden das Erbe ausschlagen. Eigentlich sind ausgebaute Wohnwagen auf Standplätzen zurzeit sehr gefragt, selbst Schrott geht für gutes Geld weg, die Leute brauchen einen Rückzugsort. Doch niemand will einen Wohnwagen, in dem jemand umgebracht wurde. Wenn alles offiziell ist, kommt er auf den Schrottplatz, ich werde einen Tieflader organisieren müssen, das Teil kannst du nicht mehr anhängen. Die Kosten trage ich.«

»Was passiert mit dem von Heinz?«

»Es gibt einen Bruder in einem Pflegeheim, der noch nicht weiß, was er machen will. Er hat zwei Wochen Zeit, sich zu entscheiden, wahrscheinlich kommt seiner auch weg, sodass ich die Plätze wieder vermieten kann. Die Leute rennen mir die Bude ein. Die Wochenenden sind ausgebucht, für die Sommerferien gibt es eine Warteliste. So etwas habe ich noch nie erlebt.« Er schaute kurz auf seinen Computerbildschirm. »Was ist mit dir? Du hast noch bis Donnerstag gebucht. Wenn du dich rasch entscheidest, kannst du einen der beiden Plätze haben. Allerdings sind es Saisonplätze, du musst sie mindestens bis Oktober mieten.«

»Wann musst du es wissen?«

»Am besten gleich.«

»Ich gebe dir bis heute Abend Bescheid.«

*

In seinem Camper braute sich Kummer einen Kaffee und dachte nach. Es war ein guter Campingplatz, die Lage perfekt, die Stadt erreichbar, zu Mona war es nicht allzu weit, den ganzen Sommer bleiben zu können, hätte Vorteile. Trotzdem konnte er sich nicht vorstellen, auf dem Platz von Heinz oder Rosa zu wohnen. Zudem hätte er mit seinem Camper nicht zu den Dauermietern mit ihren ausgebauten, längst immobilen Wohnwagen gepasst. Und was, wenn sich jemand fragte, warum der Hund des Verstorbenen bei ihm lebte? Als Erstes musste er die Sache mit Tara klären. Wenn er sie behalten wollte, und das glaubte er Heinz schuldig zu sein, musste er im Ausweis als Besitzer eingetragen werden. Sonst konnte er nicht mit ihr ins Ausland reisen.

Kummer rief Luigi Tobler an. Der war ein paar Jahre jünger, hatte bei der Kriminalpolizei gearbeitet und als guter Fahnder gegolten, eine schöne Karriere war ihm zugetraut worden. Doch Tobler stolperte. Stolperte über die Nähe zu einer Milieugröße, die in einen Mordfall verwickelt war. Kummer hatte nie herausfinden können, ob Tobler einen Fehler gemacht hatte oder hereingelegt worden war. Der Fahnder schwieg zu den Vorwürfen und ließ das Disziplinarverfahren über sich ergehen. Er wurde entlassen, und die einzige Stelle, die er danach fand, war bei der Stadtpolizei, Spezialabteilung Kommissariat Verwaltungspolizei, Hundekontrolle, wie sie offiziell hieß, die aber alle die Hundepolizei nannten.

»Warum versuchst du es nicht in einem anderen Beruf?«, hatte Kummer ihn gefragt.

»Weil ich Polizist bin. Ich wollte nie etwas anderes sein. Ich leiste meinen Dienst dort, wo man mich haben will. Es macht für mich keinen Unterschied.«

Kummer glaubte ihm keine Sekunde, bewunderte aber Toblers Gleichmut, an dem das Gespött der ganzen Polizeitruppe abzuperlen schien.

Die Büroräume der Zürcher Hundepolizei waren oben beim Albisgüetli. Für den kurzen Weg lohnte es sich nicht, den Camper fahrbereit zu machen. Er stellte sein Solarpanel auf, nahm Tara an die Leine und ging mit ihr zur nächsten S-Bahnstation. Sie setzte sich vor ihn, sodass sie möglichst wenig Platz einnahm, auch das Umsteigen war kein Problem. Sie schien es gewohnt zu sein, mit den öffentlichen Verkehrsmitteln zu fahren. Mit dem Dreizehner-Tram erreichte er schließlich sein Ziel.

»Tobler«, begrüßte er seinen ehemaligen Kollegen. »Schön habt ihr es hier oben.«

»Es ist ein schöner Arbeitsplatz«, antwortete Tobler, der in den sechs Jahren seit dem Vorfall deutlich gealtert war, soweit sich das beurteilen ließ, denn er trug eine Schutzmaske. Es hatte heftige Diskussionen gegeben, ob Masken etwas gegen das Virus nützten oder nicht. Die reichste Nationalrätin hatte eine in der Session getragen, weil sie den Bundesrat für zu lasch erachtete, und musste die Maske wieder abnehmen. Die Preise für die Dinger waren von ein paar Rappen auf bis zu zehn Franken in die Höhe geschossen. Die Polizei hatte sich offenbar eingedeckt.

»Dass du dir einen Hund zulegst, hätte ich nicht gedacht.«

Kummer lachte. »Ich auch nicht. Genau genommen habe ich das auch nicht, er ist mir anvertraut worden.«

Er schilderte Tobler die Situation, seine einzige Chance war, die Sache offen darzulegen. Alles andere wäre respektlos gewesen. Tobler war kein Tubel.

»Nun, wenn er dir den Hund in Obhut gegeben hat, gehört er dir. Wie heißt die Kollegin, die dir gesagt hat, dass du den Hund übernehmen sollst?«

»Brandstetter, Vera Brandstetter.«

»So wie ich das sehe, gibt es einen mündlichen Vertrag, und wenn sie das bezeugen kann, überschreibe ich den Hund auf deinen Namen.«

Tobler griff zum Telefon. »Frau Brandstetter. Hier Tobler, Hundekontrolle ... Ja, das glaube ich, dass Sie nicht mit einem Anruf von mir gerechnet haben ... Hören Sie, ihr ehemaliger Kollege Kummer ist hier mit einer Hündin, von der ein inzwischen verstorbener Untersuchungshäftling gewünscht haben soll, dass er sich um sie kümmert, stimmt das? ... So lange, bis er zurückkäme, was er ja nicht mehr tut ... So sehe ich das auch, danke Frau Brandstetter ... Ja, richte ich aus.« Er nickte Kummer zu. »Einen Gruß.«

»Gleichfalls«, sagte Kummer laut, aber Tobler hatte schon aufgelegt.

»Gut, das hätten wir also. Ich bereite alles vor. Niemand hat ein Interesse daran, dass der Hund ins Tierheim kommt. Obwohl die vielleicht noch froh wären. Hunde sind beliebt, während des Lockdowns haben die Menschen das Spazieren wiederentdeckt, weil fast alles andere nicht mehr möglich war, und da kommt man auch auf die Idee, sich einen Hund anzuschaffen. Ich hoffe nur, die landen nicht alle wieder im Heim, wenn dieser Spuk vorbei ist.« Tobler wischte den Gedanken weg. »Wo kann ich dir die Papiere hinschicken?«

Kummer gab ihm die Adresse seiner Tochter und bedankte sich. Am Abend wollte er bei ihr vorbeischauen, aber zuvor hatte er noch eine Verabredung mit Irma, die sich hatte überreden lassen, ihn zu treffen, in der Nähe des Kreuzplatzes, in einem kleinen Park, der eine Villa umgab, in der das Schweizerische Institut für Kunstwissenschaft untergebracht war. Kummer hatte die Grünanlage nie bemerkt, obwohl er fast sein Leben lang in Zürich gelebt und gearbeitet hatte. Für Parks hatte er sich nie interessiert, zudem stammte er vom anderen Ende der Stadt, von Zürich Nord, nicht Süd. Hier war der noblere Stadtteil, der in die Goldküste überging. Emil Georg Bührle, der dank Waffenhandel mit allen Kriegsparteien, einschließlich der Nationalsozialisten, zum reichsten Schweizer geworden war, hatte seine Villa an derselben Straße wie der Park, am südlichen Stadtrand, in Riesbach errichtet, seine Fabrik hingegen am nördlichen Stadtrand in Oerlikon.

Im Park mussten Hunde an der Leine geführt werden. Er war nicht der Einzige, der mit seinem Hund Gassi ging, aber weil alle angeleint waren, konnten sie nicht spielen. Es waren vor allem kleinere Hunde, die mit ins Büro genommen werden durften und kurz gelüftet wurden. Er setzte sich auf eine Bank, bald war Mittag, es war warm, und er vermutete, dass diese Anlage beliebt war, um an der frischen Luft etwas aus den umliegenden Läden zu essen. Irma betrat den Park, er winkte. Um den Arm trug sie eine dieser Masken. Sie arbeitete in einer Pflegeeinrichtung, nicht weit entfernt. Kummer stand auf, wollte sie umarmen, wurde sich bewusst, dass er das nicht sollte, und hielt in der Bewegung inne. Sie standen sich verlegen gegenüber wie zwei Teenager beim ersten Date, die nicht wussten, wie sich verhalten.

»Schön, dich zu sehen«, sagte Irma. Sie sah müde aus und setzte sich auf das Ende der Bank.

»Wie geht es dir?«, fragte Kummer, der sich ans andere Ende setzte.

»Ich bin vorsichtig zuversichtlich. Die Fallzahlen sinken, vielleicht kehrt nun bald wieder Normalität ein.«

Kummer wusste, dass sie selbst in der Normalität einen stressigen Job hatte. Sie engagierte sich, sie rieb sich an den Strukturen und Hierarchien, sie machte nicht einfach ihre Arbeit, die allein schon anspruchsvoll war. Er erzählte, was vorgefallen war, und streichelte Taras Kopf.

»Ich glaube, der Hund tut dir gut. So bist du nicht ganz allein in deinem Camper«, sagte Irma.

»Ich bin gern allein.«

»Ich weiß.«

»Aber du fehlst mir schon.«

Er streckte die Hand nach ihr aus und rückte ein bisschen näher. Sie zögerte. Man sollte sich nicht an den Händen berühren.

Sie saßen eine Weile in der Sonne, Irma schloss die Augen. Bald musste sie wieder zur Arbeit. Sie holte eine kleine Flasche mit Desinfektionsmittel aus der Tasche, sterilisierte ihre Hände und reichte es Kummer, der dasselbe tat.

»Möglicherweise kann ich im August ein paar Tage freinehmen. Ich muss Überstunden abbauen.«

»Wir könnten zusammen irgendwohin fahren.«

»Von Reisen ins Ausland wird abgeraten.«

»Ich meine in der Schweiz, mit dem Camper.«

»Zu dritt?«, sie deutete auf Tara. »Das wird eng.«

»Wir können auch in ein Hotel«, schlug Kummer vor. Gleichzeitig wurde ihm bewusst, dass er sich das kaum leisten konnte. Er hatte sich noch nicht daran gewöhnt, dass er nur noch knapp die Hälfte seines früheren Lohnes zur Verfügung hatte. Irma war nun die Besserverdienerin, obwohl ihr Lohn für ihre Leistung zu niedrig ausfiel, wie er fand.

»Ich überlege mir etwas«, sagte Irma.

»Komm mich mal im Camper besuchen, wenn du frei hast.«

»Wenn ich frei habe, will ich nur noch schlafen. Tut mir leid. Irgendwann wird es besser.«

Kummer sagte nichts. Irma, die sich um andere kümmerte, hatte es nicht gern, wenn man sich um sie kümmerte. Ihre Beziehung war immer eine unregelmäßige gewesen, mit Phasen, in denen der Kontakt auf ein Minimum beschränkt war. Sie hatten beide Schichtdienst geschoben und manchmal von der Arbeit den Kopf so voll, dass sie ungenießbar waren. Seit seiner Pensionierung war ihre Beziehung aus dem Gleichgewicht. So war es gut, dass er nicht in der Stadt wohnte. Es war offensichtlich, dass sie ihm mehr fehlte als er ihr, was er nicht persönlich nahm. Sie war erschöpft und hatte keine Energie mehr, sich einem weiteren Menschen zu widmen. Sie versprachen, öfter mal anzurufen.

*

Mit dem Tram fuhr er nach Altstetten, wo seine Tochter Mona wohnte. Montags blieb ihr Café geschlossen. Sie freundete sich sofort mit Tara an. Kummer verschwieg ihr die Umstände, wie er an sie gekommen war, und behauptete, er habe sie von einem Bekannten, der ins Altersheim musste. Warum er seine Tochter anlog, war ihm nicht klar. Er wollte sie nicht mit üblen Geschichten belasten, wollte nicht, dass sie Angst um ihn hatte oder sich Sorgen machte. Wobei er gar nicht wusste, ob sie sich welche machen würde, wenn er ihr die Wahrheit sagen würde. Doch sie war sein Kind, und er wollte es vor der bösen Welt beschützen, obwohl sie erwachsen war und das auch früher nie funktioniert hatte.

»Ich hätte auch gerne einen Hund«, sagte sie. »Aber die sind hier in der Siedlung nicht erlaubt.«

»Du könntest umziehen.«

»Eine so günstige Wohnung in so einer Lage finde ich nicht mehr. Wir sind in Zürich.«

Mona wohnte am Stadtrand, in der Nähe des Waldes.

»Wie läuft das Geschäft?«

»Harzig. Wir hatten sechs Wochen geschlossen. Ich habe keine Unterstützung bekommen, weil ich keine Vorjahresumsätze vorweisen kann. Ich bin immer noch am Verhandeln, aber es ist sehr mühsam. Immerhin dürfen wir wieder öffnen, wenn auch mit Auflagen. Zum Glück haben wir Außenplätze, da sind die Einschränkungen nicht ganz so streng. Zudem habe ich einen Antrag auf Mietminderung gestellt.« Sie sah ihn an. »Ich hoffe, dass ich dir das Geld, das du mir geliehen hast, zurückzahlen kann. Aber es wird länger dauern. Vielleicht ist ja bald alles ausgestanden.«

»Mach dir darüber keine Sorgen. Ich brauche das Geld nicht.« Er hoffte, dass das stimmte. Solange er gesund blieb, war es wohl so. Er musste halt sparsam sein.

# *Neuntens*

Der Platz war zu einem Drittel leer, als Kummer sich am Donnerstag ans Zusammenpacken machte, das Wochenende hingegen war ausgebucht. Am Wochenende war wohl jeder Campingplatz ausgebucht, die guten bis zum Saisonende hin.

Er trank einen Kaffee aus der Bialetti, ohne Gipfeli, weil er es immer noch nicht fertigbrachte, im Bistro vorne nur für sich einzukaufen, zu sehr erinnerte ihn die dezimierte Bestellung an Heinz und Rosa, zwei Menschen, die er nur kurze Zeit gekannt, aber gemocht hatte und die nun beide tot waren.

»Rosa ist gestern beerdigt worden«, sagte Miroslav, als Kummer sich von ihm verabschiedete.

»Bist du hingegangen?«

»Nein, es war irgendwo in der Nähe von Bern, und ich komme während der Saison hier nicht weg. Weißt du, wann Heinz dran ist?« Kummer wusste es nicht, er müsste Brandstetter fragen. Irgendwie wäre er gerne zur Beerdigung von Rosa gegangen, auch wenn er sie kaum gekannt hatte. Nach der Regel, die er aufgestellt hatte, allerdings nicht gut genug. Er ging nur auf Beerdigungen von Menschen, bei denen er zu Hause oder die bei ihm zu Hause gewesen waren. Auf Heinz traf sein Grundsatz zu.

»Du kommst mit mir«, sagte er zu Tara. Groß war er nicht, sein Camper, aber es würde schon gehen. Tara schien pflegeleicht, und er hatte sich bereits an sie gewöhnt. Sie gehorchte gut und bellte nur, wenn jemand zu nahe kam.

Die Transportbox ließ sich hinter dem Fahrersitz festzurren, sodass sie während der Fahrt nicht herumrutschte. Obwohl Kummer nicht annahm, dass sie mit Heinz oft in der Box gereist war, stieg sie ein, als sei es das Selbstverständlichste auf der Welt.

Es war es gar nicht so einfach, einen Platz zu finden, auf dem er länger bleiben könnte. Die Sommerferien, in der Schweiz traditionell gestaffelt, begannen in einigen Kantonen und Teilen Deutschlands. Obwohl von grenzüberschreitenden Reisen abgeraten wurde, gab es offenbar viele Anmeldungen von Deutschen und Holländern. So verbrachte er zwei Nächte auf einem Stellplatz, einer Art Parkplatz für Wohnmobile, auf dem man den Fäkalientank entleeren und frisches Wasser auffüllen konnte. Kummer kam nun nicht mehr darum herum, sich in einem Geschäft für Campingzubehör ein WC zu kaufen, das letzte erhältliche Exemplar, das Ausstellungsmodell.

Erst am Sonntag, dem 28. Juni 2020, kam er auf einem etwas heruntergekommenen Campingplatz im Toggenburg unter, auf dem er eine Woche bleiben konnte. Schon am zweiten Tag fragte er sich, ob er nicht einen Fehler gemacht hatte. Bei Miroslav war es ungleich komfortabler gewesen. Hier gab es kein Bistro, nur je eine Männer- und eine Frauentoilette, und der Waschraum war eng und muffig. Als er sich morgens die Zähne putzte, benutzte jemand geräuschvoll das WC hinter ihm. Am Abend putzte er sie im Camper. Einen Markt gab es weit und breit nicht, nur die Filiale einer holländischen Lebensmittelkette, in der er nichts fand.

Die Beerdigung von Heinz, das hatte Brandstetter für ihn herausgefunden, fand am Dienstag auf dem Friedhof Nordheim in Zürich statt. Kummer zögerte einen Moment, Tara mitzunehmen, aber er konnte sie schlecht den ganzen Tag alleine auf dem Platz lassen. Er steckte das AC/DC-Shirt ein, in der Hoffnung, es Heinz ins Grab legen zu können. Es waren nur eine Handvoll Personen, die sich bei den Gemeinschaftsgräbern einfanden. Ein Mann im Rollstuhl mit einer Betreuerin, das musste Heinz' Bruder sein, eine Pfarrerin und drei Männer in Heinz' Alter, in Jeans und Lederjacken, vom Leben gezeichnet. Die Pfarrerin hielt eine kurze Rede, sie arbeitete in dem Heim, in dem der Bruder lebte, und hatte von ihm offenbar einige Eckdaten bekommen. Viel war es nicht, sie erwähnte bloß Höhen und Tiefen, von den Umständen seines Todes sprach sie gar nicht. Danach konnte man noch etwas in das Loch mit der Urne geben, eine Blume, wie es der Bruder tat, aber das T-Shirt konnte er nicht hineinwerfen.

Kummer wollte sich schon zum Gehen wenden, als ihn einer der drei Männer am Ärmel festhielt.

»Warte noch einen Moment«, brummte er.

Als sich Bruder mitsamt Betreuerin und Pfarrerin entfernt hatten, stellte der größte der drei einen Bluetooth-Lautsprecher auf, fummelte an seinem Handy, und eine Blues-Nummer erklang, die Kummer nicht kannte.

*»Ride on«,* erklärte der, der ihn zurückgehalten hatte, wäre Heinz' Lieblingssong gewesen.

Das Stück gefiel Kummer, und auch wenn er mit dieser Art von Blues, der sich aus dem Bar Blues entwickelt hatte und von Leuten wie Eric Clapton zur Verdaulichkeit für die weiße Mittelschicht weich gekocht und verwässert worden war, nicht viel anfangen konnte, ging ihm dieser Song ans Herz. *Bought myself a oneway ticket, going the wrong way*, verstand er eine Textzeile.

»So«, sagte der Große, »ich weiß nicht, ob Heinz seine Freundin umgebracht hat, wie die Bullen sagen, aber ich kann es mir nicht vorstellen. Wie dem auch sei, der Song ist für dich, Alter. Mach's gut, wir sehen uns alle dort.«

Ein Riff ertönte, ein härteres Stück begann, Kummer erkannte den Refrain: *I'm on a highway to hell.*

Die drei Männer sangen, reckten die Fäuste in die Luft, Zeige- und kleiner Finger abgespreizt, und schüttelten ihre Köpfe. Der Große hatte lange graue Haare, der andere war feist, mit Halbglatze, das Resthaar zu einem dünnen Pferdeschwanz gebunden, der dritte, der am ältesten aussah, hatte halblange schwarze Locken, die offensichtlich gefärbt waren, und zwar nicht von einem Coiffeur.

»Wir gehen noch einen schnappen, kommst du mit?«, fragte die Halbglatze.

Kummer nickte. »Okay, aber nur kurz.«

Locke deutete auf Tara. »Du hast seinen Hund übernommen? Ich habe mich schon gefragt, was aus dem geworden ist.«

»Wieso, hättest du sie gewollt?«, fragte Kummer, gleichzeitig hoffnungsvoll und besorgt. Einerseits war so ein Hund eine Belastung, andererseits hatte er sich an Tara gewöhnt.

»Um Himmels willen, nein, ich habe zwei Katzen und wohne in einer Eineinhalbzimmerwohnung im fünften Stock.«

Die anderen beiden meldeten auch kein Interesse am Hund an.

Die Beiz, die sie betraten, war an diesem Dienstagnachmittag leer. Sie bestellten alle eine Stange und stießen an.

»Woher kennst du den Heinz?«

»Ich kannte ihn nur eine sehr kurze Zeit, wir sind uns auf dem Campingplatz begegnet.«

Der Große kannte Heinz, seit sie mit fünfzehn und siebzehn zusammen im Heim waren, bei ihm war Heinz polizeilich gemeldet gewesen.

Locke hatte Heinz vor vierzig Jahren an einem Konzert

kennengelernt, Halbglatze wusste nicht mehr, woher er ihn kannte. Aber er kannte ihn schon lange.

Offenbar hatten die drei immer noch Kontakt und trafen sich hin und wieder. Heinz hatte seine Freunde, die nun Anekdoten aus seinem Leben auftischten, nie erwähnt.

Kummer trank seine Stange aus. »Ich hab hier noch etwas.« Er faltete das T-Shirt auseinander.

Der Große schnappte es sich. »Das bekommt einen Ehrenplatz bei mir zu Hause.«

Die beiden anderen zögerten, protestierten aber nicht. Er war offenbar der Chef vom Verein. »Weißt du, was Angus Young einst in einem Interview sagte, als der Journalist ihm vorwarf, AC/DC hätten zehnmal dieselbe Platte gemacht?« Kummer schüttelte den Kopf. Halbglatze übernahm den zweiten Teil der Geschichte: »Er nannte den Reporter einen unverschämten Ignoranten, denn tatsächlich hätten AC/DC schon elfmal dieselbe Platte gemacht.«

»Inzwischen sind es achtzehn«, warf Locke ein, »plus drei Livealben.« Die drei stießen an. Kummer zahlte die Runde und verabschiedete sich. Er würde die Leute nie wieder sehen.

# *Zehntens*

Kummer war seit einer Woche im Toggenburg und wusste nicht recht, was mit sich anfangen. Das Solarpanel hatte er hinter die Frontscheibe geklemmt, weil der Wind oft zu stark war. Die Powerstation war voll, außer seinem Handy und seinem Tablett hatte er nichts aufzuladen. Tagsüber war es heiß, die Wege führten allesamt steil bergauf, und die Seilbahnen hatte er bald alle durch. Auf dem Morgenspaziergang zum nächsten Dorf kaufte er am Kiosk eine Zeitung, auf deren Titelseite ihm ein Textkästchen ins Auge gestochen war: *Mord auf dem Campingplatz: Wer hat Gerda D. umgebracht? Seite 5.*

Er fand ein Café, in dem man nicht auf ihn gewartet hatte und schon jetzt gestresst war. Er bestellte sich einen Espresso und ein Gipfeli, ehe er den Artikel las. Die Zeitung hätte er sich sparen können, da sie auch hier auslag.

Bei dem Opfer handelte es sich um eine zweiundsechzigjährige Frau, beim Tatort um einen beliebten Campingplatz in einer Touristendestination mit internationalem Renommee. Die Frau war nachmittags im Waschraum ermordet worden. Kummer war sogleich überzeugt, dass es derselbe Täter war. Aber eben, Bauchgefühl. Sein Bauch hatte damals, bevor er von einer Kugel durchschlagen wurde, nichts gefühlt. Nun hatte er das Gefühl, dass Heinz kein Mörder war.

Zurück im Camper rief er Brandstetter an.

»Kummer? Was ist los?« Sie klang verschlafen.

»Haben Sie es nicht mitbekommen? Wieder ein Mord, wieder auf einem Campingplatz.«

»Was? Nein.« Kummer hörte hinter ihr ein Brummen, das von einer männlichen Stimme stammte, und das Geräusch einer Hand, die sanft auf nackte Haut klatschte. Er schaute auf die Uhr. Es war kurz nach neun Uhr, Sonntagmorgen.

»Sorry, ich habe ein paar Tage frei. Rufen Sie mich am Dienstag wieder an.«

»Aber ...«

Sie hatte schon aufgehängt.

*

Mit dem Handy suchte er nach dem Campingplatz, auf dem der Mord geschehen war. Ein Name war zwar nicht genannt worden, aber man brauchte kein Meisterdetektiv zu sein, um herauszufinden, um welchen Platz es sich handelte. Auf Google fand er den passenden Eintrag und drückte auf die Telefonnummer. Besetzt. Nach drei Versuchen gab er auf. Wahrscheinlich wurde die Rezeption von den Medien belagert, von Sensationslustigen und Hellseherinnen, die den Platz auspendeln wollten, um den Täter zu identifizieren. Menschen, die behaupteten, übersinnliche Kräfte zu haben, meldeten sich bei jedem Mordfall, bei dem die Täterschaft nicht sofort feststand. Bisher dank ihrer Hilfe gelöste Fälle: null. Weltweit. Die Leute behaupteten zwar, dass sie mit Toten sprechen konnten, aber sie zu fragen, wer sie umgebracht hatte, funktionierte irgendwie nicht. Kummer hatte sich öfters über die Aussage gewundert, wir lebten in einem rationalen Zeitalter. Dabei war keine Theorie zu absurd oder abwegig, um begeisterte Anhänger zu finden, die darauf pochten, dass alles, was man sich vorstellen konnte, ebenso ernstgenommen werden müsse wie all jene Phänomene, die man belegen konnte.

Spontan beschloss Kummer, sein Glück vor Ort zu versuchen. Er suchte den Platzwart und meldete sich ab, sagte etwas von einem familiären Notfall. Bezahlen musste er trotzdem bis zum Ende der gebuchten Zeit, was er widerwillig tat. So schäbig der Platz, so unsympathisch der Betreiber, so wenig wollte er es sich verderben. Gut möglich, dass er zurückkommen musste, wenn sein Plan nicht aufging, oder später im Sommer, während der Zürcher Sommerferien. Bei Mona unterzukommen war mit Tara keine Option mehr. Sie hatten kurz telefoniert, der Hundeausweis war angekommen, sie würde ihn mit in ihr Café nehmen.

*

Es war später Nachmittag, als er endlich ankam. Das Packen nahm ziemlich viel Zeit in Anspruch. Bis alles zusammengeklappt, auseinandergeschraubt und verstaut, das Velo auf dem Träger festgemacht war, hatte er schon wieder Hunger. Auf der ersten Autobahnraststätte aß er etwas und trank einen Kaffee. Unterwegs war er mit seinem Camper meist zwischen Lastwagen eingeklemmt, weshalb er Landstraßen bevorzugte, doch diesmal hatte er es eilig. Schön war die Fahrt über den Brünig. Am Campingplatz war die Schranke heruntergelassen, er parkte davor und ging zu Fuß zum Büro. Es war ebenfalls verschlossen.

Eine Frau mit kurzen hellbraunen Haaren und einer pinkfarbenen, etwas ausgebleichten Strähne in den Fransen kam auf ihn zu. Sie trug ebenso pinke Crocs, Bermudashorts und ein giftgrünes Poloshirt, auf das der Name des Campingplatzes gestickt war.

»Was wollen Sie?«, fragte sie genervt.

»Haben Sie noch einen Stellplatz für die nächsten paar Tage?«

Sie blieb stehen und musterte ihn. »Sind Sie Journalist?«

Kummer lachte. »Sehe ich so aus?«

»Ich weiß nicht, wie Journalisten aussehen, das heißt, bis gestern wusste ich es nicht. Seither habe ich einige gesehen und mit vielen telefoniert. Sie glauben nicht, was da los ist. Meinen Sie, in den fünfzehn Jahren, in denen ich diesen Platz betreibe, hätte sich außer dem Lokalradio irgendwer für uns interessiert? Wollte jemand einen Bericht machen darüber, wie schön es hier ist? Nein. Aber kaum, dass hier ein Unglück geschieht, da stehen sie alle auf der Matte.« Sie stemmte die Hände in die Hüfte.

»Ich bin kein Journalist«, beteuerte Kummer, »sondern Pensionist.«

»Was wollen Sie dann hier?«

»Ich suche einen Platz für ein paar Tage.«

Die Frau kniff die Augen zusammen. »Und da kommen Sie ausgerechnet auf den Platz, auf dem ein Mord geschehen ist.«

»Ein Mord?«

»Tun Sie nicht so unschuldig.«

Kummer zuckte mit den Schultern. »Ich habe seit dem Lockdown aufgehört, Nachrichten zu hören und Zeitung zu lesen. Es ist zu deprimierend, und ändern kann ich ja doch nichts.«

Sie lächelte müde. »Da könnten Sie recht haben.«

»Was ist das für eine Geschichte mit dem Mord?«

»Die habe ich nun weiß Gott viel zu oft erzählt. Hier ist jemand umgebracht worden. Wollen Sie trotzdem einen Platz?«

»Ja.«

»Viele Leute sind abgereist, den ganzen Tag wurden Reservationen gecancelt. Das hat mir gerade noch gefehlt, jetzt wo es endlich wieder aufwärtsgeht.«

»Die Leute vergessen schnell«, winkte Kummer ab.

»Hoffen wir's. Ich selber werde es leider nie mehr vergessen.« Sie sah zu den berühmten Berggipfeln hoch oder ins Leere.

»Sie haben das Opfer gefunden?«

Die Frau nickte. »Eine Holländerin hat mich gerufen, etwa um halb drei. Die Tür der Kabine war nicht abgeschlossen, sie hat aufgemacht und hat sich zu Tode erschrocken. Die Frau lehnte an der Wand, der Kopf zur Seite geknickt. Ich habe zuerst gedacht, sie ist ohnmächtig geworden, aber sie war tot.«

»In der Duschkabine?«

»Der Mörder muss sie dort erwartet haben. Von hinten erwürgt, sagt die Polizei, die ich sofort gerufen habe. Sie seufzte. »Warum hatte das gerade hier passieren müssen?« Sie winkte ab. »Jetzt habe ich Ihnen doch alles erzählt. Also was ist, wollen Sie den Platz immer noch?«

»Ich war früher bei der Polizei«, sagte Kummer, der das nicht hatte erwähnen wollen. »Von dem her ... Ich bin da weniger sensibel als andere. Außerdem ist der Ort, an dem ein Verbrechen gegangen wurde, wahrscheinlich der sicherste, weil fast nie zwei Verbrechen am selben Ort stattfinden.«

»Das wäre ja noch schöner, wenn mir hier die Gäste umgebracht würden, einer nach dem anderen.«

»Damit ist nicht zu rechnen.«

»Ich habe immer gedacht, Täter kehren stets wieder an den Tatort zurück.«

»Das ist eine Legende.«

»Hoffentlich. Wie lange wollen Sie denn bleiben?«

»Mindestens eine Woche, wenn das möglich ist.«

»Im Moment ist alles möglich. Wir waren bis Ende Sommer ausgebucht, bis auf ein paar Wochentage und Parzellen, aber wie gesagt, es wurden reihenweise Reservationen storniert.«

»In dem Fall bleibe ich mal eine Woche, und dann schauen wir weiter. Vorausgesetzt, dass Hunde erlaubt sind«, fügte er hinzu, als ihm einfiel, dass Tara im Auto wartete.

Die Frau lächelte. »Natürlich sind Hunde erlaubt. Ich gebe Ihnen einen der Plätze direkt am See, einen Premium-Platz, zum Standard-Tarif.«

»Das ist aber nett von Ihnen.«

»Ich bin die Margrit.« Sie streckte ihm die Hand hin, zog sie dann aber wieder zurück.

»Henry«, stellte sich Kummer vor. Auf dem Campingplatz duzte man sich.

»Wenn du mir deinen Ausweis dalässt, können wir die Formalitäten später erledigen. Wenn du heute noch ein SUP mieten willst, musst du es jetzt sagen.«

»Später vielleicht.« Kummer musste bei der Vorstellung, wie er auf so einem Brett stand, beziehungsweise von so einem Brett flog, innerlich grinsen.

Sein Platz lag im Schatten einiger Bäume. Davor ein Fußweg und der See. Richtig schön war es und ruhig. Der Campingplatz war fast leer. Weiter vorne stand ein großer Wohnwagen mit holländischen Nummernschildern, am Tisch davor eine fünfköpfige blonde Familie. Ein paar Wohnmobile und Wohnwagen sahen verlassen aus. Möglich, dass die Leute mit ihrem mitgeführten Auto oder Motorrad abgefahren waren, um ein paar Tage später zurückzukehren. Kummer staunte immer wieder, was für Fahrzeuge die Leute in den größeren Wohnwagen und -mobilen mitführten: Kleinwagen, Scooter, Töffs und Velos, die in eigens dafür vorgesehenen Garagenabteilen transportiert wurden.

Seine Parzelle war groß, er ließ Tara ohne Leine herumlaufen, während er den Außenbereich aufbaute. Sogar die Seitenwände hängte er an die Markise, nur zum See hin ließ er sie offen. Es war gutes Wetter vorhergesagt, also stellte er auch das Solarpanel auf. Als er fertig war, band er Tara an und ging zu den sanitären Anlagen, die sich der Rezeption gegenüber befanden. Der Teil, in dem die Duschen für die Frauen lagen, war wieder offen. Kummer ging sich rasieren, das war schon seit Tagen nötig. Das Gebäude war hellhörig. Gestern, an einem schönen Mittwochnachmittag, muss hier ordentlich Betrieb geherrscht haben, dachte er.

Schwer vorzustellen, wie jemand sich in eine Duschzelle reinschleicht, die Frau darin packt, ihr den Mund zuhält, sodass das Opfer nicht schreien kann, es erwürgt und ohne Lärm auf den Boden setzt, an der Wand anlehnt und dann verschwindet. Trotzdem war es genau so passiert.

## *Elftens*

Das erste Juli-Wochenende verbrachte Kummer auf dem Platz und las auf dem Tablet alles, was er über den Fall finden konnte. Von Zeit zu Zeit trank er am Kiosk einen Espresso, den er sich selber an einem Automaten herausließ. Drei Franken achtzig. Er schmeckte gut, aber nicht so gut wie der von Heinz. Er versuchte zu baden, aber der See war ihm zu kalt, also sprang er nur kurz hinein.

Es gab eine Waschmaschine, und am Samstagnachmittag nutzte er die Gelegenheit, ein paar Klamotten zu waschen. Ein drahtiger Mann kam herein, braun gebrannt, rasierte Beine. Ein Gümmeler, ohne Zweifel. Kummer dachte daran, dass er vor dem Bauchschuss viel Rennrad gefahren, aber seither nicht mehr richtig in Schwung gekommen war. Nur wenige Male hatte er eine kleine Tour unternommen. Das Velo war vom Sportgerät zum Transportmittel degradiert worden. Die Lage des Platzes war eigentlich ideal, um wieder einmal ein paar Kilometer abzuspulen.

»Ich bin gleich fertig«, entschuldigte sich Kummer.

»Ah gut, ich will nur meine Velokleider waschen.«

Der Mann setzte sich auf einen der weißen Plastikstühle, dieselben, die bei Heinz gestanden hatten, dieselben, die überall auf der Welt standen. Geschwungene Armlehnen, stapelbar und nach ein zwei Saisons irgendwo gebrochen.

Kummer sah die Streifen am Körper des Mannes, der Badehose und ein T-Shirt trug. Als würde er ein weißes T-Shirt und weiße längere Shorts darunter tragen, war die Haut dort, wo das Velotrikot war, weiß und von da an tiefbraun. Das rechte Bein zitterte nervös. Ein aktiver Mensch, der nicht gerne untätig war. Schon stand er wieder auf, schnappte sich die herumliegende Gratiszeitung vom Vortag, setzte sich wieder hin, blätterte darin, blieb hängen, sah auf.

»Schon verrückt, he.« Er schwenkte die Zeitung. »Nur ein paar Meter von hier, wo wir sitzen. Zägg!« Er fuhr sich mit den Fingerkuppen über den Hals.

»Ich bin erst am Donnerstag angekommen«, gab sich Kummer ahnungslos, »aber ich habe etwas gehört.«

Der Mann stand auf und zeigte Kummer den Artikel, in dem nichts stand, was Kummer nicht schon wusste.

»Meine Frau hat eine knappe Stunde vorher im Außenbereich desselben Gebäudes abgewaschen, nur wenige Meter vom Tatort entfernt. Wenn ich nur daran denke.« Er legte die Zeitung ab. »Ihre Wäsche ist fertig.«

Kummer öffnete die Maschine und räumte seine Sachen in den Trockner.

»Ich glaube nicht, dass eine Gefahr für sie bestanden hat. Trotzdem habe ich sie heimgeschickt, sicher ist sicher. Wissen Sie, so ein Mord, das muss man planen. Opfer und Täter kennen sich eigentlich immer.«

»Kannten Sie die Frau?«, versuchte es Kummer.

»Richtig gekannt habe ich sie nicht, nur so vom Sehen. Sie war mit ihrem Mann da, auf Platz 114. Der Camper steht noch da, ihn haben sie verhaftet. Also ich wette, dass er es war. Zufallsmorde gibt es extrem selten. Er war, nun ja, ein Sürmel, hat sich von hinten bis vorne bedienen lassen, die Frau konnte einem leidtun. Ich weiß nicht, ob die beiden zum ersten Mal hier waren, gesehen habe ich sie vorher noch nie.«

Kummer staunte, was der Mann alles über Verbrechen zu wissen glaubte. Die Leute wurden rasch Experten.

»Kommen Sie oft auf diesen Platz?«

»Ja, wir sind Stammgäste, wir sind mehrmals pro Jahr hier. Meiner Frau gefällt der Ort, sie kann am See sitzen, Ausflüge machen und lädele, während ich mit dem Velo unterwegs bin. Heute Morgen bin ich mit dem Zug nach Altdorf und dann über den Furkapass hierher zurückgefahren«, sagte er nicht ohne Stolz.

»Den Furka bin ich auch mal gefahren, aber nur von Andermatt aus«, erinnerte sich Kummer.

Der Mann lächelte nachsichtig.

»Wissen Sie, was für mich nicht aufgeht?«

Kummer schüttelte den Kopf.

»Schauen Sie sich doch den Wohnwagen an. Das ist ein Tabbert Puccini, Baujahr 2015. Das ist ein schöner Wagen, mit Warmwasseraufbereitung und einer richtigen Dusche. Also, wenn ich jetzt so einen hätte, und ich habe den schon auch angeschaut, aber er ist mir zu groß und unter uns gesagt zu teuer … Ich bevorzuge ohnehin das Wohnmobil, aber die Dusche ist für mich wichtig, verstehen Sie, nach dem Velofahren muss ich duschen, heute bin ich allerdings nach meiner Tour direkt in den See gesprungen. Herrlich, sage ich Ihnen. Auf jeden Fall … Ich würde sicher nicht an einem Mittwochnachmittag in die Waschräume gehen, wenn ich im Wohnwagen eine eigene Dusche hätte. Selbst wenn die Frau aus irgendeinem Grund ausgiebig duschen wollte, also mit mehr Druck, dann geht sie doch über Mittag oder wenn alle am Znacht sind.« Er winkte ab und stopfte seine Trikots in die Maschine. »Item, ich lasse mir die Ferien sicher nicht verderben, nicht bei dem Wetter. Und dieses Jahr hat es viel weniger Autos und Töffs auf den Pässen, unter der Woche zumindest, weil all die Deutschen und Franzosen und Holländer zu Hause bleiben. Die meisten wenigstens. Wie gesagt: herrlich.« Der Mann drückte den

Startknopf der Maschine. »Kurzprogramm, zwanzig Minuten, das reicht. Also dann, ich warte sicher nicht hier drinnen, und überhaupt«, er streckte die Hand aus, »ich bin der Peti.« Bevor Kummer einschlagen konnte, zog er sie wieder zurück. »Oha, das sollte man ja nicht machen.«

»Henry«, sagte Kummer. »Freut mich.«

»Wenn du willst, können wir mal gemeinsam fahren, Henry.«

»Ich glaube, ich bin ein paar Klassen unter dir, du würdest dich langweilen mit mir.«

»Das wäre mir gleich, das Angebot steht. Flach um die Seen, vielleicht noch auf den Brünig, ich will morgen ohnehin 'ne leichte Tour fahren. Wenn es dich interessiert, schau noch vorbei, Platz 233. Der Hymer mit den gelben Liegestühlen«, er zuckte mit den Schultern. »Wollte meine Frau unbedingt, und mir ist die Farbe egal. Ist aber heikler als grau oder anthrazit, fleckentechnisch.«

»Ich überleg es mir, danke Peti.«

## *Zwölftens*

Am Montagmorgen spazierte Kummer mit Tara in den bekannten Touristenort. Nur fehlten die Touristen aus aller Welt, der Ort gehörte zum Pflichtprogramm, besonders für Menschen aus Indien und den arabischen Staaten. Nun waren es die Schweizer, die von hier aus auf die berühmten Berge im Umland strömten. Bei einem Sportgeschäft standen robust aussehende Schuhe draußen, die großen Größen waren bereits herabgesetzt. Kummer betrat den Laden und ließ sich darüber aufklären, dass es sich bei diesen Modellen um Trekkingschuhe handelte. Er kaufte ein Paar. Mit Tara würde er vermehrt auf Wanderwegen unterwegs sein. Die Schuhe, die er besaß, waren für den Asphalt gemacht, das hatte er im Toggenburg gemerkt, wo auch ein Teil der Wanderwege asphaltiert war. Der Reiz der Natur hatte sich ihm als Stadtkind nie ganz erschlossen. Am liebsten war er mit seinem alten Cadillac durch die Natur gefahren, aber die Zeiten waren vorbei. Der Wagen war verkauft, das sinnlose Herumfahren nicht mehr angesagt. Seine Tochter hatte ihn bereits, als sie sechzehn war, darauf aufmerksam gemacht, dass es vielleicht nicht die beste Idee war, mit einem Auto, das im Schnitt vierunddreißig Liter Benzin verbrauchte, durch die Gegend zu kutschieren. Obwohl sie es als Kind geliebt hatte. Kummer hatte es eingesehen, die Straßen waren ohnehin zu voll, beim gemütlichen Dahintuckern wurde er angehupt und riskant überholt. Ein paar Mal war er zu Oldtimer-, Trucker- und Fiftys-Revival-Veranstaltungen gefahren. Die Fahrzeuge und die Musik aus dieser Zeit gefielen ihm zwar, das Ambiente hingegen war ihm zu angestrengt, zu perfekt auf eine eingefrorene Vergangenheit fokussiert. Alles musste genau so sein wie damals, man verlor sich in Details und Accessoires.

Ihm war es nie um die gute alte Zeit gegangen, ihn hatte einfach der Sound angesprochen, damals als Jugendlicher in Zürich-Affoltern. Vor allem Bo Diddley hatte es ihm angetan, was ihn schon einmal in Konflikt mit den lokalen Teddy-Boys brachte, bei denen nur Elvis, Gene Vincent, Jerry Lee Lewis und Eddy Cochran etwas galten. Die zufälligerweise alle weiß waren. Die Teds sahen sich als Gegenbewegung zu den Hippies und später zu den Punks, deshalb gab es viele Leute mit rechter Gesinnung darunter. Die Südstaatenflagge als Gürtelschnalle war ein Symbol, das damals noch nicht viele zu deuten wussten. Er war über den Film *American Graffiti* auf den Rock 'n' Roll der fünfziger Jahre aufmerksam geworden. Er hatte nichts gegen Elvis und Bill Haley, doch dass die den Rock 'n' Roll erfunden hätten, glaubte er nicht lange, denn er begann, sich immer mehr in diese Musik zu vertiefen, was in seiner Jugend ohne Internet gar nicht so einfach gewesen war. Es gab einen spezialisierten Plattenladen, George Tanner Records, damals noch im Seefeld, heute in der Nähe des Letzigrundes. Chuck Berry, Bo Diddley, Little Richard, sie alle hatten den Sound geprägt, der aus Jazz, Rhythm and Blues und Country entstanden war. Diese Mischung hatte die schwarze Musik Weißen zugänglich und somit zu einem enorm einträglichen Geschäft gemacht, von dem die Begründer der Stilrichtung nur selten profitiert hatten. Erst als Anfang der sechziger Jahre britische Bands diese Musik spielten, wurde sie auch in ihrem Ursprungsland von der weißen Bevölkerung entdeckt, was zuvor aufgrund der Rassenschranken oder dem grassierenden Rassismus nicht geschehen war. Aus dem klassischen Rock 'n' Roll entwickelten sich mit der Zeit weitere Stilarten.

Kummer gefiel, was ihm gefiel, egal wie man es nannte, wie später die Stray Cats, von denen auch die Punks Fans waren. Er selber war zu ein paar Punk-Konzerten gegangen, bei denen das Rock 'n' Roll Trio Ladyshave – der Name hatte ihn im Gegensatz zur Musik nicht begeistert – auftrat. Man hatte ihn schräg angeschaut, aber in Ruhe gelassen, er war ein paar Jahre älter als der Durchschnitt und so groß wie der Steh-Bassist der Band, die sich nicht davon beeindrucken ließ, dass die Punks sich von ihren perfekten Tollen und schicken Anzügen provoziert fühlten. Das hatte ihm gefallen, dass sie sich sozusagen im Feindesland bewegten. Die Unangepassten unter den Unangepassten, die natürlich ihre eigenen Normen und Regeln hatten. Leider gab es von der Gruppe weder eine CD noch eine Single oder gar LP, nur eine Kassette hatte er besessen. Auf Spotify kannte man die Band nicht.

Aber gewandert war er nie, hatte nie zu den Rotsocken gehört, wie man sie früher nannte, weil sie zu ihren kniehohen Wanderhosen oft rote Socken trugen und morgens um sechs die Bahnhöfe bevölkerten, um rechtzeitig an ihrem Ausflugsziel zu sein.

Ihm hatte der Chäfer- und Uetliberg als Naherholungsgebiet genügt, und Wanderschuhe hatte er nie besessen. Nun also besaß er ein Paar Trekkingschuhe. Mit der Tüte in der Hand schlenderte er weiter.

Vor einem Velohändler sah er Anhänger stehen und betrat das Geschäft mit der Frage, ob es auch Hundeanhänger gäbe. Die gab es, der Händler führte sie aber nicht im Sortiment. Er könnte einen bestellen, wisse aber nicht, wann der geliefert würde. In China war während der Pandemie die Produktion zurückgefahren worden. Es gab überall Engpässe.

»Ich weiß nicht, wie lange ich hier bin.«

»Sie werden auch nicht im Internet fündig«, sagte der junge Verkäufer ärgerlich. »Die können genauso wenig liefern wie wir.«

*

Erst am Dienstag fiel ihm ein, dass er vergessen hatte, sich anzumelden. Nach dem Kaffee ging er zur Rezeption.

»Ah, du kommst wegen der Bürokratie«, begrüßte ihn Margrit lachend.

Kummer nickte. »Entschuldige die Verspätung, ich hab's komplett vergessen.«

»Das ist doch ein gutes Zeichen. Das heißt, dass es dir hier gefällt und du entspannt bist.« Sie reichte ihm den Anmeldungsblock. Kummer war dabei, das Formular auszufüllen, als er plötzlich innehielt.

»Was ist das?«, fragte er und deutete auf die kleine blaue Plastikfigur, die auf dem Rand der Kasse stand.

»Herzig, gell?« Margrit nahm sie in die Hand. Ein kleines hellblaues Nilpferd in Badehosen, das auf dem Rücken lag, einen Strohhut über das Gesicht gezogen.

»Wo hast du das her?« Es war dasselbe Nilpferd, wie er es bei Rosa gefunden hatte, nur dass jenes stand und einen Schwimmring trug.

»Der Dorfpolizist, der Känzig, hat es gestern vorbeigebracht. Es wurde in der Duschkabine gefunden, in der …«, sie stockte und stellte das Figürchen wieder ab, als sei es unangenehm anzufassen, »… in der das Unglück passiert ist. Wahrscheinlich hat es ein Kind vergessen, das die Kabine vorher benutzt hat. Vielleicht kommt es ja zurück und freut sich, wenn es sein Spielzeug wieder bekommt. Die Wahrscheinlichkeit, dass das geschieht, ist natürlich gering, aber es erinnert mich daran, dass man nie die Hoffnung aufgeben darf, egal wie schwierig die Zeiten sind.« Sie lächelte Kummer an, der stumm auf das kleine Stück Plastik starrte. »Was ist denn los, ist dir nicht gut?«

Er schüttelte sich. »Doch, es ist nur ... Ich kann es dir nicht erklären, aber ich glaube, dass dieses Nilpferd wichtig sein könnte.«

»Wichtig für was?«

»Für die Aufklärung dieses Verbrechens.« Fast hätte er »und eines weiteren« hinzugefügt, konnte sich aber gerade noch beherrschen. Er hatte behauptet, zufällig angereist zu sein.

»Ich dachte, du wärst pensioniert.« Margrit zuckte mit den Schultern, nahm das Figürchen von der Kasse und schob es über den Rezeptionsschalter. »Aber du bist der Fachmann, du kannst wohl nicht aus deiner Haut. Der Känzig sagt, es seien keinerlei Spuren drauf, keine Fingerabdrücke, kein NDA oder wie das heißt, darum hat es ihm die Spurensicherung zurückgegeben. Wenn es dir etwas bedeutet, kannst du es haben. Wie gesagt, das Kind, das es verloren hat, kommt kaum wieder hierher, und wenn, hat es das Ding schon lange vergessen. Du glaubst nicht, was die Leute liegen lassen und nie vermissen. Ladegeräte, Kabel, Kleider, Handys, Gummiboote, und nicht etwa nur altes Zeug. Wenn man heute etwas nicht mehr hat, kauft man es einfach noch einmal.«

Kummer musste an Heinz denken, der dasselbe Klagelied angestimmt hatte, und steckte die Figur in die Brusttasche seines Hemdes. Er füllte das Formular aus, bezahlte mit der Maestro-Karte und eilte zurück zu seinem Camper. Margrits falsche Vermutung, er habe sich als Polizist hauptsächlich mit dem Lösen von Mordfällen beschäftigt, war ihm diesmal zugutegekommen. Es gab in der ganzen

Schweiz pro Jahr rund fünfzig Tötungsdelikte, sie aufzuklären bildete einen winzigen Teil der Polizeiarbeit, und die allermeisten Leute, die bei der Polizei waren, hatten nie mit einem solchen Fall zu tun. Trotzdem nahm die Bevölkerung an, die Polizei fange hauptsächlich Mörder oder stelle Strafzettel aus. Er hatte weder das eine noch das andere je getan. Bis jetzt.

Tara begrüßte ihn stürmisch, und er musste lächeln. Daran, dass sich immer jemand freute, wenn er auftauchte, selbst wenn er nur kurze Zeit weg gewesen war, könnte er sich gewöhnen.

Er rief Brandstetter an. Sie nahm nicht ab, obwohl doch schon Dienstag war und sie wieder im Dienst sein sollte. Kummer versuchte es im Stundentakt. Eine Nachricht konnte man ihr nicht hinterlassen, nach dem Frei- kam einfach das Besetztzeichen. Er schrieb ihr eine SMS, sie solle ihn anrufen, es sei dringend. In der Zwischenzeit suchte er im Internet nach einem Hundeanhänger und fand einen gebrauchten, der innert ein paar Tagen geliefert werden konnte, wenn er bereit war, die 35 Franken Sperrgutgebühr zu bezahlen. Mit Tara im Schlepptau ging er, nachdem Brandstetter schon wieder nicht abgenommen hatte, Margrit benachrichtigen, dass er in den nächsten Tagen eine Lieferung erwartete.

## *Dreizehntens*

Es war früher Nachmittag. Seit dem zweiten Mord waren sechs Tage vergangen. Kummer spazierte mit Tara dem See entlang Richtung Dorf zum Polizeiposten, wo er nach Herrn Känzig fragte.

»Schorsch«, rief der junge, tätowierte Uniformierte, der ihn am Schalter empfangen hatte. Aus einem Büro, dessen Tür nur angelehnt gewesen war, kam ein ziemlich dicker Mann mit einem grauen Haarkranz und einem buschigen Schnurrbart.

»Was kann ich für Sie tun?«, fragte er in breitem Dialekt.

Kummer zögerte einen Moment. Er hatte während seiner Karriere nie mit der Polizei anderer Kantone zu tun gehabt und eigentlich nicht geplant, nach seiner Pensionierung damit anzufangen.

»Mein Name ist Henry Kummer, ich war bis vor sechs Monaten bei der Kapo Zürich. Jetzt bin ich bei Margrit auf dem Zeltplatz.«

»Ja so.«

»Darf ich Ihnen ein paar Fragen stellen?«

»Von Zürich sagen Sie? Da war ich in der Rekrutenschule, in der Kaserne, Mitte der achtziger Jahre. Die Kaserne wird schon lange nicht mehr vom Militär genutzt, wie ich gehört habe. Seither war ich nie mehr dort.« Es war nicht klar, ob er die Kaserne oder Zürich meinte. Wahrscheinlich Letzteres. Viele Menschen in der Schweiz waren geradezu stolz darauf, um die größte Stadt des Landes einen angemessenen Bogen zu machen.

»Die Kantonspolizei ist noch auf dem Gelände, allerdings nicht mehr lange. Ich habe viele Jahre in dem Gebäude gearbeitet.« Er glaubte zwar nicht, dass Känzig wusste, dass dort die Kripo beheimatet war, aber falls doch, würde er wohl daraus schließen, dass er dort gearbeitet hatte. Dass er nur der Pförtner gewesen war, war nicht das Naheliegendste.

»Haben Sie den Rutishauser Hansjakob noch gekannt?«

Kummer überlegte einen Moment.

»Der wurde vor über zwanzig Jahren pensioniert, der war von hier, wissen Sie.«

»So ein Dicker mit Schnauz?« Kummer hoffte, Känzig mit dieser spontanen Beschreibung, die auch auf ihn gepasst hätte, nicht beleidigt zu haben.

»Ja, genau. Wir sind verwandt, müssen Sie wissen. Der hat mir Geschichten erzählt aus diesem Zürich, da stehen einem die Haare zu Berge … sofern man welche hat.« Känzig lachte über seinen Witz. »Leider ist er vor zwei Jahren gestorben, schade, sonst hättet ihr euch treffen können, das hätte ihm bäumig gefallen.«

»Das tut mir leid«, sagte Kummer, der sich tatsächlich an den Mann erinnerte. Rutishauser war einer, der dem Klischee der Berner Langsamkeit voll und ganz entsprochen hatte. Mit seiner gemächlichen Art war er allerdings auch gut darin, Verdächtige zu beruhigen, ihnen Vertrauen einzuflößen und sie zu Geständnissen zu bewegen, wenn Druck und Aggression unangebracht waren. Was genau ihn nach Zürich verschlagen hatte, wusste Kummer nicht, er hatte so gar nicht in die für Schweizer Verhältnisse schnelle Stadt gepasst. Und so wunderte es ihn auch nicht, dass Rutishauser nach der Pensionierung zurück in die Heimat gezogen war.

»Nun ja, er hatte ein gutes Leben, konnte seine Pension lange genießen, obwohl er nach heutigen Maßstäben ja vollkommen falsch gelebt hat. Viel Fleisch, viel Bier, viele

Villiger-Stumpen und außer den Spaziergängen mit seinem Hundeli kein Sport.« Känzig schüttelte den Kopf. »Nächstes Jahr bin ich dran mit der AHV. Mal schauen, wie lange ich es mache«, er deutete auf Tara. »Vielleicht sollte ich mir auch so ein Hundeli zulegen. Vielleicht ist das das Geheimnis.«

»Ich habe sie erst seit zwei Wochen«, gestand Kummer.

Känzig klappte den Durchgang beim Schalter hoch. »So kommen Sie halt herein und stellen Ihre Fragen.« Dass Kummer den Rutishauser gekannt hatte, wog bei Känzig offenbar schwerer, als dass er ein Zürcher war.

Kummer folgte ihm ins Büro, ein kleiner Raum, in dem zwei mit Bildschirmen, Dockingstationen und Tastaturen bestückte Schreibtische standen, an der Wand hing ein Whiteboard, in der Ecke fristete ein Ficus sein sinnloses Dasein. Außer einem Bild von einem Haufen Uniformierter, die im Halbkreis und flankiert von zwei Polizeiautos vor dem Posten standen, waren die Wände kahl, es gab keine persönlichen Gegenstände.

Kummer zog das Nilpferd aus der Brusttasche seines Hemdes.

»Das haben Sie bei der Toten gefunden?«, fragte er.

»Ja, als ich die Leiche untersuchte. Es lag neben ihr auf dem Boden, ich habe es eingesteckt und vergessen in der Aufregung. Ich bin zu dem Zeitpunkt noch von einem Unfall ausgegangen. Die Frau war schon ziemlich alt. Sie war klein und wirkte so zerbrechlich, ich habe gedacht, sie sei ausgerutscht. Tötungsdelikte habe ich in meiner ganzen Karriere nur vier erlebt. Unfälle hingegen …«

»Wie haben Sie gemerkt, dass etwas nicht stimmt?«

»Erst der Sanitäter hat es gemerkt«, gab Känzig zu.

»Ich habe nirgends gelesen, ob die Frau am Duschen war, als sie umgebracht wurde.«

»War sie nicht, sie war bekleidet.«

»Hatte sie schon geduscht?«

»Ich würde sagen Nein.«

»Hatte sie ein Badetuch und Toilettensachen dabei, ein Necessaire oder so etwas?«

Känzig runzelte die Stirn. »Da bin ich überfragt, spontan würde ich sagen: Nein.«

»Dann wollte sie vielleicht gar nicht duschen?«

»Was sollte sie sonst in der Duschkabine verloren haben?«

»Keine Ahnung, aber das ist doch seltsam.«

»Möglicherweise hat jemand ihre Duschsachen weggeräumt, bevor die Spurensicherung kam.« Känzig seufzte. »Wissen Sie, das war ein ziemliches Durcheinander, die Spurensicherung hatte keine Freude, das können Sie sich denken. Schließlich ist noch der Ehemann angerannt gekommen und hat herumgeschrien.« Känzig deutete mit dem Daumen zur Tür. »Mein Kollege hat ihn zurückhalten wollen, aber der ist ab wie ein wilder Stier. Die Kripo hat ihn dann überwältigt und gleich eingepackt.«

»Wo ist er jetzt?«

»Soviel ich weiß, sitzt er immer noch in Untersuchungshaft. Er ist natürlich der Hauptverdächtige. Wandern will er gewesen sein, hatte aber gar keine Wanderschuhe an, nur so Turnschuhe.«

»An dem Tag war doch einiges los auf dem Campingplatz. Hat denn niemand etwas bemerkt?«

Känzig schüttelte den Kopf. »Niemand hat etwas gesehen, niemandem ist etwas aufgefallen. Wir haben alle befragt, die wir auf dem Platz angetroffen haben, nachdem der ganze Zirkus endlich vorbei war. Wir waren allerdings nur zu dritt, der Schaufelberger war da schon mit dem Ehemann unterwegs. Viele Leute haben sofort zusammengepackt und sind abgereist, als sich herumgesprochen hat, dass ein Mord passiert ist. Vor allem die Familien sind regelrecht geflüchtet. Ich kann es ja verstehen. Gerade die Kinder haben genug schlimme Sachen erlebt mit dieser Seuche. Da will man mal ein paar Tage ausspannen und dann so etwas.« Känzig schüttelte den Kopf. »Wir haben denen, die wir nicht direkt sprechen konnten, die Fragen per Mail zukommen lassen, Margrit hatte die Adressen. Bis jetzt kamen kaum Antworten.«

Kummer seufzte. Es wurde dem Täter wirklich leicht gemacht. »Könnte ich mit dem zuständigen Kollegen von der Kripo sprechen?«

»Das wäre der Kommissär Mäder Martin«, Känzig wiegte seinen großen Kopf. »Ich weiß nicht, ob der sich freut, wenn Sie sich einmischen. Sie sind pensioniert … und Zürcher.«

Kummer seufzte erneut, Känzig zuckte mit den Schultern und schrieb eine Handynummer hinten auf seine eigene Visitenkarte.

»Ihr könnt es versuchen, sagt aber nicht, von wem ihr die Nummer habt.«

»Danke.«

»Warum interessiert euch dieses Figürchen?« Känzig zeigte auf das Nilpferd.

»Nur so.« Kummer schnappte es sich und steckte es wieder in die Brusttasche.

Wenig später verließ er den Posten und machte sich auf den Weg zurück auf den Campingplatz. Unterwegs setzte er sich auf eine Bank und wählte die Nummer, die ihm Känzig gegeben hatte.

»Mäder?« Die Stimme klang gestresst. Kummer stellte sich vor und nannte sein Anliegen.

»Wendet euch an die Kommunikationsabteilung der Kantonspolizei Bern. Die Nummer findet ihr auf unserer Homepage. Adieu.« Mäder hatte aufgehängt.

Kummer rief Brandstetter an.

»Kummer, was wollen Sie?«

»Es ist der gleiche Täter«, platzte er heraus und erklärte ihr die Sache mit den Nilpferdfiguren.

»Willst du damit sagen, dass du etwas vom Tatort hast mitgehen lassen? Spinnst du?«

Sie war unbewusst zum Du gewechselt.

»Ich bin draufgestanden, habe es aufgehoben und eingesteckt. Ich habe nicht gedacht, dass es von Bedeutung sein könnte.«

»Sogar du solltest wissen, dass an einem Tatort alles von Bedeutung ist.«

Touché, dachte er und duzte sie jetzt auch: »Nach dem, was ich gehört habe, wurde der Tatort hier schwer kontaminiert. Hast du den Bericht von den Berner Kollegen angeschaut?«

»Nein, ich habe ihn nicht mal angefordert. Unser Fall ist abgeschlossen.«

»Bis neue Beweise auftauchen«, ergänzte Kummer.

Brandstetter seufzte. »Versetz dich mal in meine Situation: Hättest du es gern, wenn dir irgendwelche Amateure mit einer felsenfesten Theorie in einen Fall reinfunkten? Du möchtest einfach nicht, dass dein Kumpel Heinz seine Freundin umgebracht hat. Weil er halt ein bisschen ein Außenseiter war, ein komischer Kauz, aber ganz in Ordnung, so unter Männern habt ihr euch gut verstanden, stimmt's? Das heißt aber nicht, dass er kein jähzorniges, eifersüchtiges, besitzergreifendes Arschloch gewesen sein kann. Die allermeisten Frauen werden von ihren Partnern umgebracht, das weißt du ganz genau. Sehr oft ist Alkohol im Spiel. Heinz Widmer hatte zeitlebens Alkohol- und Drogenprobleme.«

»Heinz war nicht ihr Partner«, warf Kummer ein.

»Weil sie das nicht wollte, oder? Der Wille der Frau ändert leider selten etwas an der Wahrnehmung solcher Männer, weil der Wille der Frau biegbar ist. Weil keine sich auf Dauer ihrer Liebe entziehen kann. Manche müssen halt zu ihrem Glück gezwungen werden. Wie viele Lieder und Filme gibt es, die genau diese Geschichte erzählen? Am Anfang bockt das Weib noch, aber wenn der Mann nur hartnäckig genug ist, sieht sie es dann schon noch ein. Das ist ein Schulbeispiel für toxische Maskulinität.«

Kummer seufzte, er wusste, dass sie recht hatte, grundsätzlich. Das Auftauchen der zweiten Figur hatte in ihm jedoch die letzten Zweifel an Heinz' Unschuld ausgetrieben. Es ging nicht mehr um Sympathie oder ein Gefühl. Es ging um Beweise.

»Du kanntest ihn doch gar nicht, und mit mir hast du auch nur eine halbe Stunde gesprochen. Aber egal, das mit diesen Figuren, das ist doch kein Zufall. Bitte, schau dir doch wenigstens den Bericht zu diesem Fall an, ob es Parallelen gibt. Ich schicke dir die Nummer des zuständigen Beamten, Mäder heißt er, und ein Foto von den Figürchen.«

Einen Moment war es still, und Kummer meinte schon, die Verbindung sei abgebrochen.

»Das ist nicht nötig. Merkst du nicht, was du dir da für eine Theorie zusammenzimmerst? Die eines Serientäters. Aber die gibt es im wirklichen Leben nicht, nicht in der Schweiz. Serientäter haben außerdem ein Opferschema und einen Modus Operandi. Ein Opfer wurde in ihrem Wohnwagen erstochen und das zweite in einer Duschkabine erdrosselt. Die einzige Gemeinsamkeit ist, dass die Opfer Frauen waren, und das ist leider kein Zufall.«

»Und dass die Taten auf Campingplätzen passiert sind.« Kummer dachte an Heinz' Messer. Er wagte nicht zu fragen, ob Rosas Schnittwunden zu der Klinge passten, und ob die Tatwaffe überhaupt sichergestellt worden war. Er hatte im Wohnwagen nichts gefunden. War Heinz mit seinem Messer am Gurt auf die Polizeiwache spaziert? »Das ist doch auffällig.«

»Nein, das ist Statistik. Je mehr Menschen sich auf Campingplätzen aufhalten, desto größer die Wahrscheinlichkeit, dass sich dort Beziehungsdramen ereignen. Ich bin sicher, dass sich auch im zweiten Fall Opfer und Täter gekannt haben.«

»Aber die Figuren!«

»Keine davon wurde an einem Tatort sichergestellt.«

»Doch, beide wurden neben dem Opfer gefunden.«

»Das sagst du, aber offiziell existieren sie nicht.«

»Ich habe es dir doch erklärt, glaubst du mir etwa nicht?«

»Darum geht es nicht. Es ist immerhin gut möglich, dass Rosa so ein Figürchen besessen hat und ein Kind eins in der Nähe des zweiten Tatorts verloren hat. Es gibt immer wieder Umstände, die kaum zu glauben sind, aber nichts mit dem Fall zu tun haben. Für mich ergibt es einfach keinen Sinn, und ich habe anderes zu tun. Seit der Pandemie häufen sich die Fälle von häuslicher Gewalt. Vielleicht gelingt es ja, einmal rechtzeitig einzugreifen und zu verhindern, dass eine Frau getötet wird.« Sie hielt kurz inne. »Oder ein Polizist angeschossen wird. Das solltest du einsehen. Nichts für ungut, Kummer, aber genieß deine Pensionierung und lass mich arbeiten.« Sie drückte ihn weg.

»Tamisiech«, fluchte Kummer. »Sie glaubt mir nicht. Ich bin ein alter Sack, der sich langweilt und eine Aufgabe sucht, eine Gelegenheit, allen zu zeigen, dass er zeit seines Arbeitslebens unterschätzt wurde. Dass er das Zeug zum Ermittler gehabt hätte. Aber glaub mir, ich suche keine Aufgabe«, sagte er zu Tara, die neben ihm herlief. »Ich habe keinen Hund gesucht und auch keinen Fall. Ihr seid mir beide zugelaufen.«

»Hunde müssen an der Leine gehalten werden«, schimpfte

ein junger bärtiger Mann auf Hochdeutsch, der ihm entgegengejoggt kam.

»Und für Deutsche besteht in der Schweiz Maulkorbpflicht«, entgegnete Kummer. Er war geladen, ein Streit wäre ihm gerade recht gekommen. Doch der Jogger rannte weiter und zischte erst aus sicherer Distanz ein »Arschloch« über die Schulter.

Kummer war sicher, dass es ein Serientäter war, der eine Spur legte, weil er wollte, dass ihm die Morde zugeordnet wurden. Er wollte der Polizei zeigen, dass er schlauer war als sie. Doch die Spur war nicht registriert worden, was zum Teil auch seine Schuld war. Also würde der Täter wieder zuschlagen.

# Vierzehntens

Kummer kehrte zum Camper zurück. Zu seiner Überraschung war vor dem Wohnwagen auf Platz 114 ein Mann dabei, einen Tisch aufzubauen. Tara ging auf ihn zu, Kummer wollte sie zurückziehen, er hatte sie vorschriftsgemäß angeleint, aber der Mann lockte sie zu sich.

»Ja so en Schöne bisch du, ja so en Schöne«, sagte er sanft und schaute Kummer an. »Wie heißt er denn?«

»Es ist eine Sie und sie heißt Tara.« Der Mann beugte sich vor, und Kummer ging näher. Der Mann streckte Tara die Hand entgegen, ließ sie schnuppern und streichelte ihr dann über den Kopf. »Ja, du bist eine Feine, eine Schöne, gell, ja, du weißt nicht, wie schlecht es steht auf der Welt.« Er sah auf. »Entschuldigen Sie, meine Frau wurde umgebracht, ich komme gerade aus der Untersuchungshaft.«

»Das war Ihre Frau?«, fragte Kummer, überrumpelt von dieser Offenheit. »Das tut mir leid, mein herzliches Beileid.«

»Ich kann es noch gar nicht fassen. Dreiundzwanzig Jahre waren wir verheiratet, die Sabine und ich. Für beide war es die zweite Ehe. Wir hatten es gut miteinander.«

Kummer dachte an das, was Peti gesagt hatte.

»Ich weiß nicht, wie ich ohne sie weiterleben kann. Und dann haben die auch noch gemeint, ich sei das gewesen.« Er streichelte Tara etwas kräftiger, sie ließ es sich gefallen und legte ihm die Schnauze auf den Oberschenkel. »Gell du, gell, die Menschen sind böse, aber das verstehst du zum Glück nicht.«

»Wurde der Täter gefasst?«, fragte Kummer.

»Nein, ich hatte ganz einfach Schwein. Die Polizeilölis haben es geschafft, die Tatzeit genauer einzugrenzen. Sie haben eine Frau gefunden, die bis um zwei in dieser Duschkabine war. Sabine wurde um halb drei entdeckt. Ich habe einen Ausflug gemacht, aber sie wollten mir nicht glauben, weil ich Trekkingschuhe anhatte und keine so Wanderklöben. Ich bitte Sie, das ist ein Spaziergang, nur für meine Frau war es zu viel, die geht nicht gern bergab, wegen dem Knie, wissen Sie. Sie geht lieber schwimmen, und ich lieber auf die Berge, darum ist der Platz hier ideal.«

»Warum hat man Sie denn nun laufen lassen?«

»Das glauben Sie nicht, aber oben bei der Bergstation, wo die Gondeln ankommen, da hat es eine Überwachungskamera, und da sieht man, wie ich kurz vor halb zwei aussteige. Der Weg hinunter dauert eineinhalb Stunden, und weil sie alle Videos analysiert und gesehen haben, dass ich in der fraglichen Zeit nicht wieder runtergefahren bin, mussten sie mir glauben. Als ich hier ankam und meine Frau nicht im Wohnwagen war, als ich die Polizeiautos bei den Sanitäranlagen gesehen habe, hatte ich gleich ein ganz schlechtes Gefühl.« Er widmete sich wieder Tara. »Wir haben uns gerngehabt. Ich weiß, dass ich ein Sürmel bin, aber sie hat mich genommen, wie ich bin.« Er benutzte dasselbe Wort wie Peti, um sich zu beschreiben, fiel Kummer auf. »Ich weiß wirklich nicht, wie ich ohne sie weiterleben kann. Ich kann nicht einmal kochen.«

»Es tut mir leid«, wiederholte Kummer. »Wenn Sie etwas brauchen, lassen Sie es mich wissen, ich bin da vorne auf 213, der blau-grüne vw-Camper.«

Der Mann nickte, sanft zog Kummer an Taras Leine und entfernte sich.

Beim Camper gab er dem Hund zu fressen und schaute, was er noch an Vorräten hatte. Viel war es nicht. Es reichte, um einen Salat aus Randen, Rüben, Gurken und Tomaten zuzubereiten. Er stellte einen Topf Reis auf den Gaskocher, nahm sich eine Dose Bier und zum Essen noch eine. Während er aß, griff er nach seinem Tablet. Zuoberst auf der Empfangsseite seines Browsers waren die neusten Schlagzeilen gelistet, schon die erste befasste sich mit dem Campingmord. Die Entlassung des Ehemannes war publik geworden, das Internetportal einer ehemals omnipräsenten Tageszeitung berichtete darüber. Kummer las den Artikel und die Kommentare dazu. Je mehr er las, desto unwohler fühlte er sich. Theorien über Theorien, Mafia, Ausländer, das Opfer habe etwas über die Corona-Verschwörung gewusst …

Irgendwann, es war schon spät, und er hatte noch zwei Dosen Bier getrunken, las er einen weiteren Artikel, in dem spekuliert wurde, dass die Frau von einem Nebenbuhler ermordet worden war. Sie habe sich in einer der Kabinen für den Geliebten frisch machen wollen. Nachbarn waren befragt worden, die behaupteten, dass es in der Ehe Probleme gegeben hatte, ohne sie aber näher beschreiben zu können oder wollen.

Kummer schüttelte den Kopf. In welcher Ehe gab es keine Probleme? Natürlich war es möglich, dass der Mann das Verhältnis zu seiner Frau beschönigt hatte. Er hatte nur von sich gesprochen, seinen Bedürfnissen. Doch seine Trauer, seine Verzweiflung schien echt zu sein. Kummer schrieb in die Kommentarspalte, dass diese Theorie Unfug sei und der Mord mit jenem vor drei Wochen auf einem anderen Campingplatz zusammenhing. Um den Kommentar zu publizieren, musste er sich auf dem Nachrichtenportal anmelden. Als Nickname wählte er Hank Sorrow, eine freie Übersetzung von Heinrich Kummer. Er hatte immer gedacht, dass dieser Name sich gut für einen Country-Sänger eignen würde. Leider konnte er nicht singen, und zwar so was von nicht.

Innert weniger Minuten generierte sein Beitrag neunzehn Kommentare. Sie variierten im Ton von interessiert bis unflätig und ließen sich etwa so zusammenfassen: Woher willst du das wissen, und wer bist du überhaupt, dass du hier große Töne spuckst?

Kummer schaltete das Tablet aus und ging ins Bett.

## *Fünfzehntens*

Am Mittwochmorgen erwachte er früh. Tara winselte draußen, ein ganz hoher Ton, den er zuerst nicht einordnen konnte. Er stand auf, schlüpfte in die Crocs, schnappte die Leine. Tara eilte, kaum dass er sie von der Transportbox losgemacht hatte, Richtung See. Kummer sah auf sein Handy. Es war schon nach neun, normalerweise wachte er um sieben Uhr auf. Er war leicht verkatert und fragte sich, ob es an dem gestern verzehrten Industriebier lag, das er schon längere Zeit als Vorrat gebunkert hatte.

Er drehte mit Tara eine kurze Runde über den Campingplatz. Der Wohnwagen vom Ehemann des Opfers stand noch da, er war aber nicht zu sehen. Die wenigen Gäste, die geblieben waren, hatten nun gefrühstückt. Zwei ältere Männer trugen Plastikbecken voller Geschirr zu den Spültrögen. Auf dem Campingplatz wuschen oft die Männer ab, wahrscheinlich weil sie es zu Hause nicht taten.

Beide trugen die von Heinz so gut beschriebene Uniform, bestehend aus Baseball-Kappe, Bermudashorts, T-Shirt und Turnschuhen. Eine Frau unbestimmten Alters mit einer blauen Mütze kam aus den Waschräumen. Kummer merkte, dass es an der Zeit wäre, wieder einmal zu duschen. Im Camper schnappte er sein Handtuch, ging in den Duschraum für die Männer, der nur von einer Backsteinwand von jenem getrennt war, in dem der Mord geschehen war, und machte sich frisch. Obwohl er nur ein paar Minuten weg gewesen war, freute sich Tara, als er zurückkam und sprang an ihm hoch.

»Braver Hund!«, streichelte er ihren Kopf. Ob Tara immer noch auf die Rückkehr von Heinz wartete? Oder waren die Menschen, die nicht in ihrer Nähe waren, einfach weg, und sie freute sich darum jedes Mal, weil sie nicht vorausdenken konnte, nicht damit rechnete, irgendwen jemals wiederzusehen? Was gar nicht unvernünftig war, man wusste nie, wenn man jemanden zum letzten Mal sah. Irgendwann lief man sich nicht mehr über den Weg, irgendwann war man tot.

Kummer ging ins Bistro. Nach zwei Kaffee und einem Sandwich fühlte er sich besser, der Kater war weg. Früher hatte er ziemlich viel Bier trinken können und war am Morgen höchstens etwas mürrisch, was bei seinem Job kein Problem war. Es war Tradition, die Leute, die auf dem Kasernenposten vorstellig wurden, ganz knapp vor offen unfreundlich zu behandeln. Man gab ihnen klar zu verstehen, dass es für alle besser wäre, sie wären nicht hierhergekommen.

Er kehrte zum Camper zurück. Das Tablet lag auf dem Tischchen, eine Weile hielt er sich zurück, dann schaltete er es ein.

Sein Post hatte 251 Kommentare, die er hauptsächlich überflog. Fragen, Behauptungen, Beleidigungen, alles wild durcheinander. Auf den sozialen Medien waren alle Experten – die Experten misstrauten und anderen die Expertise absprachen.

Inmitten dieses Konvoluts stieß er auf die Anfrage einer Journalistin, die mit ihm reden wollte, und überlegte lange, ehe er sie über die hinterlegte E-Mail-Adresse kontaktierte.

Ihre Antwort kam prompt. Ob er jetzt gleich Zeit habe? Der Zoom-Link stand gleich darunter. Kummer hatte angenommen, sie würden sich treffen. Mehr um es auszuprobieren, klickte er auf den Link.

Eine sehr junge, sehr begeisterte Frau mit dunklen Haaren erschien auf seinem Bildschirm. Sie sprach den lokalen Dialekt oder wohl den regionalen, Kummer kannte sich da nicht so genau aus. Berndeutsch halt.

Sie stellte sich als Seynap vor und fand es wahnsinnig nett, dass er sich meldete. Kummer ließ sich von ihrer Begeisterung anstecken.

Wer er sei, wollte Seynap wissen. Ehemaliger Polizist aus Zürich? Wahnsinn! Er bat sie, weder seinen richtigen Namen noch seinen früheren Beruf zu erwähnen. Er gab Auskunft über die beiden Fälle, erwähnte dabei auch, dass er sich auf dem Campingplatz aufhielt, auf dem der zweite Mord geschehen war, und dort auf eine mögliche Spur gestoßen sei. Er hoffte, dass es Hinweise aus der Bevölkerung gäbe, die helfen konnten, den Mörder zu fassen. Auf Seynaps Anweisung stellte er die beiden Figuren auf sein Tischchen und neigte das Tablet mit der Kamera so, dass sie gut im Bild waren. Das ganze Gespräch dauerte etwa fünfzehn Minuten.

Anschließend stieß Tara ihn mit der Nase an. »Du hast recht, ich hocke zu viel am Bildschirm. Weißt du was? Wir machen heute einen Ausflug! Das bringt mich auf andere Gedanken.« Er wusste natürlich, dass das Unfug war, schließlich war er überzeugt, auf der richtigen Spur zu sein. Bloß war er ein Pensionierter ohne festen Wohnsitz, der, seit er nicht mehr arbeitete, massiv an Einkommen eingebüßt hatte. An Einkommen und an Ansehen. Obwohl das Ansehen der Polizei schon länger gelitten und es ihn nie groß interessiert hatte, was die Leute von ihm dachten. In dem Haus, in dem er fünfundzwanzig Jahre lang gewohnt hatte, kannte er die Nachbarn nur vom Sehen. An den sommerlichen Grillfesten, die von jungen Familien organisiert wurden, nahm er nicht teil. Mit Kollegen hatte er privat wenig zu tun. Außer dass er ihnen beim Umzug half oder ihnen Material auslieh, ohne zu fragen, ob sie es zu Dienstzwecken benötigten.

Darum hatte er keinen Status zu verlieren gehabt, aber er konnte sich gut vorstellen, dass es für viele Leute schwierig war, wenn sie auf einmal nur noch als ein weiterer Tropfen im immer größer werdenden Meer der Grauhaarigen wahrgenommen wurden und sich niemand mehr dafür interessierte, wer sie einst gewesen waren, was sie früher geleistet hatten. Als Menschen angeschaut wurden, die nichts mehr zur Gesellschaft beitrugen, die nur noch kosteten, im Weg standen, zu langsam und von gestern waren. Darum waren viele seiner Altersgenossen darauf erpicht, fit zu bleiben, Falten auszubügeln, Haare zu färben und sich mit den neusten Gadgets und Gesprächsthemen auszurüsten, damit sie nicht zum alten Eisen gezählt wurden. In dieser Gesellschaft musste man jung und leistungsfähig sein. Wer nicht Schritt hielt, war selber schuld und durfte keine Rücksicht erwarten. Außer von den Schweizer Bundesbahnen, die gaben Rabatt.

## *Sechzehntens*

Kummer fuhr mit dem Schiff ans andere Ufer des Sees und stieg mit Tara auf den nächsten Hügel. Seine Trekkingschuhe bewährten sich, der Mann der Ermordeten hatte recht gehabt, für die gut ausgebauten Wanderwege reichten sie vollkommen. Es wurde heiß, er hatte weder zu essen noch zu trinken dabei und war darum froh, als sie an einem Ausflugsrestaurant vorbeikamen. Die Terrasse war voll besetzt, obwohl Dienstag war. Alle wollten wieder hinaus an die frische Luft, unter die Leute. Weil es schon nach vierzehn Uhr war, gab es nur noch kalte Speisen. Deshalb aß Kummer einen Käse-Salat und trank zwei Stangen Bier, die hier in Viertelliter-Gläsern ausgeschenkt wurden. Er war die Dreidezi-Stange gewohnt, darum fehlte ihm der letzte Schluck, also bestellte er eine zweite. Das Bier säuselte ihm im Kopf, und die Rechnung war gesalzen, er hatte nicht auf die Preise geschaut. Ein Fehler in einer Touristengegend. Oft konnte er sich solche Extravaganzen nicht leisten.

Auf dem Rückweg stieg er zum See hinab und nahm den Zug in den Touristenort. Neben dem Bahnhof fand sich ein Supermarkt, und ihm fiel ein, dass er noch ein paar Einkäufe machen musste. Weil es hier keinen Wochenmarkt gab, hatte er es vergessen.

Zuerst brachte er Tara zurück zum Camper und legte sich einen Moment in den klappbaren Liegestuhl. Ehe er es sich versah, war er eingeschlafen. Taras Bellen weckte ihn. Er sah sich um. Wahrscheinlich war jemand dem Camper zu nahe gekommen.

Kummer stand auf und machte mit dem Handy ein Bild der leeren Dose Hundefutter, damit er die richtige Sorte wählte.

Mit dem Rucksack auf dem Rücken ging er zu Fuß zur nächsten Großverteilerfiliale, die er auf dem Handy ausfindig gemacht hatte. Das Einkaufen zog sich in die Länge, er hatte sich keinen Zettel gemacht, immer wieder fiel ihm noch etwas ein. Am längsten dauerte es, das Hundefutter auszusuchen. Die Marke, die Heinz gekauft und vorrätig gehabt hatte, führte der Laden nicht, dafür eine Riesenauswahl an Alternativen. Kummer war überfordert und kaufte verschiedene Marken und Sorten. Er wollte schauen, was Tara fressen, was sie verschmähen würde.

Als er den Waren nachschaute, die er auf das Band legte, bemerkte er ein Überraschungsei für Kinder, das sich in seinen Einkaufswagen verirrt hatte. Doch bevor er etwas sagen konnte, war es schon eingescannt. Während er es einpackte, schaute er sich um, ob vielleicht irgendwo ein Kind war, das das Ei in den falschen Wagen gelegt haben könnte und daheim enttäuscht wäre. Es waren aber nur ältere Leute am Einkaufen.

Noch während er alles verstaute, surrte sein Handy.

»Brandstetter?«

»Bist du eigentlich vollkommen bescheuert?«

»Wieso?«, brachte Kummer heraus.

»Das ist eine supermiese Aktion.«

»Wovon redest du?«

»Tu nicht so unschuldig. Der Artikel, die Bilder der Figuren. Ich sollte dich wegen Unterschlagung von Beweismaterial und Behinderung einer Strafverfolgung vorladen.«

»Kann ich dich zurückrufen?« Kummer schwante Übles.

»Lieber nicht!« Brandstetter kappte die Verbindung.

Kummer schaute auf dem Handy das Nachrichtenportal

an, dem er das Interview gegeben hatte. »Ehemaliger Cop jagt den Camping-Killer!«, stand ganz oben, dazu das Bild von ihm, das in Zusammenhang mit dem Bauchschuss verwendet worden war. Weiter unten wurde sein voller Name und sein derzeitiger Aufenthaltsort erwähnt. Das Foto der Figürchen fehlte auch nicht. Der Artikel hatte bereits über zweihundert Kommentare. Kummer seufzte, steckte das Handy ein und ging zum Camper zurück. Tara, die unter der Markise gewartet hatte, führte einen wilden Tanz auf.

Er verstaute die Einkäufe, nahm sein Tablet hervor und setzte sich an den Klapptisch. Es war ein schöner, warmer Sommerabend. Alles hätte gut sein können. Er schaute wieder auf das News-Portal und las die Kommentare zu dem Artikel.

Es dauerte eine Weile, den Unfug vom Seriösen zu trennen. Das Seriöse war, dass diese Figuren aus Überraschungseiern stammten. Aus genau den Eiern, von denen eines in seinem Einkaufswagen gelegen hatte. Weiter unten hatte jemand ein Foto mit der ganzen Serie der Figuren gepostet und sie genau bestimmt: Es handelte sich um die *Happy Hippo Family*, die erste Serie, die 1988 herausgegeben worden war.

»Tamisiech!«, fluchte Kummer, stand auf und holte das Überraschungsei aus dem Kühlschrank. Es wäre wohl sinnlos, es nach Fingerabdrücken oder DNA-Spuren untersuchen zu lassen. Von wem auch, von Känzig?

Ebenso sinnlos war es, an einen Zufall zu glauben. Der Killer war noch immer in der Nähe und hatte ihm ein Zeichen geschickt. *Wir zwei, Buddy.* Kummer schmiss das Ei ungeöffnet in den Abfall und schaltete das Tablet aus. Er war wütend auf die Journalistin, wusste aber, dass es wenig Sinn hätte, sich zu beschweren. Immerhin hatte er den Täter aus der Reserve gelockt. Oder war es nur ein Witzbold, der ihn im Laden erkannt hatte?

Der Artikel war zwei Stunden nach dem Interview hochgeladen worden. Bis zu seinem Einkauf waren weitere vier Stunden vergangen. In der Zeit konnte man von fast überall in der Deutschschweiz auf den Campingplatz gelangen und ihn beobachten.

In dieser Nacht nahm er seine Pistole aus dem Geheimfach und steckte sie zwischen Matratze und Camperwand.

# *Siebzehntens*

Als er am Donnerstagmorgen mit Tara am Seeufer spazieren ging, kam es ihm vor, als würden ihn die Leute anschauen. Er blieb stehen und prüfte, ob sein Hosenladen offen stand oder das Hemd zerrissen war, kontrollierte mit der Handykamera, ob er etwas im Gesicht hatte. Weil er nichts Auffälliges fand, musste er annehmen, dass er sich das einbildete.

Zurück auf dem Campingplatz ging er ins Bistro und trank einen Espresso. Margrit ging an seinem Tisch vorbei. Seinen Gruß ignorierte sie.

»Was ist los?«, rief er ihr hinterher, und sie drehte sich energisch um.

»Wenn ich gewusst hätte, was du vorhast, hätte ich dir das Figürchen nicht geschenkt.«

»Ich hatte nichts damit vor«, entgegnete Kummer.

»Hier ist der Teufel los. Ein Serienmörder, der Frauen auf Campingplätzen umbringt. Genau was wir jetzt brauchen! Heute Morgen haben vier weitere Gäste storniert.«

Kummer ging nicht darauf ein.

»Verkauft ihr hier Überraschungseier?«

»Nein.«

»Hast du eine Liste der Gäste, die zur Zeit des Mordes auf dem Platz waren?«

»Ich habe sie der Polizei ausgedruckt.«

»Würdest du das für mich auch tun?«

»Warum sollte ich das?« Margrit stützte die Hände in die Hüfte.

»Weil es vielleicht hilft, den Täter zu finden. Je schneller er gefasst wird, desto besser für alle.«

»Also gut, ich schick sie dir per Mail, deine Adresse habe ich ja.«

Kummer bedankte sich und kontaktierte Miroslav, der ebenfalls bereit war, ihm seine Liste zu schicken.

Ein paar Stunden später waren die Daten bei ihm. Der Vergleich ergab keine Treffer. Niemand war zur Tatzeit auf beiden Plätzen gewesen.

Peti kam zu seinem Camper, und Kummer ließ sich zu einer Runde um die Seen überreden, von der er annahm, dass sie relativ flach sein würde. Mangels Uferstraße an der einen Seite ging es aber doch ziemlich hinauf, und er kam arg ins Schnaufen. Eine besonders steile Passage musste er sogar schieben, eine Schmach für jeden Rennvelofahrer. Zum Trost lud ihn Peti zum Abendessen ein.

»Wir haben zwar eine tipptoppe Küche im Wohnmobil, die Domäne meiner Frau. Am Grill hingegen bin ich der Chef«, erklärte Peti und war erstaunt, dass Kummer kein Fleisch aß. Männer grillen, Männer essen Fleisch. Liegestuhl, Dosenbier, Grill, das ist es, was Männer brauchen, wenn sie entspannen wollen. Kummer, der für sich zwei Maiskolben mitbrachte, hatte diese Auffassung schon nicht verstanden, als er selbst noch Fleisch aß. Die zahlreichen sommerlichen Grillpartys der Polizeiangehörigen hatte er entweder von vornherein abgesagt oder war früh verschwunden. Das Gerede über Job, Sport und Motorfahrzeuge, die Sprüche über Frauen, selbst wenn Kolleginnen, Ehefrauen oder Freundinnen anwesend waren, hatten ihn stets peinlich berührt. Er hatte den Verdacht, dass es den anderen genauso ging. Weil es aber das war, was alle taten, machten alle mit. Das Leben ist kompliziert genug, hier verbrachte man seine Freizeit, in der Freizeit wurde geplaudert und gelacht. Das Lachen war Kummer oft laut und mechanisch vorgekommen. Er konnte das nicht, auf Befehl loskeckern. Darum galt er bald als Spaßbremse und wurde erst gar nicht mehr eingeladen.

Bei Peti durfte er sich hinsetzen, während dieser am Grill stand. Sie redeten über das Velofahren, ein unverfängliches Thema, zu dem Kummer aber nicht allzu viel beisteuern konnte, was Peti nicht zu stören schien. Er erzählte von all den Pässen, über die er schon gefahren war. Nach dem Essen landeten sie bei dem Mord. Natürlich hatte auch Peti den Artikel inzwischen gelesen.

»Möglicherweise hast du recht«, sagte Kummer. »Und die Frau wollte gar nicht duschen. Man hat auf alle Fälle kein Duschzeug bei ihr gefunden.«

»Siehst du«, meinte Peti triumphierend. »Also ich glaube immer noch, dass es der Sürmel war.«

»Er wurde entlastet.« Auch darüber war inzwischen berichtet worden.

»Er kann sich für die Rückfahrt mit der Gondel verkleidet haben. In diesen Nullachtfünfzehn-Wanderausrüstungen sehen doch alle gleich aus. Er hat eine andere Mütze und eine Sonnenbrille dabei, zieht eine Maske und ein anderes T-Shirt an, und Zägg, schon geht er in der Menge unter und wird auf den Überwachungsvideos nicht erkannt.«

Kummer fragte sich, wer wohl die Videos gesichtet hatte. Es stimmte, dass man, wenn man etwas suchte oder auf eine bestimmte Person achtete, leicht alles andere nicht mehr wahrnahm. Es gab diesen berühmten Test, bei dem Leuten die Aufgabe gestellt wurde, während eines Basketball-Spiels die Punkte des einen Teams zu zählen. Während des Spiels lief einer im Gorillakostüm quer über das Spielfeld. Die wenigsten bemerkten ihn.

»Oder er hatte oben ein Velo deponiert«, spekulierte Peti.

»Mit einem Mountainbike bist du schnell wieder unten, und wenn es ein elektrisches ist, auch schnell auf dem Platz. Höchstens zwanzig Minuten, würde ich sagen.«

»Möglich«, brummte Kummer, der nicht daran glaubte. »Wie lange bist du schon hier?«

»Seit einer Woche.«

»Geht ihr auch woanders campen.«

»Ja, natürlich.«

»Wart ihr in diesem Jahr schon irgendwo?«

»Ja, zu Saisonbeginn am Zugersee.«

Vom Zugersee aus war es nicht allzu weit zu Miroslavs Campingplatz. Peti mit seinem Velo könnte die Strecke locker schaffen, allerdings hätte er ziemlich früh losfahren müssen, um Rosa vor acht Uhr – der Zeitpunkt, wenn sie üblicherweise bei Heinz auftauchte – umzubringen. Ein Gümmeler ist unauffällig, gerade auf einem Campingplatz laufen viele Leute in Velotrikots herum.

Peti schien seine Gedanken zu lesen. »He, Henry, verdächtigst du mich etwa? Glaubst du, ich sei der Killer?« Er lachte und zückte das Handy, das er nach einigem Hantieren Kummer vor die Nase hielt. Das Foto zeigte Peti vor der Tafel oben auf dem Grimselpass, aufgenommen am Donnerstag, den 2. Juli 2020 um 10:30. »Da bist du auf dem Holzweg, ich war weit vom Tatort entfernt.«

»Tut mir leid.«

»Schon gut, Berufskrankheit nehme ich an«.

Kummer widersprach nicht. Er hatte einen Sechserpack einer lokalen Brauerei mitgebracht, und sie tranken noch ein Bier zusammen.

## *Achtzehntens*

Am Morgen weckte ihn ein seltsames Geräusch, das er nicht einordnen konnte. Ein Jaulen, ein Singsang fast. Es kam von draußen, und erst jetzt wurde ihm bewusst, dass es Tara war. Kummer stand auf und öffnete die Campertür. Die Hündin begrüßte ihn und bellte ihn kurz an. Er sah auf die Uhr. Es war schon halb neun, es wurde langsam warm. Beim Anziehen bemerkte er, dass er Muskelkater in den Beinen hatte. Er befreite den Hund und ging mit ihr den Weg am See entlang bis zum ersten Café, er mochte weder selber Kaffeekochen noch ins Bistro. Er las das Lokalblatt, in dem berichtet wurde, dass es zu dem Mord nichts zu berichten gab, also wurde noch mal über ihn und die Serienmördertheorie berichtet.

Auf dem Rückweg zum Campingplatz wurde ihm bewusst, dass seine Tage als Rennvelofahrer wohl gezählt waren. Jetzt, da er einen Hund hatte, müsste er mehr zu Fuß gehen. Sie über längere Zeit auf dem Platz zurückzulassen, war nicht ideal, sie hatte ihn gestern durchaus vorwurfsvoll begrüßt, als er von der Ausfahrt heimgekehrt war.

Zur Wiedergutmachung unternahm er eine zweieinhalbstündige, leichte Wanderung, die auch den Muskelkater vertrieb.

*

Am Wochenende verbrachte er, das war ihm klar, zu viel Zeit am Bildschirm, las Berichte und Kommentare. Einen

Tag nach Erscheinen war der Artikel, in dem er vorkam, von den nationalen News-Portalen übernommen worden, was zu einer Explosion der Kommentare geführt hatte, doch langsam verebbten sie oder beschränkten sich auf Gezänk zwischen selbst ernannten Spezialisten, die sich alle für weit intelligenter hielten als der Rest der Menschheit.

Es gab auch Leute, die ernsthaft den Fall lösen wollten und dazu eigens eine Gruppe auf Telegram gegründet hatten, einer App, auf der Nachrichten anonym ausgetauscht werden konnten, wenn Kummer das richtig verstand. Die Gruppe nannte sich »Camping Killer Hunters« und hatte ihm per Mail eine Einladung geschickt. Kummer klickte darauf, musste aber erst noch die App installieren und hätte beinahe aufgegeben. Es war schon unübersichtlich genug. Mona schickte Nachrichten über WhatsApp, Irma per SMS, der Kollege Bärtschi hatte ihn gefragt, ob er auf Signal sei, also hatte er auch diese App heruntergeladen. Empfangen hatte er darauf allerdings bloß eine Einladung zum Pensionierungsfest eines ehemaligen Kollegen.

Nun installierte Kummer also auch noch Telegram und trat der Camping-Killer-Jäger-Gruppe bei. Darin gab es schon über hundert Einträge. Ein paar Leute waren mit Namen und Foto registriert, die meisten nutzten Pseudonyme und Bilder von Prominenten, Comicfiguren und Happy Hippos. Kummer las nur die ersten paar Beiträge, in denen erklärt wurde, wozu die Gruppe da war: um Informationen über die Taten des Camping-Killers auszutauschen, die im besten Fall zu seiner Überführung und Verhaftung führen sollten.

Diese Regeln wurden kaum eingehalten, es wurden vor allem Theorien geschmiedet, und bald mochte er nicht mehr lesen. Da saß er nun bei schönem Wetter an einem schönen See und schaute ständig auf einen Bildschirm. Ohne Tara, die ihn immer wieder anstieß, ihren Kopf unter seinem Arm durchzwängte, wäre er auf dem Stuhl festgewachsen.

*

Auch am nächsten Tag verbrachte er viel Zeit am Tablet. Es hatte einen seltsamen Reiz, sich durch die Beiträge der Telegram-Gruppe zu scrollen. Viele enthielten Links zu anderen Beiträgen, Twitter-Einträgen, YouTube-Filmen oder Blogs. Da konnte man sich schon verlieren und landete plötzlich bei ganz anderen Themen. Einige führten zur Pandemie, zur Theorie, dass ein Plan dahintersteckte, und irgendwann landete man bei der jüdischen Weltherrschaft, angeführt von George Soros. Andere vertraten die Ansicht, dass mit der Pandemie die Armen ausgerottet werden sollten, weil sie nicht rentieren. Was ziemlicher Blödsinn war, wie Kummer dachte. Wer mit wenig Geld und Bildung startete, verdiente wenig und zahlte für alles mehr: kleine Packungen in Läden, je nach Nationalität Autoversicherung, Zinsen für Kleinkredite und überzogene Kreditkarten, Leasingraten, Zugbillete, wenn die Auslage für ein Abonnement zu hoch war. Mieten für Wohnungen, die den Preis nicht wert waren. Mit Armen wurde gutes Geld verdient, mit ein Grund, warum viele Menschen arm waren und es blieben. Von den inoffiziellen Kreditraten ganz zu schweigen, die lagen aufs Jahr gerechnet im dreistelligen Bereich. Man leiht sich heute tausend Franken und schuldet in einem Monat tausendeinhundert, in zwei Monaten tausendzweihundert und so weiter bis ins Elend.

Rosa, so ein Anhänger dieser Theorie, war umgebracht worden, weil sie arm war, von den dunklen Mächten, denen das mit dem Virus nicht schnell genug ging. Es sei erst der Anfang, warnte dieses Mitglied, das sich *Doom 2020* nannte.

Obwohl er selber den Namen Hank Sorrow gewählt hatte, sprach sich in der Gruppe schnell herum, wer sich hinter dem Pseudonym verbarg, sodass er von vielen via persönlicher Nachricht willkommen geheißen wurde. Man freute sich, den Mann dabei zu haben, der die Sache angestoßen hatte. Allerdings hieß das auch, dass man ihn mit Fragen überhäufte, die er nicht beantworten konnte.

*

Die Signal-Nachricht eines Mitglieds, das sich *Beachboy* nannte und als Icon das Bild eines Hippos mit roter Mütze gewählt hatte, erreichte ihn am Nachmittag des 12. Juli, einem Sonntag.

*Wieso ermittelst du eigentlich nicht weiter, sondern hockst faul am See herum?*, lautete die erste Nachricht. Darunter ein Foto, das Kummer vor seinem Camper in jener Kleidung zeigte, die er seit gestern anhatte. Diese Person war in seiner Nähe. Kummer wurde unwohl. War es möglich, dass Peti dahintersteckte?

*Bin zufällig in der Gegend gewesen. Grins.* Dahinter das lachende Emoji mit den Sternenaugen.

*Wer bist du? Findest du das lustig?*, antwortete Kummer, der sich fragte, wie ihn dieser Teilnehmer kontaktieren konnte. Dazu brauchte der seine Handy-Nummer. Um an die heranzukommen, brauchte man kein Hacker zu sein, wahrscheinlich war sie bei einem seiner Profile auf den verschiedenen Apps sogar einsehbar. Er hatte die Privatsphäreneinstellungen nie angepasst.

*Ich finde es nicht lustig, wenn du nicht weitermachst. Du hast eine Spur. Du weißt, dass es dieselbe Person war. Sie wird es wieder tun. Lässt du das zu?*

*Wie soll ich das verhindern?*

*Indem du die beiden Fälle löst und die Person verhaftest.*

*Ich kann niemanden verhaften.*

*Du bist der Einzige, der begreift, was geschehen ist. Die Polizei weiß gar nichts. Also musst du ran. Es liegt in deiner Verantwortung!*

Kummer legte das Handy weg. *Beachboy* hatte recht. Entweder er löste den Fall, oder er hielt sich raus. Realistisch gesehen hatte er keine Chance, den Fall aufzuklären. Also würde er sich raushalten. Aus dem Fall und aus dem Internet.

## *Neunzehntens*

Als er mit Tara Montagmorgen an der Rezeption vorbeischlenderte, winkte ihn Margrit zu sich. »Dein Paket ist angekommen.« Sie zeigte auf einen großen, flachen Karton, der am Gebäude lehnte.

»Danke«, sagte Kummer. »Und sonst, wie läuft es?«

Margrit schüttelte den Kopf. »Das siehst du ja. An vielen Orten fangen heute die Sommerferien an, dennoch ist der halbe Platz leer.«

»In dem Fall würde ich gern um zwei Wochen verlängern.«

Margrit verschränkte die Arme vor der Brust. »Nein.«

»Du hast doch gerade gesagt, dass es noch Platz hat.« Kummer war überrumpelt.

»Trotzdem.«

»Du schmeißt mich also raus?«

»Nenn es, wie du willst. Wir müssen einen Strich unter die Geschichte ziehen.«

»Die Geschichte ist erst vom Tisch, wenn der Täter gefasst ist.«

»Du hast die Serienmordtheorie ins Spiel gebracht, dich bringt man damit in Verbindung. Solange du hier bist, ist der Mord das Erste, woran die Leute denken.«

»Die Leute kennen mich doch gar nicht.«

»Und ob die dich kennen. Alle, die sich für Camping interessieren, haben dein Bild gesehen, neben den Unzähligen, die sich nicht für Camping, sondern für Morde interessieren.«

»Tamisiech«, fluchte Kummer. Es war ein ziemlich fadenscheiniges Argument. Sie wollte ihn loswerden, und er musste sich damit abfinden.

»Es ist nicht gegen dich persönlich.«

»Gut zu wissen«, brummte Kummer und nahm das Paket. Es war ziemlich schwer und unhandlich.

»Wenn alles vorbei ist, bist du jederzeit willkommen«, rief ihm Margrit hinterher. »Und hinterlasse uns bitte keine schlechte Bewertung im Internet.«

»Keine Angst«, rief Kummer, ohne sich umzudrehen, »das ist nicht meine Art.«

Vor dem Camper kochte er sich einen Kaffee, er hatte keine Lust mehr, im Bistro sein Geld zu lassen, zumal er ohnehin sparen musste.

Den Anhänger zusammenzubauen, war nicht ganz so einfach wie erhofft. Tara schaute interessiert zu. Nach einer guten Stunde war er fertig damit. Ein kleines, mit blauem Tuch bespanntes Gefährt mit einer Achse, das hinten und vorne eine Öffnung hatte und sich, das war ihm bei der Auswahl wichtig gewesen, zusammenklappen ließ. Er befestigte die Kupplung am Rennvelo, dann lud er Tara ein und machte eine Testfahrt zu den umliegenden Campingplätzen. Sie alle hatten noch etwas frei, aber nicht für ihn. Tatsächlich kannten ihn die Leute, zumindest jene, die auf Campingplätzen arbeiteten.

Schließlich fuhr er an den Waldrand, parkte das Velo und machte einen Spaziergang. Er wollte den Kopf freibekommen, doch es gelang ihm nicht. Der Fall schlich sich immer wieder in seine Gedanken. Trotzdem wollte er daran festhalten, sich nicht mehr einzumischen. Es machte Rosa nicht mehr lebendig, für Heinz' Ehre interessierte sich kein Mensch, und die Frau, die in der Dusche umgebracht worden war, hatte er nicht gekannt. Jeden Tag wurden Verbrechen verübt und geschah Unrecht, er konnte nichts daran ändern. Eine neue Tat konnte er kaum verhindern, da lag dieser *Beachboy* falsch. Denn, das musste er sich eingestehen, er hatte nicht die geringste Ahnung, wer der Täter sein könnte.

Bei seiner Rückkehr auf den Campingplatz stellte er fest, dass der Ehemann der Ermordeten abgereist war. Oder hatte ihn Margrit auch hinausgeworfen? Peti war ebenfalls nicht zu sehen, sein Wohnmobil stand allerdings noch da.

*

Dienstag und Mittwoch kontaktierte er Plätze in der ganzen Deutschschweiz. Er wollte nicht zu weit weg sein von Zürich, musste aber feststellen, dass man ihn nirgends wollte. Die Leute waren freundlich am Telefon – bis er seinen Namen nannte. Auf seine E-Mails reagierten sie gar nicht. Wie es aussah, war er auf der schwarzen Liste gelandet. Er fand eine Plattform, auf der Stellplätze auf Privatgrund vermietet wurden, meist auf Bauernhöfen. Diese waren, von ein paar Zwischentagen unter der Woche an weniger attraktiven Plätzen abgesehen, komplett ausgebucht. Die Menschen, die Angst vor dem Camping-Killer hatten, zählten dieses Angebot offenbar nicht zu den Campingplätzen, auf denen Gefahr lauerte. Wahrscheinlich hatten sie recht. Es war schwieriger, sich unauffällig einem Hof zu nähern, als unentdeckt auf einem Campingplatz zu bleiben. Zumal auf vielen Höfen auch noch ein Hund wachte.

Als er am Donnerstagmittag losfuhr, hatte er noch immer nichts gefunden. Er verbrachte die Nacht schließlich auf einem Parkplatz hinter der Kirche eines kleinen Dorfes am Westufer des Zürichsees. Peti hatte ihn auf eine App aufmerksam gemacht, auf der Park- und Übernachtungsmöglichkeiten für Wohnmobile verzeichnet waren.

# *Zwanzigstens*

Am Freitagmittag parkte er den Camper ein paar Straßen von Monas Café entfernt. An diesem schönen Sommertag waren die Außenplätze belegt, doch die Tische standen weit auseinander, drinnen war es leer.

»Was machst du denn hier?«, fragte Mona, als er ihr Café betrat. Sie arbeitete hinter dem Tresen, wo der Gast bestellte, und brachte das Gewünschte nachher an die Tische. Sie war allein, Angestellte konnte sie sich nur zu Spitzenzeiten leisten.

»Ich dachte, ich komme dich wieder einmal besuchen.«

»Ich habe nur montags frei.« Sie stellte zwei mit kunstvollem Schaum versehene Cappuccinos auf ein Tablett und drängte sich an ihm vorbei nach draußen. Kummer sah ihr nach. Obwohl sie lächelte, freundlich war und mit der Kundschaft plauderte, wirkte sie angespannt und besorgt. Ob sie die Entscheidung, ein Café zu eröffnen, schon bereute? Sie hatte wirklich Pech gehabt. Einen schwierigeren Zeitpunkt hätte sie kaum wählen können, trotz seines Geldes. Natürlich hatte er ein schlechtes Gewissen ihr gegenüber. Er war ein abwesender Vater gewesen. Sandrine, Monas Mutter, war eines Tages mit dem Kind ausgezogen. Als sie schwanger wurde, waren sie gerade mal drei Monate zusammen gewesen. Sie waren jung, hatten nichts überlegt. Die wichtigsten Entscheidungen im Leben werden oft unbewusst getroffen. Manchmal geht es gut aus und manchmal auch schief. Kummer dachte, dass es trotz allem gut ausgegangen war, auch wenn es nicht immer danach ausgesehen hatte. Als Mona klein war, hatte er je nach Schicht auch tagsüber oder unter der Woche frei gehabt. Sie spielten zusammen mit Klötzen, gingen in den Zoo, was man halt so machte. Einerseits spürte er eine enorme Zuneigung zu diesem kleinen Menschen, andererseits wusste er nicht so recht, was mit ihr anfangen, vor allem, als sie noch nicht reden konnte. Am meisten genoss er es, wenn sie zusammen auf dem Sofa einschliefen, dieser leichte Körper auf seinem, wie er sie festhielt, wenn sie sich bewegte und wegzurutschen drohte.

Nachdem Sandrine mit Mona ausgezogen war, sah er seine Tochter nur noch an jedem zweiten Wochenende, wenn es der Schichtplan zuließ. Der Kasernenposten war rund um die Uhr und alle Tage im Jahr geöffnet.

Vater und Tochter fuhren zusammen in den Urlaub, und Kummer hatte das Gefühl, dass sie froh war, wenn sie nach einer Woche wieder heim zur Mutter durfte. Ein Großteil ihrer Kindheit hatte er verpasst.

Als Mona sechzehn war, stand sie bei ihm vor der Tür. Sandrine hatte einen Mann kennengelernt, den die Tochter nicht mochte. Die beiden heirateten bald und bezogen ein Einfamilienhaus im Aargau. Mona wollte nicht in der Agglo wohnen, sondern in der Stadt bleiben. Wenn auch Altstetten, wo Kummer wohnte, eher Stadtrand als -zentrum war, kam sie zu ihm. Auch so ein Ereignis, das nicht geplant, zu dem er nicht gefragt worden war.

Trotzdem wäre es ihm nie in den Sinn gekommen, Mona abzuweisen. Sie war seine Tochter. Zu Beginn dachte er, es werde wie im Urlaub laufen: Nach einer Weile hätte sie genug von ihm und würde wieder zur Mutter zurückkehren. Sandrine aber war damit beschäftigt, zusammen mit ihrem Mann das Häuschen um- und auszubauen. Offenbar funktionierte es, die beiden waren immer noch verheiratet und arbeiteten inzwischen an ihrem dritten Häuschen. Wenn eins fertig ausgebaut war, suchten sie sich ein günstiges, renovierungsbedürftiges Haus, verkauften das alte mit Gewinn und steckten diesen in den Ausbau des neuen.

Mona und Sandrine fanden schon bald wieder zueinander, und es lag ihm fern, die Beziehungen anderer Leute zu beurteilen. Er hatte Sandrine nicht das bieten können, was sie sich gewünscht hatte. Er war, das hatte er eigentlich gewusst, kein Familienmensch. Sie hatte sich sechzehn Jahre mehrheitlich um das Kind gekümmert und die eigenen Ansprüche hinten angestellt. Es war nur mehr als gerecht, dass sie endlich ein Leben lebte, das ihr gefiel.

In den vier Jahren, in denen Mona ihre kaufmännische Lehre machte und danach eine Weiterbildung an der Fachhochschule begann, wohnte sie bei ihm in der Dreieinhalbzimmerwohnung. Nachdem es zuerst einmal zahllose Streitereien und Missverständnisse gegeben hatte, gewöhnten sie sich aneinander, kamen sich im Lauf der Zeit näher und waren es bis heute geblieben, auch wenn sie sich nicht oft sahen und selten telefonierten. Wenn etwas war, waren sie füreinander da, wobei ihm das manchmal unangenehm war, weil eine Tochter sich nicht um ihren Vater, sondern um ihr eigenes Leben kümmern sollte. Als er mit dem Bauchschuss im Spital lag, kam sie ihn jeden Tag besuchen. Im zweiten Jahr ihrer Weiterbildung, von der Kummer nie ganz verstanden hatte, um was es sich dabei genau handelte, irgendetwas mit HR, also Personal, zog sie mit ihrem Freund zusammen, fand eine Stelle bei einer Versicherung und verdiente gut. Kummer war beruhigt gewesen, er mochte sogar ihren Freund, nachdem er ihn am Anfang misstrauisch beäugt hatte. Niemand war gut genug für seine Tochter, schon klar. In dem Jahr, in dem sie einunddreißig wurde und Kummer damit rechnete, bald Großvater zu werden, trennten sich die beiden. Mona kündigte Ende November 2019 ihren Job, um das Café zu eröffnen. Etwas war vorgefallen in ihrem bis dahin, wie es ihm vorkam, zielgerichteten, gradlinig verlaufenden Erwachsenenleben. Ihr Plan war nicht aufgegangen. Kummer hatte immer gestaunt, wie vernünftig Mona war, wie diszipliniert. Natürlich war sie früher ab und zu mal sehr spät oder überhaupt nicht nach Hause gekommen, hatte nach Alkohol und Zigaretten gerochen und ganze Sonntage verschlafen, aber es hatte keine großen Dramen und keine Exzesse gegeben. Sorgen hatte er sich nie gemacht. Das völlige Unverständnis, das sich zwischen ihm und seinem Vater aufgetan hatte, als er in ihrem Alter war, blieb aus. Der Generationenkonflikt fand nicht statt. Sein Vater, der sich in einem Oerliker Industriebetrieb nach oben gearbeitet hatte, ein überzeugter Sozialist und Gewerkschafter, hatte Kummers Musik abgelehnt, seine Kleidung als Schande empfunden und kein Verständnis gezeigt, dass sein Sohn die Matura machen wollte. Als Kummer Polizist wurde, lupfte es dem Vater endgültig den Hut. Der alte Mann war zäh, er lebte noch, aber sie hatten kaum Kontakt. Nur einmal hatte ihn sein Vater im Spital besucht. »Das hast du jetzt davon«, war sein Kommentar.

Darum war Kummer froh, dass er zu seiner Tochter ein gutes Verhältnis hatte. Er ließ sie in Ruhe, fragte sie nicht nach ihrem Liebesleben, es ging ihn nur so weit etwas an, wie sie ihm davon erzählen wollte. Umgekehrt war sie allerdings nicht so diskret und mochte Irma. Warf ihm vor, sich zu wenig um sie zu kümmern, sich nicht bewusst zu sein, was er an ihr hatte. Vielleicht war es einfach nur die Angst um ihren alten Vater, der auf direktem Weg in die Altersarmut war, wenn ihr Café pleiteging. Sie würde schon wieder etwas finden, sie war dreiunddreißig und gut ausgebildet. Bis sie das Geld zurückzahlen konnte, würde es aber lange dauern. Er wollte es sowieso nicht zurück, sie würde von ihm nichts erben, höchstens einen alten Camper und einen Hund. Wobei er nicht vorhatte, vor Tara zu sterben. Aber eben, das mit den Plänen war so eine Sache.

»Ich nehme gern einen Espresso und so einen Gemüsekuchen … Und ein Mineral«, bestellte er, als sie wieder hinter den Tresen zurückgekehrt war.

»Draußen ist alles besetzt«, antwortete sie ungeduldig.

»Ich bleibe hier drinnen.« Er zeigte auf einen Ecktisch. »Ich bin die ganze Zeit draußen.«

Sie sah ihn an und machte den Kaffee. Ein junger bärtiger Mann, der ein Kleinkind vor der Brust trug, betrat den Laden und gab umständlich seine Bestellung auf. Mona schob die Wähe in einen kleinen Ofen. »Was bin ich dir schuldig?«

»Papa, bitte!« Sie schüttelte den Kopf.

»Das kommt gar nicht infrage.« Er legte zwanzig Franken auf den Tresen.

Sie seufzte. »Zurzeit sollte man kontaktlos bezahlen.«

Kummer holte seine Postfinance-Karte hervor, aber Mona nahm die Zwanzigernote. »Die Gebühren, die diese Kartenfirmen verlangen, ruinieren mich«, brummte sie und tippte den Betrag in die Kasse. »Sechzehn neunzig macht das.«

»Ist gut so.«

Sie warf das Trinkgeld in ein großes Glas, das neben der Kasse stand.

»Das ist noch für dich gekommen«, sie übergab ihm einen Umschlag mit Taras Ausweis darin. Er war nun offizieller Hundebesitzer. Eigentlich hatte er Mona fragen wollen, ob er ein paar Tage auf dem Parkplatz ihrer Siedlung übernachten könnte, bis er etwas gefunden hätte. Es war nicht der richtige Moment, sie hatte kaum Zeit sich zu verabschieden.

*

So verbrachte er das Wochenende auf dem Parkplatz bei der Zürcher Allmend, das Camping-WC leerte er diskret auf der öffentlichen Toilette. Das Campieren auf öffentlichem Grund war in der Stadt verboten. Die frühmorgendlichen Jogger und Hündeler weckten Tara, die drinnen schlief und knurrte. Also stand er auf und ging mit ihr hinaus. Tara gefiel es, mit den Hunden herumzutollen, und so verbrachte er fast den ganzen Tag im Freien. Doch schon ab elf Uhr wurde es heiß, dann verzog er sich in den Wald.

Trotz seiner guten Vorsätze konnte er es nicht lassen, online zu gehen. Die Diskussionen in der Telegram-Gruppe waren noch immer in vollem Gange, es bildete sich aber ein harter Kern heraus, der an verschiedenen Theorien arbeitete. *Beachboy* schickte Kummer ab und zu Nachrichten auf Signal, die er nur sporadisch las. Bis er auf folgende stieß:

*Du solltest mich nicht ignorieren. Erinnerst du dich an das Überraschungsei in deinem Einkaufswagen? Ich habe erwartet, dass du selber draufkommst. Aber du liest meine Nachrichten nicht. Das macht mich wütend! Treib es nicht zu weit!*

Wenige Sekunden, nachdem er die Nachrichten von *Beachboy* gelesen hatte, verschwanden sie. Das hatte der so eingestellt, wie ihm die App mitteilte.

Kummer antwortete nicht, er hatte keine Zeit für Spinner.

## *Einundzwanzigstens*

Das Telefon riss Kummer aus dem Schlaf, er lag auf einer kleinen Wiese am Rand des Käferbergwaldes. Sein Camper stand auf einem Parkplatz in Seebach, er war mit dem Velo und dem Anhänger heraufgefahren, mit Tara spazieren gegangen und hatte sich kurz hingelegt. Tagsüber war es im Camper zu heiß, und den ganzen Tag im Café sitzen mochte er nicht, zudem kostete es zu viel, weil er ein schlechtes Gewissen hatte, wenn er stundenlang einen Platz belegte und nur einen Kaffee trank, und darum immer noch weitere Getränke und Speisen bestellte. Dafür war Zürich zu teuer.

Es war kurz nach zwei Uhr nachmittags, sein Handy surrte. Kummer schaute aufs Display. Brandstetter.

»Was ist los?«, fragte er.

»Ein Mann ist auf einem Campingplatz im Tösstal umgebracht worden.«

»Tamisiech«, fluchte Kummer.

»Du sagst es. Er wurde erstochen. In seinem Wohnwagen.«

»Wann?«

»Die Leiche wurde vor knapp zwei Stunden gefunden. Die Tatzeit ist noch unklar. Rate mal, was am Tatort gefunden wurde.«

»Ein blaues Nilpferdfigürchen. Ein Happy Hippo.«

»Es ist eher grau als blau, aber ja, genau das.«

»Dann habe ich also doch recht gehabt!«

Brandstetter atmete hörbar ein. »Du zweifelst wohl nie an

dir, oder? Du hast den Mann auf dem Gewissen! Das ist ein Copycat-Mord. Du hast jemanden dazu inspiriert.«

»Jetzt hör aber auf.«

»Das Opfer ist ein Mann, er wurde mit mehreren Stichen in die Brust getötet. Das widerspricht deiner Serientätertheorie. Wie gesagt, Serientäter haben ein Muster, was das Geschlecht der Opfer und den Tötungsakt betrifft.«

»Das stimmt so nicht«, sagte Kummer, der sich im Internet informiert hatte. »Du hast ohnehin nicht daran geglaubt, dass es derselbe Täter ist.«

»Das tue ich auch jetzt nicht. Ich hoffe bloß, dass jetzt nicht wirklich eine Serie daraus wird, dass jetzt irgendwelche Irre auf Campingplätzen Leute ermorden und Nilpferdfigürchen deponieren.«

»Wie sieht es denn aus, das Figürchen? Ist es aus derselben Serie, der von 1988?«

»Das weiß ich noch nicht.«

»Das sollte man untersuchen. Ich bringe dir die anderen beiden vorbei.«

Brandstetter schnaubte. »Wir möchten die Sache möglichst lange unter Verschluss halten, damit keine Panik entsteht und noch mehr Unheil angerichtet wird. Ich bitte dich dringend, nichts davon auszuplaudern. Eigentlich hätte ich dich gar nicht anrufen dürfen, aber mir ist der Kragen geplatzt. Das ist kein Spiel, Kummer, das ist blutiger Ernst. Du hast keine Ahnung, worauf du dich da eingelassen hast. Du warst keine Minute bei der Kripo.«

»Schon klar«, antwortete er. Er wusste, dass er jetzt nicht auf seiner Theorie beharren durfte, spürte aber, dass Brandstetter langsam Zweifel beschlichen, ob er nicht doch recht haben könnte. Zweifel, die sie noch nicht zulassen konnte.

»Ich bin morgen ab neun Uhr im Büro. Komm halt vorbei«, lenkte sie ein und beendete das Gespräch. Tara, die neben ihm saß, drängte mit ihrer Schnauze unter seinen Arm. Sie wollte Streicheleinheiten, er kam ihrem Wunsch nach.

»Habe ich mit diesen Figürchen einen Blödsinn gemacht?«, fragte er sie. Nach einer Weile stand er auf. Auf dem Weg zurück zum Velo dachte er nach. Natürlich konnte es auch sein, dass Brandstetter recht hatte und der letzte Mord von jemand anderem begangen worden war. In der Schweiz waren Serienmorde sehr selten. Doch seit dieser Corona-Krise waren einige Dinge geschehen, die man noch vor Kurzem für unmöglich gehalten hätte. Sie war wie ein Beschleuniger latent vorhandener gesellschaftlicher Tendenzen. Im Guten wie im Schlechten. Das Hamstern, das Misstrauen, die Radikalität waren gestiegen, aber auch gegenseitige Unterstützung war wiederentdeckt worden.

Im Camper holte er sein Tablet, das er unter der Bettdecke aufbewahrte, damit es nicht zu heiß wurde, und machte sich auf die Suche nach einem Café mit offenem WLAN-Zugang. Er landete in einem Starbucks in Oerlikon. Obwohl er in Zürich Nord aufgewachsen war (oder gerade deshalb), erkannte er das Quartier nicht wieder. Wo einst die Industrieanlagen gestanden hatten, waren jetzt Büros, Wohnungen und Läden. Alles sah so anders aus, dass er sich kaum mehr orientieren konnte. War das wirklich die Wiese, auf der sie früher Fußball gespielt hatten?

Brandstetters Bemühungen, stellte er fest, sobald er sich in die Telegram-Gruppe eingeklinkt hatte, waren gescheitert. Die Diskussionsbeiträge waren erneut explodiert, und sie betrafen fast ausschließlich den neuen Campingplatzmord. Einzig die Information, dass ein Nilpferdfigürchen gefunden wurde, war noch nicht durchgesickert. Kummer ging davon aus, dass die Informationen über den Mord von den Benutzern des Campingplatzes verbreitet worden waren, dort ließ sich so etwas schwer geheim halten.

Er wechselte auf Signal. *Beachboy* hatte ihm eine Nachricht geschickt. Nach kurzem Zögern öffnete er sie.

*So, jetzt ist es halt wieder passiert,* hatte *Beachboy* morgens um zehn geschrieben – bevor die Leiche entdeckt worden war. *Jetzt müssen sie endlich auf dich hören!*

*Willst du etwa behauten, dass du der Camping-Killer bist?*, schrieb Kummer zurück.

Die Antwort kam innerhalb weniger Sekunden.

*Der Name gefällt mir! Aber man hört viel zu wenig davon. Drei Morde innert weniger als sechs Wochen! In der Schweiz! Ich sollte die Nachrichten beherrschen. Ich verstehe nicht, warum ich ignoriert werde.* Tu etwas!

*Ich glaube dir nicht.*

*Woher soll ich das mit dem Ei in deinem Einkaufswagen wissen?*

*Weil du es mir reingetan hast. Das beweist gar nichts.*

*Zu der Zeit war noch nicht bekannt, dass es sich um Figuren aus dem Überraschungsei handelte.*

*Der Artikel mit den Fotos war schon im Netz.*

*Du bist misstrauisch und schlau. Das gefällt mir. Hier ist etwas für dich, Kummer: Susi Sonnenschein.*

*Wer soll das sein?*

*Beachboy* antwortete nicht.

Kummer schrieb den Namen auf, bevor die Nachricht verschwand, schloss Signal und wechselte zum Browser und der Suchmaschine. Er stieß auf eine YouTuberin für Kinder und eine Influencerin. Bei der Bildsuche stand an zweiter Stelle ein Nilpferd in einem Bikinihöschen mit einer Blume im Haar.

»Tamisiech.« Er speicherte das Bild, schickte es an Brandstetter und schrieb ihr: *Ist das die Figur?*

*Langsam machst du mir Angst*, schrieb sie zurück.

## *Zweiundzwanzigstens*

Es war seltsam, das Gebäude der Kriminalpolizei auf dem Kasernenareal wieder zu betreten. Seit seinem letzten Arbeitstag war er nicht mehr hier gewesen.

»Jetz lueg ä da, de Henry«, begrüßte ihn die Beamtin, die an dem Platz saß, an dem er so oft Dienst geschoben hatte: hinter dem Panzerglas vor der Eingangsschleuse.

»Salü Kati«, erwiderte Kummer den Gruß. »Ich habe einen Termin bei Vera Brandstetter.«

»Du kommst nicht die alten Kollegen besuchen? Weißt du, wie die sich freuen würden? Du fehlst uns, Henry«, sagte Kati und öffnete die Schleuse, ohne seinen Ausweis zu kontrollieren. Kummer konnte sich diese Herzlichkeit nicht richtig erklären. Er wusste, dass ihn niemand in dem Laden vermisste.

Brandstetters Büro befand sich im zweiten Stock. Er drückte die Klingel. Das Lämpchen vor der Tür wechselte auf Grün. Kummer trat ein, und als Erstes erblickte er das Figürchen, das auf dem Tisch stand. Susi Sonnenschein aus der Happy-Hippo-Serie von 1988. Er nahm die beiden Nilpferdchen, die in seinem Besitz waren, aus der Hemdtasche und stellte sie daneben.

»Was hat das zu bedeuten?«, fragte er.

Brandstetter schnaubte. »Das frage ich dich, Kummer. Ich weiß echt nicht, ob ich Untersuchungshaft für dich beantragen soll. Du bist es, der diese Figuren ins Spiel gebracht hat. Hast du die Seiten gewechselt?«

»Ist das dein Ernst?«

Brandstetter sah ihn an. »Ich weiß es nicht, es drängt sich auf, du bist dort, wo die Taten verübt werden, du weißt immer etwas, das sonst niemand weiß.«

»Ruf den Känzig von der Kantonspolizei Bern an. Der hat das zweite Figürchen gefunden, als ich weit vom Tatort entfernt war, auf dem Campingplatz, auf dem wir uns zum ersten Mal begegnet sind.«

»Warst du das? Hast du Zeugen?«

Kummer überlegte, wo er an jenem Mittwochmittag vor zwei Wochen gewesen war. Auf einem Spaziergang mit Tara.

»Mit dem Zug bist du in zwei Stunden da unten, du tötest die Frau und kommst zurück. Ich nehme an, dass du auch für gestern zwischen zehn und zwölf Uhr Vormittag kein Alibi hast.«

Kummer hatte keines. Er zog sein Handy und öffnete Signal.

»Auf diesem Kanal habe ich den Namen der Figur erfahren. Von einem, der sich *Beachboy* nennt, schau hier sein Bild. Es ist eine Figur aus derselben Serie, das habe ich inzwischen überprüft. Wenn es tatsächlich der Killer ist, der mir schreibt, brauchst du nur seine richtige Identität herauszufinden, und der Fall ist gelöst.«

Brandstetter lachte. »Danke, dass du mich darauf aufmerksam machst, alles ganz einfach, wie?«

»Der Täter ist eitel, ich glaube, er will sogar erwischt werden. Es ärgert ihn, dass ihm die Taten nicht zugeordnet werden.«

»Das ist aber nicht einfach, ganz und gar nicht. Selbst wenn ich von der Staatsanwaltschaft eine Verfügung bekomme, die die Firma auffordert, die Identität dieses Beachboys bekannt zu geben, muss ich die erst mal an die amerikanischen Behörden weiterleiten, und die müssen sich entschließen, darauf einzugehen. Selbst wenn sie das machen würden, was Wochen oder Monate dauern kann, wird es nichts nützen, weil die Herausgeber dieser Apps versichern, die Identität ihrer Nutzer nicht zu kennen. Es ist alles verschlüsselt. Genau darum benutzen Leute wie Kriminelle, Terroristen oder Pädophile solche Dienste. Wir kommen da nicht ran.«

»Was denkst du, ist *Beachboy* der Mörder?«

Brandstetter zuckte mit den Schultern. »Die Happy-Hippo-Serie von 1988 besteht aus zehn Figuren, zwei sind schon benutzt worden, die Chance, auf die Richtige zu tippen, stand eins zu acht.«

»Du glaubst, dass er gezockt hat?«

»Ich glaube gar nichts, ich überlege.«

»Wenn er aber nicht ins Blaue geraten hat, sondern wusste, welche Figur am Tatort zurückgelassen wurde, ist er der Serienmörder.«

»Nein. Es würde nur beweisen, dass er der Mörder des Opfers von gestern ist.«

Kummer seufzte. Es hatte keinen Sinn, auf seiner Theorie zu beharren.

»Wer war denn das Opfer?«

»Ein Mann, was nicht zu den anderen passt, ganz und gar nicht. Er war Mitte vierzig, hinterlässt zwei Kinder im Alter von achtzehn und zwanzig Jahren. Stammgast und Mieter eines Jahresplatzes. Die Familie verbrachte früher viel Zeit da draußen, nach der Scheidung vor zwei Jahren war er meist alleine dort, sagt der Betreiber. Mich wundert bloß, dass niemand etwas gehört hat. Im Gegensatz zu den anderen Morden war hier Wut im Spiel, er wurde regelrecht massakriert. Die nächsten Angehörigen, die Kinder, die Freundin und die Ex-Frau, können wir als Täter bereits ausschließen, sie waren bei der Arbeit oder sind auf Urlaubsreise im Ausland.«

»Dass es derselbe Täter ist wie in den anderen beiden Fällen, kannst du dir gar nicht vorstellen?«

»Sagen wir so, es fällt mir schwer. Außer du bist es.«

Ihr Ärger hatte sich ein wenig gelegt, worüber Kummer froh war.

»Die Serientätertheorie macht gerade Furore in den Medien. Seit gestern Nachmittag werden wir mit Anfragen bombardiert. Der Plan, die Geschichte unter Verschluss zu halten, ist komplett in die Hose gegangen.« Sie sah ihn an, als verdächtige sie ihn, die undichte Stelle zu sein, sagte aber nichts.

»Habt ihr den Fund der Figur bekannt gegeben?«

»Nein, es ist wichtig, Dinge unter Verschluss zu halten, die nur der Täter wissen kann. Aber ich fürchte, es wird nicht lange dauern, bis dieser *Beachboy* es in den einschlägigen Foren und Gruppen herumposaunt.«

»Ich weiß nicht«, antwortete Kummer. »Er meldet sich in den Diskussionen auf Telegram nie zu Wort, zumindest nicht unter diesem Namen. Ob er sich auf Signal oder anderen Apps mit Leuten direkt unterhält, kann ich natürlich nicht wissen. Wie gesagt, es macht ihn wütend, dass die Mordserie zu wenig Aufmerksamkeit erhält.«

»Darüber kann er sich nun wirklich nicht beklagen. Die Morde sind doch das Thema Nummer eins auf allen Kanälen. Seit du die ersten beiden in Verbindung gebracht hast.«

»Trotzdem, bis jetzt war der Serienkiller, der er zu sein behauptet, für seinen Geschmack zu wenig im Fokus. Er ist stolz auf seine Taten und möchte, dass über ihn berichtet wird. Die Welt oder zumindest die Schweiz soll sich vor ihm fürchten.«

»Plant er ein finales Massaker auf einem Campingplatz?«

»Ich hoffe nicht.«

Eine Weile schwiegen sie beide. Brandstetter drehte

Susi Sonnenschein in den Fingern. Die Figur war von der Spurensicherung untersucht worden, nicht ein Fitzel von DNA befand sich daran.

»Wir klären gerade ab, wann und wo diese Figuren verkauft wurden.«

»Die sind 1988 in Überraschungs-Eiern gewesen.«

Brandstetter seufzte nachsichtig. »Schon klar, aber alles, was je hergestellt wurde, wird gesammelt und auf Plattformen wie Ricardo, Tutti oder Ebay angeboten. Bei den in der Schweiz ansässigen Firmen ist es einigermaßen einfach, Unterstützung zu erhalten, sie überprüfen gerade, ob solche Figuren in den letzten Monaten verkauft wurden. Wir haben auch Betreiber kleinerer, privater Seiten kontaktiert, die auf Gadgets aus Überraschungseiern spezialisiert sind.«

»Sie müssen eine besondere Bedeutung haben.«

Brandstetter stand auf. »Ich muss los, melde dich, wenn du etwas erfährst. Bei mir, nicht bei der Presse, haben wir uns verstanden?«

Kummer nickte.

## *Dreiundzwanzigstens*

Kummer kehrte zu seinem Camper zurück. *Beachboy* hatte sich nicht mehr gemeldet. Von sich aus wollte er den Dialog nicht weiterführen. Möglich, dass Brandstetter recht hatte und es sich bei *Beachboy* um einen Irren handelte, der sich von den beiden vorhergegangenen Morden zu der Tat im Tösstal hatte hinreißen lassen. Dann bestand immerhin die Hoffnung, dass er Susi Sonnenschein erst kürzlich erworben und dabei eine Spur hinterlassen hatte. In den Diskussionsbeiträgen fand Kummer die Adresse des besagten Campingplatzes. Im Gegensatz zur Presse und den offiziellen Portalen kannte man hier keine Diskretion und keine Hemmungen, Namen und Adressen zu publizieren. Die Theorien waren wild, die Beleidigungen deftig, der Gründer der Gruppe warf nur selten jemanden raus oder löschte Beiträge. Die Meinungsfreiheit war das höchste Gut, zwischen Tatsachen und Meinungen zu unterscheiden, galt als Zensur.

Kummer fasste einen Entschluss. Nach einem Spaziergang mit Tara fuhr er zu dem Campingplatz. Dort angekommen, ging er direkt zum Empfang, der aber geschlossen war. Gleich daneben gab es ein kleines Café, draußen standen ein paar lange Tische. An einem davon saß ein bärtiger Mann Mitte dreißig.

»Wissen Sie, ob es hier freie Plätze gibt?«, fragte Kummer.

Der Mann schaute ihn misstrauisch an, plötzlich hellte sich seine Mine auf.

»Ach Sie sind's! Sie sind doch der Kommissar aus dem

Internet!« Der Bärtige stand auf und reichte Kummer den Ellenbogen. »Mögen Sie einen Kaffee?«

»Einen Espresso, gern«, wunderte sich Kummer, der darauf verzichtete richtigzustellen, dass er kein Kommissar war.

Der Mann stand auf und verschwand in der kleinen Küche. Bald darauf kam er mit einem Tablett mit einer Espressotasse, einem Glas Wasser und einem eingepackten Kägi fret zurück.

»Den offeriere ich Ihnen.«

»Danke.« Kummer schüttelte den Kopf. »In letzter Zeit hat man mich auf Campingplätzen nicht gerade herzlich empfangen, ganz im Gegenteil.«

Der Mann winkte ab. »Das wundert mich gar nicht. So läuft das heutzutage: Nicht der Sauhund wird gejagt, der Leute umbringt, sondern der, der sich getraut zu sagen, dass es immer der gleiche Sauhund ist. Wer in diesem Land die Wahrheit sagt, wird zum Schweigen gebracht. So ist das. Wir bewegen uns immer mehr Richtung Polizeistaat, warten Sie nur ab, wie das mit diesem Corona weitergeht, das ist noch lange nicht vorbei, da wette ich drauf. Bisher haben mich die Behörden auf alle Fälle mehr Einnahmen gekostet als der Mörder.«

Kummer trank den Espresso. Er war gut. Nicht so gut wie der von Heinz, aber fast. Hier wurde die Maschine regelmäßig gereinigt.

»Sie wollen den Mörder stoppen, also sind Sie willkommen. Ich bin der Roger.«

»Henry.«

»Die Wiese für die Tagesgäste ist da drüben, es ist fast alles frei. Such dir einen Platz aus, richte dich ein und komm dann für die Formalitäten zurück.«

Kummer bedankte sich, fuhr auf den Rasen und stellte den Camper so, dass er ein wenig Schatten hatte. Der Campingplatz lag zwischen einem Bach und einer Landstraße. So wie es aussah, gab es hier vor allem Dauermieter in ihren fest installierten Wohnwagen mit Vorzelten und Sitzgelegenheiten.

Nachdem er den Strom angeschlossen, die Markise ausgefahren, den Tisch aufgestellt, Taras Transportbox aufgestellt und sie daran angebunden hatte, kehrte er zum Café zurück und bezahlte den Platz für eine Woche im Voraus. Roger zeigte ihm die Abspültröge, die WCs und Duschen, die Waschmaschine. Es war alles sehr sauber, kein Vergleich zu dem Platz im Toggenburg. Eigentlich wollte Kummer als Erstes Duschen gehen.

»Kann ich den Tatort anschauen?«, fragte er stattdessen.

Roger nickte. »Selbstverständlich. Komm, ich zeige dir, wo es passiert ist. Ich hoffe, du findest etwas heraus. Das muss endlich aufhören, und die Polizei schläft mal wieder. Auf die Behörden ist überhaupt kein Verlass mehr, die sind damit beschäftigt, mit Lineal den Abstand zwischen den Tischen in den Gartenbeizen zu messen, da kann man natürlich keine Mörder fangen.«

Kummer folgte Roger. Der Campingplatz war rechteckig, unterteilt von asphaltierten Wegen. Wohnwagen verschiedener Größe mit Vorzelten standen ziemlich dicht nebeneinander. Hölzerne Vorbauten gab es keine. »Das hier ist offiziell ein Wanderweg. Hier kann jeder durchlaufen«, erklärte Roger.

Es lief aber außer ihnen niemand durch. Der Weg dem Bach entlang hingegen war belebt. Die Leute machten lange Hälse, blieben stehen und schauten, ob etwas von der Schreckenstat zu sehen sei. Vor einem Wohnwagen lagen zwei Männer in ihren Liegestühlen und nickten Roger kurz zu. Der Campingplatz war einer der wenigen Orte in der Schweiz, wo das Faulenzen zelebriert wurde.

Vor einem langen Wohnwagen mit einem blaugrauen Vorzelt blieb Roger stehen. Auf dem mit Betonplatten ausgelegten Platz davor standen ein Grill und ein Liegestuhl. Das Vorzelt des Wohnwagens verfügte über eine Tür, die versiegelt war.

Roger grinste. »Da sieht man, was das für Stümper sind, die nichts von Camping verstehen.« Er führte Kummer an die Seite des Vorzeltes und öffnete einen Reißverschluss. »Man kann auch hier hinein.« Er sah sich kurz um, zog den Reißverschluss nicht ganz hoch.

»Achtung«, sagte er, bevor sie über eine kleine Holzbalustrade stiegen. Drinnen war der Boden aus rötlichem Holz, Loungemöbel standen herum, ein Salontisch. Dazwischen ein Grill, ein Velo, ein Rasenmäher, insgesamt ein ziemliches Durcheinander. Es war heiß im Zelt.

»Ich musste die Sachen von draußen noch reinnehmen, damit sie nicht wegkommen«, erklärte Roger die Unordnung, die ihm gar nicht behagte.

»Hast du ihn gefunden?«, fragte Kummer.

»Ja, aber nur weil das Velo auf dem Weg stand. Bei uns herrscht Ordnung, weißt du. Der Luki wusste das eigentlich, darum hat es mich gewundert. Es sah aus, als habe er drinnen nur schnell etwas holen wollen. Ich habe gerufen, aber er hat nicht reagiert. Also bin ich nachschauen gegangen. Die Tür zum Vorzelt war zu, aber nicht verschlossen.« Er deutete auf die Tür des Wohnwagens. »Ich trat ein und sah, dass die offen stand. Das hat mich natürlich gewundert, weil er ja nicht auf mein Rufen reagiert hatte.« Roger drehte den Knauf, und die Tür ging auf. »Die Polizei hat nicht mal abschließen lassen, als sie fertig waren. Ich habe natürlich einen Schlüssel, aber das habe ich denen nicht auf die Nase gebunden.«

Kummer roch das Blut, bevor er es sah. Sie betraten den

Wohnwagen, drinnen war es nicht so heiß, aber ziemlich stickig.

»Die Klimaanlage läuft nicht mehr. Sonst ist das hier drinnen immer angenehm kühl. Das ist einer der modernsten Wagen, die wir auf dem Platz haben«, sagte Roger nicht ohne Stolz. »Früher, als er noch mit der Familie kam, hatten sie so einen alten Bürstner, aber das hier ist ein Adria Alpina, ein Topmodell. Das hat sich der Luki letztes Jahr geleistet, das war sein Reich, verstehst du, was ich meine. Er hat nicht nur allein hier übernachtet.« Roger stieß Kummer mit dem Ellbogen an. »Anscheinend hatte er Nachholbedarf, und mich geht das nichts an, solange es nicht ausartet und die Nachbarn stört, weißt du.«

Kummer nickte und sah sich um. Rechts, neben dem Eingang an der Längsseite, war die Küche, ausgerüstet mit Backofen und allem. Die Verkleidungen der Schränke waren weiß oder in hellem Holz gehalten. Das war nicht mehr die dunkle gedrechselte Hüttenromantik. Dieses Interieur orientierte sich an modernen Hotelzimmern oder Yachten. Links ein üppiges Sofa aus hellbeigem Lederimitat um einen weiß lackierten Tisch, gegenüber noch mal ein kleines Sofa. Roger ging voraus und schob hinter der Sitzgruppe eine Falttür zurück.

»Ich muss dich vorwarnen. Es ist eine ziemliche Sauerei.«

Sie betraten die Schlafkoje, die von einem hohen Doppelbett dominiert wurde, das längs in den Raum ragte. Gegenüber war ein Fernseher an einer drehbaren Konsole angebracht, die Schränke waren aus hellem Holz, die Decke wiederum weiß. Am hinteren Ende eine Schiebetür, die ins Bad führte. Kummer sah ein modernes Waschbecken aus Keramik, das wie eine Schüssel auf einem Holzblock stand.

Auf dem Bett und dem hellen Teppichboden war eingetrocknetes Blut zu sehen.

»Da lag er auf dem Bauch, so halb auf dem Bett, alles war voll Blut, und mir war sofort klar, dass er tot war. Darum habe ich ihn auch nicht angefasst«, erklärte Roger trocken.

»Warst du nicht geschockt, als du ihn so gefunden hast?«, fragte Kummer.

Roger zuckte mit den Schultern. »Ich war früher Rettungssanitäter. Mich haut so schnell nichts um.«

»Sonst ist dir nichts aufgefallen?« Kummer drehte sich um, es gab hier nichts zu sehen für ihn, er hatte einfach die Atmosphäre spüren wollen. Sie war ganz anders als die in Rosas oder Heinz' Wohnwagen. Das waren bescheidene, altersschwache Behausungen gewesen, das hier war ein Luxushänger. Das Wohnmobil von Peti und der Wohnwagen der Frau von der Duschkabine, die er beide nur von außen gesehen hatte, lagen wohl in Sachen Komfort irgendwo dazwischen. Einen Moment überlegte er, ob er sich in so einem Teil wohlfühlen würde. Vielleicht war das die Gelegenheit, ein Schnäppchen zu machen. Wer kauft schon einen Wohnwagen, in dem ein Mord geschehen war?

Kaum wieder draußen, fragte er: »Was kostet denn so etwas?«

Roger überlegte nicht lange. »Neu um die sechzigtausend, der hier ist vier Jahre alt, der ging wohl so für fünfundvierzig weg. Der hat Klima, Warmwasser, Fußbodenheizung, Einparkhilfe, richtet sich automatisch aus, was man natürlich auf dem Standplatz nicht braucht. Mal schauen, ob die Kinder ihn behalten wollen. Wahrscheinlich nicht. Der Platz ist bis Ende Saison bezahlt.«

»Was kostet denn der Platz?«

»Ungefähr zweihundert pro Monat.«

Das hingegen könnte er sich leisten, dachte Kummer. »Habt ihr welche frei?«

»Ja, es gibt zwei kleinere Plätze. Bis jetzt hat noch niemand gekündigt, aber das kann sich noch ändern. Saisonplätze gibt es allerdings nur für Wohnwagen, mit deinem Camper geht das nicht.«

»Schade«, sagte Kummer. »Sonst ist niemandem etwas aufgefallen?«

»Nein, niemand hat etwas gesehen oder gehört.« Roger zuckte mit den Schultern. »Weißt du, viele der Dauergäste sind pensioniert und haben in den Ferien die Enkelkinder zu Besuch, Kinder lieben Camping, ist ja klar. Jetzt hat es natürlich auch viele Familien. Die meisten gehen am Vormittag einkaufen, wandern oder besuchen das Schwimmbad im Nachbarort. So ist zwar ein Gläuf, aber nur wenige hocken vor dem Wagen und sehen alles, was geht. Am Nachmittag sieht's schon anders aus, dann sind die meisten auf dem Platz, die Kinder baden im Bach, man spielt etwas oder genießt einfach die Sonne.«

Kummer dachte daran, dass alle Morde am Vormittag begangen worden waren. Dem hatte er bisher keine Bedeutung beigemessen, es konnte aber darauf hinweisen, dass sich der Täter mit den Gewohnheiten auf Campingplätzen auskannte.

»Habt ihr Videoüberwachung?«

»Nur am Kiosk und bei den Waschmaschinen. Da wurde schon das Kässeli geknackt.«

Kummer nickte.

»Ich habe noch zu tun«, verabschiedete sich Roger. »Komm einfach vorbei, wenn du etwas brauchst, ich bin von morgens acht bis abends um sieben immer irgendwo auf dem Platz. Ich oder meine Frau, die lernst du dann auch noch kennen.«

Kummer holte Tara, die freudig um ihn herumtanzte, als sei er lange Zeit weg gewesen. Erst seit wenigen Wochen besaß er diese Hündin, doch sie hatten sich schon aneinander gewöhnt. Dabei wäre er nie im Leben auf die Idee gekommen, sich einen Hund anzuschaffen.

»Komm, wir schauen uns die Gegend an.« Kummer nahm sie an die Leine und ging zu einem Weg, der die Töss entlangführte. Dort ließ er sie laufen und nahm sich am Robidog ein paar orange Säckchen. Eine Frau mit einem angeleinten Schäferhund kam ihm entgegen, er rief Tara zu sich, und sie ging neben ihm an dem Hund vorbei, der kurz an der Leine zog. Die Frau schaute ihn böse an, sagte aber nichts. Es gab Hundebesitzer, die der Meinung waren, alle Hunde müssten angeleint werden. So ein Tier konnte auch ein Vorwand sein, anderen seinen Willen und seine Überzeugungen aufzuzwingen. Sie folgten der Töss weiter hinab. Es war Sommer, und die Gegend zeigte sich von ihrer schönsten Seite. Irgendwie konnte sich Kummer vorstellen, hier zu leben. Er, der nie aus der Stadt hinausgewollt hatte. Auf dem Rückweg ging er durchs Dorf und kaufte im Volg ein paar Lebensmittel. Unterwegs hatte er ein paar Hofläden gesehen, bei denen er auch noch vorbeischauen wollte. Den Abend verbrachte er vor seinem Camper, aß nur einen Salat und machte zur Abwechslung mal überhaupt nichts. Das Tablet blieb ausgeschaltet.

*

Kummer trank einen Espresso im Café, es war schon fast Mittag. Auch hier musste man Abstand halten, aber es gab Leute, die sich kannten und zusammenhockten. Kummer saß an einem der langen Tische, die frei waren. Die Gruppe nebenan führte eine Diskussion darüber, ob Helene Fischer oder Beatrice Egli besser sei. Fast allen gefiel die Schweizerin besser. Nur einer beharrte darauf, dass die Egli im Vergleich zur Fischer einfach nicht singen könne. Die eine hieß wie ein Fisch, die andere Fischer.

»Isch da na frei?«

Kummer schaute auf. Eine Frau unbestimmten Alters – graubraune kurze Haare, eine blaue Baseballkappe, Cargohosen, ein kariertes Wanderhemd, eine Bauchtasche – nahm ihren kleinen blauen Rucksack ab und setzte ich auf sein zustimmendes Nicken ans andere Ende des Tisches. Sie bestellte einen Kaffee crème.

Kummer merkte, wie die Frau ihn anschaute. Sie wusste, wer er war. Daran musste er sich gewöhnen. Weil er keine Lust hatte zu plaudern, zückte er sein Handy und vertiefte sich in die Nachrichten der Telegram-Gruppe, die seit dem neusten Mord heiß lief.

## Vierundzwanzigstens

Als sich am Sonntagabend Irma ankündigte, logierte Kummer bereits drei Tage auf dem Campingplatz. Am Wochenende war es trotz des Mordes voll gewesen. Oder gerade deswegen. Eine Art Mutprobe, wie die Übernachtung in einem Haus, in dem es spukt. Auf der Wiese, nicht weit von seinem Camper entfernt, hatte eine Gruppe Jugendlicher übernachtet, die so laut war, dass Roger einschreiten musste. Am Morgen, als die Sonne sie aus ihren Billigzelten scheuchte und das Billigbier im Körper abgebaut war, gaben sie sich wieder höflich und kleinlaut, entschuldigten sich sogar. Kummer winkte ab. Der Lärm hatte ihn zwar gestört, und als jemand hinter seinen Camper gepinkelt hatte, wurde er von Tara verbellt, was für noch mehr Gejohle und Lärmen sorgte.

Die jungen Leute hatten den Frühling über drinbleiben müssen, kein Wunder, dass sie sich austoben mussten. Solange sie nicht aggressiv wurden, war ihm das egal.

*

Irma reiste am Montag an, es war der 27. Juli. Er holte sie mit Tara am S-Bahnhof ab. Sie hatte einen kleinen Rollkoffer bei sich, den Kummer über den Kiesweg zog. Sie kehrten im Café ein, Kummer machte Irma und Roger miteinander bekannt, danach spazierten sie durch den nahen Wald, um der Hitze zu entfliehen. Den Nachmittag verbrachten sie auf dem Platz, Irma legte sich mit einem

Roman in den Liegestuhl und schlief ein. Kummer kochte das Abendessen.

»So eine Datscha wäre schon noch etwas«, sagte Irma, als sie nach dem Essen mit einem Bier vor dem Camper saßen. Sie zeigte auf einen der langen Wohnwagen mit Vorzelt und Sitzplatz.

Irma übernachtete bei ihm. Morgens bellte Tara kurz und weckte Kummer, der die Gelegenheit nutzte aufzustehen, mit ihr ins Dorf zu gehen und frische Gipfeli zu holen. Als er zurückkam, schlief Irma noch immer. Ein gutes Zeichen, sie entspannte sich.

Leise bereitete er das Frühstück vor, bald darauf kam sie verschlafen aus dem Camper, streckte sich und blinzelte in die Sonne. Sie setzten sich an den Tisch und aßen, ohne viel zu reden, aber auch ohne auf ihre Bildschirme zu schauen.

»Ab nächsten Montag habe ich endlich Urlaub«, sagte Irma beim zweiten Kaffee. »Eine ganze Woche lang. Vielleicht sollten wir es doch noch einmal mit Camping versuchen. Eigentlich hat es mir in Estavayer-le-Lac schon gefallen, die ganze Gegend dort, was meinst du?«

»Ich fahre dorthin, wo du hinwillst. Ich habe mich ans Leben im Camper gewöhnt.«

Irma seufzte. »Ich mach mich mal schlau, was es dort so gibt.«

*

»Das hat gutgetan«, sagte sie, als sie am Dienstagmittag wieder abreiste, »wenn es auch viel zu kurz war.« Kummer befand sich auf dem Rückweg von der Bushaltestelle, als Brandstetter anrief. Die Polizei hatte einen Profiler aus Deutschland aufgeboten, die Camping-Morde zu untersuchen. Morgen Nachmittag würde er in einer Pressekonferenz seine Einschätzung abgeben. Inzwischen hatte sich über das Internet auch der Fund der Susi-Sonnenschein-Figur verbreitet, ob die Information von *Beachboy* oder aus Polizeikreisen kam, war unklar.

»Willst du kommen?«, fragte sie.

»Das wäre nicht klug. Die Leute kennen mich inzwischen.«

»Stimmt, du bist berühmt. Nicht schlecht für einen pensionierten Polizei-Pförtner.«

»Glaub mir, ich wär's lieber nicht.«

»Warum nicht? Nutze die Gelegenheit und richte einen Twitter-Account und ein Instagram-Profil ein, du wirst innert kurzer Zeit eine Menge Follower haben und kannst mit Werbung deine Rente aufbessern.«

Er war nicht sicher, ob sie es ernst meinte.

»Also gut, ich komme«, sagte er, bevor sie es sich anders überlegte. Sie gab ihm die Adresse durch.

*

Kummers Camper war immobil, er hatte die Markise ausgefahren und die Seitenwände aufgestellt, sodass er eine Art Vorzelt hatte, in dem Taras Transportbox stand, Tisch und Stühle aufgebaut waren. Für eine Fahrt in die Stadt lohnte es sich nicht, das alles zu demontieren. Er würde mit den öffentlichen Verkehrsmitteln in die Stadt fahren, es gab zahlreiche Möglichkeiten, der Weg dauerte keine Stunde. Tara würde dableiben müssen, an der langen Leine, im Schatten des Vorzelts. Sollte sich jemand dem Camper nähern, würde sie die Person verbellen. Kummer ging davon aus, dass die anderen Gäste dafür Verständnis hatten.

In den öffentlichen Verkehrsmitteln herrschte seit dem 6. Juli Maskenpflicht, also musste er sich im Dorf eine kaufen, ehe er mit Bus und S-Bahn in die Stadt fahren konnte. Vor mehr als zehn Jahren, während der Schweinegrippe, hatte eine 25er-Packung knapp fünf Franken gekostet. Nun zahlte er in der Dorf-Drogerie 39,90 Franken. Angebot und Nachfrage. Findige Jungunternehmer waren noch vor Abschluss des Studiums Multimillionäre geworden, indem sie Masken zu horrenden Preisen an staatliche Institutionen verkauft hatten.

In der S-Bahn öffnete Kummer die Signal-App.

*Die Sache nimmt Fahrt auf, ich glaube, ich muss einfach den Rhythmus hochhalten, damit ich ernst genommen werde. Ich hoffe, du bleibst dran, Kummer. Du bist doch ein helles Köpfchen. Es sollte dir gelingen, mich zu fangen, bevor ich wieder zuschlage. Daumen-Hoch-Emoji. Blitz-Emoji.*

Die Emojis waren es, die Kummer wütend machten. Wenn es wirklich der Killer war, der da schrieb, so war seine Verachtung für die Leben, die er auslöschte, ungeheuerlich. Er schrieb drei Antworten, die er dann doch nicht abschickte. Er wollte dieser Person weder Bestätigung verschaffen noch sie provozieren. Was er wollte, aber nicht vermochte, da immerhin waren sie sich einig: sie zu stoppen.

In den Einstellungen seines Smartphones erlaubte er der Signal-App, ihn zu benachrichtigen, wenn eine neue Nachricht hereinkam.

## *Fünfundzwanzigstens*

Die PK fand in einem Saal eines Hotels an der Limmat statt und wurde von der Kantonspolizei Zürich in Zusammenarbeit mit weiteren Polizeidirektionen veranstaltet. Brandstetter hatte Kummer eine Akkreditierung verschafft.

Das Coronavirus war noch immer das alles dominierende Thema in den Medien und vor allem im Internet, einige glaubten, dass das Gröbste überstanden sei, während andere warnten, dass im Herbst alles noch viel schlimmer käme. Trotzdem war das Interesse an den Camping-Morden nach wie vor da. Die Taten verunsicherten und empörten die Bevölkerung, in diesem Jahr, in dem die Menschen aufgefordert wurden, Ferien im eigenen Land zu machen. Camping war auch für Familien mit kleinerem Budget eine attraktive Möglichkeit, den eigenen vier Wänden zu entfliehen, in die sie den Frühling über eingesperrt gewesen waren. Nun hatten sie Angst. Die Plätze waren zwar ordentlich besucht, aber nicht ausgebucht. Es traf die Branche hart, auch wenn es Leute gab, die sich demonstrativ weder von Viren noch von Mördern verunsichern lassen wollten. Jetzt erst recht!, lautete ihr Motto. Während andere immer mehr Angst hatten, was so weit gehen konnte, dass sich ein Endzeitgefühl breitmachte. *Bald werden wir alle tot sein.* Darum stornierten viele Leute ihre Buchungen, was Platzbetreiber und Tourismusregionen traf, die auf das Oster- und Pfingstgeschäft verzichtet hatten und denen die ausländischen Gäste fehlten. Sie drängten darauf, dass die beiden – oder die drei, darüber wurde noch heftig diskutiert – ungelösten Fälle rasch aufgeklärt wurden. Solange der Camping-Killer nicht hinter Schloss und Riegel war, blieb die Lage prekär. Sollte ein weiterer Mord geschehen, würde die Stimmung kippen. Darum waren die Behörden gefordert. Sie hatten bei vielen Menschen Vertrauen verloren, vor allem eine bis dahin eher behörden- und staatstreue, ältere und ländliche Schicht hatte sich gegen sie gewendet, fühlte sich gegängelt und übergangen. Natürlich war die Staatsverdrossenheit nichts Neues, seit Jahrzehnten droschen Parteien und Verbände auf staatliche Institutionen ein: zu teuer, zu langsam, zu unrentabel. Gerade im Gesundheitswesen war die Privatisierung weit fortgeschritten, die Spitäler wurden zu Profitzentren getrimmt, was sich nun rächte, weil die teuren Intensivbetten fehlten. Doch wie so oft war die Reaktion darauf kein Überdenken der Strategie, sondern die Forderung, sie noch zu intensivieren. Wenn eine Methode nicht funktionierte: mehr davon.

*

Die Stühle im Saal waren mit dem vorgeschriebenen Abstand von 1,5 Metern aufgestellt, darum war wohl dieser große Konferenzsaal angemietet worden. Etwa die Hälfte der Anwesenden trug eine Maske, solange der Abstand eingehalten werden konnte, war es nicht vorgeschrieben. Kummer zog seine an, es war ihm ganz recht, so konnte er sein Gesicht verbergen. Trotzdem wurde getuschelt, als er hereinkam. Viele der Medienschaffenden, die sich mit Verbrechen befassten, kannten ihn, seine Körpergröße und Masse ließ sich nicht hinter einer Maske verbergen. Er setzte sich ziemlich weit hinten hin.

Der Profiler stammte aus Deutschland und sprach mit schwäbischem Akzent. Der erste Teil seiner Ausführungen betraf das Phänomen und Wesen des Serienmörders im Allgemeinen. Bei den Erkenntnissen zu den vorliegenden Fällen blieb er ziemlich vage, wollte sich nicht definitiv festlegen, ob alle drei Morde vom selben Täter begangen worden waren. Wie Kummer erfuhr, war der Fall Rosa nun doch nicht abgeschlossen oder wieder aufgenommen worden. Brandstetter hatte ihm nichts davon gesagt. Auf jeden Fall, so betonte der Profiler, waren die drei Morde untypisch für einen Serientäter, aus den Gründen, die schon Brandstetter genannt hatte. Doch es gab Ausnahmen, zum Beispiel in den USA, dem Land mit den meisten Serienmördern. Der Profiler vermutete, dass es sich um einen Mann über vierzig handelte, vielleicht noch älter, und sagte, es sei nicht auszuschließen, dass die Corona-Krise im Täter etwas ausgelöst hatte. Solche einschneidenden Erlebnisse, bei denen die einzelne Person machtlos war, könnten bei psychisch labilen Menschen als Trigger wirken. Er könne, fuhr er fort, sich vorstellen, dass der Täter schon früher einmal auffällig geworden war.

Zu den Nilpferd-Figuren sagte der Mann nichts, erst auf die Frage einer Journalistin erwähnte er sie.

»Meines Wissens sind diese in den ersten beiden Fällen nicht direkt am Tatort sichergestellt worden, zumindest nicht von der Polizei. Sie sind von einem selbst ernannten Internet-Detektiv ins Spiel gebracht worden, weshalb es gut möglich ist, dass die Platzierung der dritten Figur davon inspiriert war. Sehen Sie, das ist heute ein riesiges Problem. Es sind zwar schon Fälle – ganz wenige und meist alte Cold Cases, das möchte ich betonen – von solchen Amateuren gelöst worden, aber meistens erschweren sie die Ermittlungen mehr, als dass sie helfen, wie in diesem

Fall, in dem eine kontaminierte Beweiskette entstanden ist.«

Kummer sah zu Boden. Er spürte, wie er angeschaut wurde, einige drehten sich um, sogar Gelächter war zu hören. Er fürchtete schon, jemand würde auf seine Anwesenheit hinweisen, doch er wurde verschont. Kaum war die Pressekonferenz abgeschlossen, stand er auf und hielt auf den Ausgang zu.

»Henry, du elender Amateur!«, hörte er jemanden rufen. »Machst du jetzt deinen ehemaligen Kollegen das Leben schwer?« Auf die Frage folgte ein Lachen.

Dieses Lachen kannte Kummer, er drehte sich um. Vor ihm stand Erika Brugger, eine Journalistin, mit der er früher zu tun gehabt hatte. Sie war lange Zeit bei einer großen Tageszeitung für Verbrechen, Polizei und Gerichte zuständig, eine Journalistin, die fest an die Rolle der Presse als vierte Gewalt im Staat glaubte. Ihre Aufgabe war es, Dinge aufzudecken, die gerne unter den Teppich gekehrt wurden. Von der Gesellschaft, von den Behörden und auch von der Polizei. Sie war stets hartnäckig gewesen und hatte Stunden im Eingangsbereich des Kasernenpostens verbracht, wenn Kummer sie nicht hineinließ, weil die Person, die sie suchte, so tat, als sei sie nicht im Gebäude. Sie wartete, bis jemand herein- oder herauskam, der ihr Auskunft geben würde. Dabei hatten sie sich manchmal unterhalten, während langer Stunden, in denen beide nichts zu tun hatten.

Als er mit dem Bauchschuss im Spital lag, hatte sie ihn besucht. Damals arbeitete sie bei einer Gratiszeitung und haderte mit dem Schicksal, weil sie vor allem Schlagzeilen produzieren musste, die Klicks generierten. Hintergründe waren nicht gefragt, für lange Recherchen fehlten Zeit und Geld.

Brugger, die keine Maske trug, drehte ihm den Ellbogen zu, Kummer berührte ihn mit dem seinen.

»Erika, was machst du denn hier?«

»Dasselbe wie du. Als Frühpensionierte meine Nase in Sachen stecken, die mich nichts angehen.«

»Du bist pensioniert?«

»Nicht ganz freiwillig. Ich konnte wählen: Rente oder entlassen werden. Ich bin ein Fossil, genau wie du, *mon vieux.*« Brugger lächelte. »Ich bin immer noch als Freelancerin unterwegs, hin und wieder bringe ich etwas unter, und sei es nur bei einem Online-Medium, das von idealistischen jungen Leuten geführt wird. Den ganzen Tag lesen oder fernsehen mag ich nicht, Gärtnern und Wandern hasse ich. Was also bleibt mir übrig, als so zu tun, als hätte ich noch etwas zu tun? Aber wem erkläre ich das …«

Kummer wollte antworten, dass er seine Arbeit überhaupt nicht vermisste und gut ohne sie zurechtkam.

»Was hältst du von dem Herrn Profiler? Etwas arrogant, findest du nicht?« Brugger schaute sich um. »Elende Pandemie«, schimpfte sie. »Nicht einmal mehr einen Apéro gibt es. Die Zeiten sind wirklich lausig.«

»Etwas, das er erwähnt hat, will mir nicht aus dem Kopf«, sagte Kummer. »Nämlich, dass der Täter schon früher einmal eine ähnliche Tat begangen haben könnte. Du warst doch über dreißig Jahre lang Reporterin.«

»*Die zwölfte Seite*, wie es damals noch hieß, da habe ich angefangen«, sagte Brugger stolz.

»Erinnerst du dich an einen Mord auf einem Campingplatz?«

Erika seufzte. »Spontan würde ich sagen: Nein. Aber in unserem Alter ist auf das Gedächtnis kein Verlass mehr. Zum Glück lässt sich das überprüfen. Ich habe noch immer Zugang zur Mediendatenbank, da tauche ich mal ein.«

»Das wäre toll. Hast du meine Nummer?«

Sie reichte ihm ihre Karte. »Ruf mich an, dann habe ich sie.« Kummer wählte, ihr Handy klingelte. »Wir sind im Geschäft. Was ist, gehen wir noch etwas trinken?«

Kummer schaute auf die Uhr. »Meine S-Bahn fährt gleich. Mein Hund wartet.«

»Du hast einen Hund. Du?«

In Kummers Nicken lachte Erika aufs Neue. »Erschreckend, was die Pensionierung aus Menschen machen kann.«

## *Sechsundzwanzigstens*

Zurück auf dem Campingplatz wurde Kummer von Tara nach freudiger Begrüßung kurz angebellt. Um sie für die Warterei zu entschädigen, machte er mit ihr einen langen Spaziergang durch den Wald, Richtung Hörnli, wo es etwas kühler war.

Sein Handy vibrierte, den Ton hatte er abgestellt.

Irma war dran.

»Henry, wir gehen campen. Ich habe in Yverdon etwas gefunden. Der Campingplatz liegt direkt am See. Für mich habe ich ein festes Zelt mit Küche gebucht. Es ist eigentlich für Familien gedacht und viel zu groß, trotzdem habe ich auch für deinen Camper einen Standplatz reserviert. Ich brauche Erholung und will nicht, dass wir uns auf die Nerven gehen.«

»Das wäre schade.«

»Vor allem ich habe keinen Nerv mehr, und es lässt sich kaum vermeiden, wenn man zu nahe aufeinander hockt. Ich freue mich auf alle Fälle riesig. Wir können in den nächsten Tagen noch alles besprechen, ich wollte dir nur schon mal Bescheid geben.«

»Das ist eine schöne Überraschung«, sagte Kummer, und es stimmte. Da er pensioniert war und ohnehin im Camper lebte, waren die Konzepte Camping und Urlaub nicht mehr relevant. Sie würden eine Woche zusammen verbringen, und darauf freute er sich. Sie war die Berufstätige, sie hatte den Stress, sie musste sagen, was sie wollte. Damit hatte er kein Problem.

*

Es war Donnerstag, und er hatte sich gerade einen kleinen Salat zum Mittagessen zubereitet, als sein Handy summte.

Erika Brugger war dran. »Ich habe einen Fall gefunden, der infrage kommen könnte.«

»Daran habe ich nicht gezweifelt.«

»Es handelt sich um den Mord an einer jungen Frau, auf einem Campingplatz im Tessin, vor etwa dreißig Jahren.«

Kummer rechnete. »Lass mich raten: Der Mord wurde 1988 begangen.«

»So ist es. Woher weißt du das?«

»Wegen den Figuren.«

»Du mit deinen Figuren!«, schnaubte Brugger.

»Was hast du herausgefunden?«

»Das Opfer war siebzehn Jahre alt, ein Mädchen aus dem Bernbiet. Sie wurde erstickt, während sie in ihrem Zelt schlief. Der Fall ist nie richtig aufgeklärt worden.«

»Tamisiech«, fluchte Kummer.

»Zumindest ist niemand für den Mord verurteilt worden. Hauptverdächtiger war ein Jugendlicher, der auf demselben Campingplatz war. Die beiden hatten in der Mordnacht miteinander geschlafen. Sein Kumpel, mit dem er das Zelt teilte, wusste nur, dass er spät zurückgekommen war. Der Junge wurde bis zum Prozess in Untersuchungshaft genommen, dann aber mangels Beweisen freigesprochen, vor Gericht zumindest. Die Öffentlichkeit sah das anders. Der Fall schlug hohe Wellen, das kannst du dir ja vorstellen.«

Das konnte Kummer, und obwohl er wahrscheinlich damals, als er noch Polizeiaspirant war, von dem Fall gehört hatte, hatte er keine Erinnerung daran.

»Die Bevölkerung sah ihn als den Mörder an, der nur davongekommen war, weil er aus gutem Haus stammte. Obwohl der Name nie veröffentlicht wurde, damals war man noch diskreter im Umgang mit Jugendlichen, wussten in der Region, in der er lebte, natürlich alle, um wen es sich handelte. Er konnte fast nicht mehr aus dem Haus, nicht mehr zurück aufs Gymnasium, verlor all seine Freunde. Die Eltern schickten ihn für ein Austauschjahr nach Amerika, aber er konnte nie mehr Fuß fassen. Mit fünfundzwanzig Jahren ist er an einer Überdosis Heroin gestorben, in Bern, einer von vielen Drogentoten.«

Kummer erinnerte sich. Damals waren in Zürich und Bern große Drogenszenen entstanden, Heroin war weit verbreitet, Drogentote an der Tagesordnung. Das Elend in der reichen Schweiz machte international Schlagzeilen, die Politik haderte, der Platzspitz wurde geschlossen, die Szene zog an den Letten. Bis auch der aufgelöst wurde, sich die Heroinabgabe durchsetzte und die Süchtigen integriert wurden. Erstaunlich viele Junkies fanden nach Jahren schwerster Sucht wieder ins bürgerliche Leben zurück, begannen mit dreißig eine Lehre, ein Studium oder machten sonst eine Ausbildung. Viele, aber längst nicht alle.

»Wo ist der Mord verübt worden?«, fragte Kummer.

Brugger nannte eine Gemeinde in der Nähe von Locarno.

»Danke, Erika. Ich werde versuchen, über Polizeikanäle mehr zu erfahren.«

»Stehen die dir denn immer noch offen? Mir schien bei der Pressekonferenz nicht, als sei man bei der Polizei gut auf dich zu sprechen.«

Kummer seufzte. »Da könntest du recht haben.«

»Ich kann versuchen, an die Gerichtsakten zu kommen. Der Fall ist über dreißig Jahre her, aber ungelöst, da sollte noch etwas vorhanden sein.«

»Warte vorerst noch ab.«

»Wenn du etwas herausfindest, das eine gute Story ergibt,

melde dich bei mir. Wir ausgemusterten Fossile müssen zusammenhalten.«

Kummer rief sofort Brandstetter an, die sogar abnahm. Er schilderte ihr den Fall.

»Kannst du herausfinden, ob es dazu noch irgendwelche Unterlagen gibt?«

Ihre Antwort blieb unverbindlich.

## *Siebenundzwanzigstens*

Zu Kummers Überraschung meldete sich Brandstetter bereits am nächsten Morgen. Sie hatte etwas über den lange zurückliegenden Fall im Tessin herausgefunden. »Du wirst es kaum glauben. Auf dem Posten der Gemeinde, auf deren Boden sich der Campingplatz befindet, gibt es einen Polizisten, der schon damals, als der Mord geschehen ist, dort gearbeitet hat. Ich konnte kurz mit ihm sprechen, er ist bereit, dich zu empfangen und mit dir zu reden.«

»Mit mir?«, fragte Kummer verwundert. »Heißt das, du glaubst jetzt auch, dass es sich um einen Serientäter handelt?«

»Nein, ich gebe dir bloß die Gelegenheit, deine Theorie zu überprüfen. Solltest du etwas herausfinden, das sie bestätigt, umso besser, wenn nicht, ist auch nichts verloren.«

»Warum fährst du nicht selbst ins Tessin?«

»Du weißt, was für einen Papierkrieg oder besser gesagt elektronischen Formularkrieg das verursachen würde. Interkantonale Zusammenarbeit, Datenfreigabe, Reisespesen und so weiter und so fort. Nein, red du mal mit ihm und hör dir an, was er zu sagen hat. Wenn es etwas hergibt, werde ich mich der Sache annehmen.«

»Ich weiß nicht, ob mein Italienisch dazu reicht«, wandte Kummer ein.

Er hatte über die Ferien am Gymnasium auf dem Bau gearbeitet und etwas Italienisch gelernt, denn das war damals die Lingua franca auf den Baustellen. Schweizer, Spanier, Portugiesen, Jugoslawen, alle sprachen italienisch miteinander, ein Italienisch, das mit Begriffen vieler anderer Sprachen durchsetzt war.

»Ich habe Deutsch mit ihm gesprochen«, sagte Brandstetter.

Kummer ließ sich den Namen des Polizisten und die Adresse des Postens geben. Er beendete das Gespräch, dann rief er Irma an.

»Wie willst du nach Yverdon reisen?«

»Am liebsten mit dem Zug.«

»Ich könnte dein Gepäck mitnehmen, aber ich müsste es morgen abholen, ich mache einen Ausflug ins Tessin.«

»Wieso denn das? Hast du Bekannte dort? Ehemalige Kollegen? Oder Kolleginnen?« Sie meinte es nicht ernst, sie war nicht eifersüchtig und er keiner, der zu Kolleginnen ins Tessin gefahren wäre.

»Nein, es geht um den Fall«, gab er zu. Er sah keinen Sinn darin zu flunkern, das war ihm zu anstrengend. Es gab Leute, die empfanden ihn als zu direkt, weil er lieber sagte, was er dachte, als was angebracht oder höflich war. Im Nachhinein tat es ihm manchmal leid, er machte es nicht aus Kalkül, es kam ihm einfach nicht in den Sinn zu beschönigen. Die meisten Menschen behaupteten, dass ihnen Ehrlichkeit wichtig sei, aber das stimmte nur, solange die Ehrlichkeit zu ihrem Welt- und Selbstbild passte. Auf Schwächen, Fehler und Widersprüche wurde niemand gerne aufmerksam gemacht.

»Wir bleiben nur eine Woche, ich habe vor zu schlafen, zu lesen und zu schwimmen. Dafür braucht es nicht viel Gepäck, das kann ich schon selber transportieren. Ich gebe dir noch den Zug durch, mit dem ich ankomme.«

Sie verabschiedeten sich, und Kummer suchte Roger auf, den Campingplatzbesitzer. Er war im Café, Kummer setzte sich dazu und bestellte einen Espresso.

»Ich muss morgen wegfahren. Es gibt vielleicht eine Spur«, erklärte er, während er in seinem Espresso rührte, in dem es nichts zu rühren gab, weil er ihn schwarz trank.

»Du hast den Platz bis Dienstag bezahlt, das sind noch drei Nächte. Das Geld kann ich dir nicht zurückerstatten«, sagte Roger. »Aber ich kann dir die Zeit gutschreiben. Du kannst sie einlösen, wenn du wieder mal in der Gegend bist. Wenn du bis dann den Sauhund gefangen hast, verdopple ich die Anzahl der Tage.«

Kummer bedankte sich, packte zusammen und brach am frühen Samstagmorgen Richtung Tessin auf. Vor dem Gotthardtunnel gab es einen Stau, es war Wochenende, es war Sommer, es war Nationalfeiertag. Selbst die Passstraße war verstopft, Kummer quälte den Camper trotzdem hinauf, stieg oben aus und machte einen Spaziergang mit Tara, der die Fahrerei, trotz der vielen Kurven, nichts auszumachen schien. Gegen 14 Uhr kam er auf dem Campingplatz an und fragte an der Rezeption nach einem Platz, dazu kramte er sein Italienisch hervor.

»Haben Sie reserviert?«, fragte sie, ebenfalls auf Italienisch, was Kummer freute, so grottenschlecht war seine Aussprache offenbar nicht, sonst hätte die junge Frau auf Deutsch geantwortet. Es war davon auszugehen, dass sie die Sprache beherrschte. Im Tessin wimmelte es von Deutschen und Deutschschweizern.

»Nein, leider nicht.«

»Hm, wie lange wollen Sie bleiben?«

»Zwei Nächte.«

»Zwei Nächte?« Sie sah ihn an, als habe er gefragt, ob er seinen Abwassertank auf den Büroteppich entleeren dürfte. »Während der Hochsaison beträgt der Mindestaufenthalt eine Woche.«

Noch während Kummer überlegte, ob er sich das leisten

konnte, drang von hinten eine Stimme herüber. »Was ist los?«

Die junge Frau drehte sich um: »Nichts, es ist alles in Ordnung!«, und an Kummer gewandt: »Es spielt insofern keine Rolle, als wir sowieso ausgebucht sind. Frühestens ab Mittwoch gibt es eventuell eine Möglichkeit.«

Aus einer Tür im Hintergrund, wahrscheinlich dem Büro, kam eine Frau Mitte vierzig. Sie trug ein weißes Leinenkleid und Goldschmuck, war geschminkt und trug das blonde Haar aufwendig altmodisch frisiert, wie Kummer fand. Vielleicht war es auch topmodern, mitunter kamen bestimmte Kleidungsstücke und Frisuren wieder in Mode. Die Frau hätte besser in einen Yachtclub als auf einen Campingplatz gepasst. Sie trat an den Rezeptionstresen und schaute Kummer von der Seite her an.

»Bist du anspruchsvoll, *caro*?«

Kummer verneinte. »Aber ich habe einen Hund.«

»Einen Hund? Den können wir nicht auf der Straße schlafen lassen, ich liebe Hunde.« Sie wandte sich an die junge Frau. »Gib dem Mann den Platz hinten bei den Sanitäranlagen. Die Deutschen sind heute Morgen abgereist.«

»Danke, das ist sehr nett von Ihnen«, sagte Kummer erleichtert.

»Dafür kommen Sie morgen zu mir zum Abendessen.«

Die Frau lächelte huldvoll und verschwand wieder in dem Büro, ehe er antworten konnte.

»Die Chefin«, flüsterte die junge Frau resigniert.

»Das sieht man«, antwortete Kummer. Die Chefin war geschäftstüchtig. Der Platz kostete stolze siebenundsechzig Franken pro Nacht und war nichts weiter als ein gekiester Abstellplatz hinter dem Gebäude mit den sanitären Anlagen. Im Tösstal hatte er neunzehn Franken pro Nacht bezahlt. Aber das Zürcher Oberland war halt nicht das Tessin, die Töss nicht die nahe gelegene Maggia, einen See gab es schon gar nicht.

Kummer parkte den Camper und rollte nur die Markise aus, für zwei Nächte lohnte es sich nicht, alles auszupacken und aufzubauen. Die Transportbox stellte er zwar hinaus, doch Tara würde drinnen schlafen, es gingen zu viele Leute hier vorbei. Auch das Solarpanel blieb drinnen, der Platz war zu schattig dafür. Die sanitären Anlagen waren gut zu hören und zu riechen. Als er fertig war, ging er im See schwimmen, Tara blieb am Ufer. Sie ging nicht gerne ins Wasser, auch nicht bei der größten Hitze.

Auf diesem Platz schien man nicht unter der Angst vor Mordgesellen zu leiden, zudem sah er viele italienische Autokennzeichen, dort wusste man wohl nichts von den Morden. In Italien waren die Corona-Maßnahmen strenger, offenbar waren viele über die Grenze in die Schweiz geflohen, zumindest jene, die es sich leisten konnten. Oft ältere Ehepaare, die Distanz hielten und Masken trugen. In Norditalien hatte die Pandemie gewütet und viele Tote hinterlassen, vor allem in der Provinz Bergamo, aus der einst Mitglieder der berüchtigten Alfa Bande – benannt nach ihrer bevorzugten Automarke – losgezogen waren, um in der Schweiz eine Reihe von Raubüberfällen zu verüben.

## *Achtundzwanzigstens*

Kummer setzte sich auf eine Bank am Seeufer und schaute auf sein Handy. Inzwischen wurden die Einschätzungen des Profilers auf allen Kanälen eifrig diskutiert, besonders in der Telegram-Gruppe. Die einen fanden ihn genial, die anderen hielten ihn für einen Scharlatan. Wie immer konnten alle ihre Einschätzungen felsenfest und mit unzähligen Links untermauern.

Die Signal-App zeigte eine Nachricht an. *Beachboy* hatte sich gemeldet.

*Diese Experten, was die nicht alles wissen!?! Immerhin geht der siebengescheite Mann von einem Serientäter aus. Die Polizei hingegen ist faul und dumm, aber das wundert niemanden. Ist es nicht so, Kummer? Nimm es nicht persönlich, du bist kein Polizist mehr, und es gibt immer Ausnahmen. Zwinkersmiley.*

Und etwas später:

*PS Was ist mit den Happy Hippos? Warum wurde deren Bedeutung dermaßen heruntergespielt? Glaubt man dir immer noch nicht? Muss ich nachlegen?*

Kummer wurde unruhig. Wer immer *Beachboy* war, ob es die Person war, die Rosa umgebracht hatte und die beiden anderen oder nur den Mann im Tösstal: Sie war gefährlich, und er konnte nicht verstehen, was so schwer daran war, sie ausfindig zu machen.

Als er sich auf Telegram angemeldet hatte, wurden ihm alle Kontakte gezeigt, die die App ebenfalls benutzten. Er fand die Namen vieler ehemaliger Kollegen, die, sofern sie ihn in ihrem Adressbuch hatten, auch ihn sahen. Einige hatten Emojis geschickt, um ihn willkommen zu heißen. Er schrieb in den Chat der Camping-Killer-Gruppe, ob jemand die Nummer von einem User namens *Beachboy* habe, der allerdings im Telegram-Chat nicht registriert war. Niemand hatte sie. Wenn der Mörder sich mit einer Prepaid-Nummer angemeldet hatte, die in keinem Adressbuch stand, wäre er nicht zu finden.

Kummer wechselte auf Signal, wo er keinen Zugriff auf seine Kontakte erteilt hatte. *Ich bin im Tessin auf Spurensuche*, schrieb er an *Beachboy*.

*Oh, das schöne Tessin. Da habe ich sehr unschöne Erinnerungen daran. Touristischer Natur. Ich hoffe, du suchst die Spuren am richtigen Ort. Erst dann kann ich sagen, ob ich beeindruckt bin. Wundertüten-Emoji.*

Abends holte er sich im Restaurant eine Pizza, weil die Tische auseinandergeschoben worden waren, gab es nur wenige Sitzplätze. Die meisten Gäste taten es ihm gleich, und so musste er fast eine Stunde warten. Die Pizza war labbrig und mit viel zu viel Mozzarella belegt, nach der Hälfte gab er auf und ließ wie zufällig ein Stück zu Boden fallen. Tara eilte herbei, fraß den Teig und ließ den Käse liegen. Hin und wieder waren Böller zu hören, wurden Raketen gezündet, dabei war es noch nicht richtig dunkel. Tara schien das Geknalle nicht viel auszumachen. Das offizielle 1.-August-Feuerwerk in Locarno war abgesagt worden, weil man Menschenmassen vermeiden wollte. Trotzdem krachte es die halbe Nacht, und Kummer schlief schlecht.

*

Am Sonntagmorgen machte er sich auf die Suche nach einem Kaffee und einer Zeitung und wurde in einem Hotel mit Seeblick fündig. Eine Deutschschweizer Sonntagszeitung lag aus, eine seriöse, die in ihrer Ausgabe nicht über die Campingmorde berichtete.

Kummer machte sich auf den Weg zur Polizeistation, obwohl Sonntag war. Der Campingplatz lag auf dem Gebiet einer kleinen Gemeinde, deren Zentrum oben am Hang war. Er kam ins Schwitzen, während er den Weg hinaufstieg.

Der Posten war in einem kleinen Betongebäude untergebracht, in dem anscheinend auch der Werkhof und andere Abteilungen der Gemeindeverwaltung angesiedelt waren.

Der Polizeiposten war geschlossen. Kummer ging um das Gebäude herum, und er hatte richtig vermutet: Beim Hintereingang gab es Klingeln für die paar Wohnungen, die in dem Komplex untergebracht waren. Eine für die Abwarts- und eine für die Polizistenwohnung. Lange Zeit war es Tradition gewesen, dass der Gemeindepolizist über dem Posten wohnte, wie der Bahnhofsvorstand auf dem Bahnhof. Dafür gab es Dienstwohnungen, und das Gebäude sah aus, als sei es gerade noch in einer Zeit entstanden, als diese Praxis noch üblich war. Ob die Wohnung allerdings auch so genutzt wurde, stand auf einem anderen Blatt. Doch er hatte Glück. Bei der Klingel stand der Name, den Brandstetter genannt hatte.

»*Pronto?*«, schnarrte es durch die Gegensprechanlage.

Kummer erklärte, wer er war, und der Summer ertönte.

Er stieg die Treppe hinauf, dessen Stufen mit grauen gesprenkelten Steinplatten belegt waren, daneben ein Geländer aus Metall. Die Wohnung befand sich im obersten Stock, dem vierten.

Ein eher kleiner, drahtiger Mann mit scharfen Zügen, kurzem silbernen Haar und hellblauen Augen erwartete ihn an der Tür. Ein Mann, wie ihn Kummer eher auf einer entlegenen Alp vermutet hätte als auf einem Polizeiposten.

»Henry«, sagte er auf Deutsch. »Willkommen. Deine Kollegin hat dich angekündigt. Giancarlo, die meisten nennen mich Gianca.«

Sie stießen ihre Ellbogen aneinander, Kummer kramte eine zerknüllte Maske aus der Hosentasche.

»Von mir aus ist das nicht nötig«, sagte Giancarlo und bat ihn herein. »Ich habe dich erst morgen erwartet. Einen schönen Hund hast du.«

»Entschuldige, ich wollte einfach so schnell wie möglich vorbeikommen.«

»Über dreißig Jahre lang hat sich niemand für den Fall interessiert, und plötzlich eilt es.«

»So kann es gehen.«

Der Polizist ging voraus in sein Wohnzimmer, das klassisch und dunkel eingerichtet war. Polstergruppe, Wohnwand mit Fernseher und DVD-Player, dessen Kabel unschön herunterhingen. Eines davon führte zum Router, der blinkend auf einem Beistelltisch stand.

Kummer nahm auf dem Sofa Platz. Auf einem niedrigen Salontisch lagen eine Brille, eine Zeitung und eine Fernsehzeitschrift.

»Du sprichst gut Deutsch«, lobte Kummer, nachdem ihm der Dorfpolizist einen Espresso angeboten und gebracht hatte.

Giancarlo setzte sich ihm gegenüber. »Das ist von Vorteil in einer Touristengegend. Obwohl längst nicht alle dieser Meinung sind. Die Jungen sprechen alle Englisch, als ich angefangen habe, hat der Postenchef außer Italienisch nur den hiesigen Dialekt gesprochen.«

»Wie lange bist du schon dabei?«

»Nächstes Jahr sind es dreiunddreißig Jahre. Als der Mord geschah, war ich noch Aspirant und habe nur über den Sommer hier ausgeholfen. Wie du dir vorstellen kannst, ereignen sich etwa achtzig Prozent der Fälle zwischen Juni und September. Diebstähle, Prügeleien, Unfälle et cetera bum bum. Einen Mord hat es in dieser Gemeinde zum Glück nie mehr gegeben.«

»Du bist dann einfach geblieben?«

»Nein, nein, zwischendurch war ich zehn Jahre in Lugano unten. Ich stamme aus einem kleinen Seitental. Meine Eltern waren stolz, als ich Beamter wurde. Fester Lohn, sichere Stelle, Pension, das war ihnen wichtig. Sie waren in einer Zeit aufgewachsen, als die Tessiner Täler noch bitterarm waren.«

Giancarlo trank seinen Espresso, der vorzüglich war.

»Mich hat dieser Fall lange beschäftigt, ich war froh, als der junge Mann freigesprochen wurde. Es hat nicht gepasst, meiner Ansicht nach, aber ich hatte damals nichts zu sagen. Die Kollegen von der Kriminalpolizei haben den Fall übernommen, mein Chef hat sie zwar unterstützt, aber er gehörte zu denen, die fanden, die Touristen sollten Italienisch lernen, wenn sie zu uns kommen. So blieben die Befragungen sehr oberflächlich. Der junge Mann hat gut ins Täter-Schema gepasst, und so wurde der Fall schnell gelöst. Wie sich herausstellte, haben die Kollegen geschlampt, die Beweislage reichte überhaupt nicht aus, um den Burschen zu verurteilen, die Staatsanwaltschaft kochte. Beweise und Zeugen hatten sich bis zum Prozess in alle Winde zerstreut. Der Mord ist in der Nacht von Donnerstag auf Freitag geschehen, am Samstag war Abreisetag, nur die vier Jungs auf den Mofas, die waren schon am Freitag früh abgefahren, was natürlich als Fluchtversuch ausgelegt wurde.«

»Kann ich die Protokolle mal sehen?«, fragte Kummer.

»Da müsstest du dich an die Staatsanwaltschaft in Bellinzona wenden. Irgendwo in den Archiven lagern allenfalls noch die Durchschläge der Verhöre und des Haftbefehls.

Wir hatten damals noch keine Computer. Aber darauf wetten würde ich nicht, die sind dreimal umgezogen seither und waren acht Jahre in einem Gebäude untergebracht, in dem die Keller regelmäßig überschwemmt wurden.«

»Erzähl mir, was du von der Geschichte noch im Kopf hast.«

»Das Mädchen wurde am Freitagmorgen gefunden, es war der 5. August, daran kann ich mich noch genau erinnern. Sie lag in ihrem Zelt, in ihrem Schlafsack. Der Vater, der irgendwann nachschauen ging, hat zuerst gemeint, sie schlafe. Erst als er sie berührt hat, bemerkte er, wie kalt ihre Haut war, und rief die Polizei. Mein Chef war als Erster da und hat Würgemale an ihrem Hals entdeckt. Es stellte sich heraus, dass sie gewürgt und mit dem Kissen erstickt wurde. Wir mussten die Kriminalpolizei informieren. Die Neuigkeit verbreitete sich auf dem Campingplatz wie ein Lauffeuer, es war der helle Wahnsinn. Einige Leute wollten sofort abreisen und ließen sich nicht aufhalten. Es ging drunter und drüber, bis wir die Situation einigermaßen im Griff hatten. Der Mord war eine Ferienromanze mit tragischem Ausgang. Die junge Frau hatte sich in den Burschen verliebt, sie hatten in der Nacht Geschlechtsverkehr, wir haben ein Kondom gefunden in einem kleinen Abfallbeutel vor ihrem Zelt. So verantwortungsvoll waren sie immerhin, es war die Zeit der Aids-Panik, auch so ein Virus, erinnerst du dich daran? Dagegen gibt es bis heute keine Impfung, mal sehen, was bei Corona herauskommt.« Giancarlo fuhr sich durchs Haar. »Die Burschen wurden kurz vor Airolo gestoppt, weit waren sie noch nicht gekommen mit ihren Mofas. Der junge Mann hat seine Unschuld beteuert, ich habe ihn gesehen, er schien mir echt geschockt. Ihr Zelt wollte er kurz vor Mitternacht verlassen haben und in seines zurückgekehrt sein, wo sein Kamerad schlief, aber eben schlief und nicht sagen konnte, wann der andere zurückgekommen war, weil er ziemlich viel Bier getrunken hatte an dem Abend. Morgens um sechs sind sie aufgestanden, haben ihr Zelt abgebaut und sind losgefahren, sie stammten aus einem Berner Vorort und wollten unterwegs noch einmal übernachten. Er ging sich nicht von ihr verabschieden, weil es ihm peinlich war vor seinen Kumpels, wie er sagte. Weil er wusste, dass sie tot ist, sagten meine Kollegen von der Kripo.«

»Sonst wurde niemand verhört?«

»*Certo*, seine drei Begleiter, die mit ihm unterwegs waren, die Eltern der Toten, die Zeltnachbarn, andere Jugendliche, die das Opfer gekannt haben.«

Kummer schüttelte den Kopf. »Dass jemand von auswärts auf den Platz gekommen ist, wurde nicht in Erwägung gezogen?«

»Wie gesagt, für uns war der Fall abgeschlossen. Erst als das Urteil verkündet wurde, und das war im folgenden Februar, hat man die Ermittlungen offiziell wieder aufgenommen. Unternommen wurde allerdings nichts. Mein Chef war der Meinung, der Freispruch des Jungen sei ein Fehlurteil, und man könne keinen Mörder suchen, den es gar nicht gibt. Die Sachen, die damals sichergestellt wurden, blieben im Keller liegen.«

»Was für Sachen?«, fragte Kummer.

Giancarlo zuckte mit den Schultern. »Ich weiß es selber nicht mehr.«

»Sind die noch hier?«

»Ich denke schon. Ich habe sie jedenfalls nie weggeworfen. Ich müsste mal nachschauen. Heute komme ich allerdings nicht mehr dazu. Am Sonntag esse ich bei meiner Mutter zu Mittag, sie ist in einem Altersheim, und nachher gehe ich in meinen Garten. Wie lange bist du in der Gegend?«

»Ich will eigentlich morgen weiter nach Yverdon.«

»Das ist eine ziemliche Strecke«, stellte Giancarlo fest. »Komm um acht Uhr auf den Posten, ich werde die Sachen holen, wenn sie noch da sind.«

Kummer bedankte und verabschiedete sich. Er kam an einer Bäckerei vorbei, die geöffnet hatte, und kaufte sich ein Brot, ehe er mit Tara wieder die Straße zum See hinunterging. Inzwischen war es richtig heiß geworden, zurück auf dem Campingplatz legte er sich in den Schatten und döste ein.

## *Neunundzwanzigstens*

Als er nach einem Bad im See an der Rezeption vorbeiging, trat die Chefin heraus, sie war trotz der Hitze geschminkt und frisiert.

»Sie haben unsere Verabredung für heute Abend nicht vergessen?«

Kummer hatte beziehungsweise hatte nicht gedacht, dass sie ernst gemeint war.

»Ich weiß nicht, ob ich etwas Passendes anzuziehen habe«, sagte er und schaute auf ihre schneeweißen Hosen und die blaue Seidenbluse.

»Sie müssen sich nicht schick machen. Ich koche gerne und habe gerne Gesellschaft, mehr nicht. Machen Sie sich keine Sorgen.« Sie lächelte. »Oder Hoffnungen. Sagen wir um halb acht?« Sie zeigte auf das Gebäude, in dem die Rezeption untergebracht war. »Ich wohne dort oben, der Eingang ist auf der anderen Seite.«

Kummer kehrte in den Camper zurück. Er fand zwar ein passables Hemd, doch er musste es erst waschen. Es blieben ihm knapp zwei Stunden, die Sonne schien, ein angenehmer Wind wehte vom See. Er betrat das Betriebsgebäude, eine Waschmaschine war frei, er schmiss seine gesamte Wäsche hinein und wählte das Kurzprogramm. Vierzig Minuten. Gerade als er den Waschraum verließ, rief Irma an.

»Wie ich mich freue«, seufzte sie, »ich nehme morgen um elf Uhr den Zug und sollte so um drei Uhr nachmittags in Yverdon ankommen. Kommst du mich am Bahnhof abholen?«

»Ich bin noch im Tessin und muss morgen um acht Uhr auf den Polizeiposten. Ich weiß nicht, ob ich so früh da sein werde. Ich will über den Simplon und durch das Wallis fahren.«

»Dann gehst du wohl früh zu Bett.«

»Mal sehen, ich esse heute Abend bei der Campingplatzbesitzerin.«

»Wie das?«

»Sie hat mich eingeladen.«

Irma schwieg einen Moment.

»Sie sagt, sie kocht gern, und ich sehe wohl aus wie ein Mann, der gerne isst.«

»Meinst du, sie will etwas von dir?«

Kummer lachte. »Sie sagt Nein, und ich glaube ihr. So attraktiv bin ich nun auch wieder nicht, sie ist mindestens fünfzehn Jahre jünger und hat gewiss genug Verehrer. Flüchtige Abenteuer hatte ich vor dreißig Jahren zum letzten Mal, und sie haben mich schon damals nicht überzeugt.«

»Davon musst du mir mal erzählen.«

»Lieber nicht, es ist bloß deprimierend.«

Er erinnerte sich an die Zeit nach der Trennung von Sandrine, in der er zu viel getrunken und in Bars verkehrt hatte. Hin und wieder war er bei einer Frau im Bett gelandet. Zu sich hatte er nie jemanden mitgenommen. Im besten Fall ging man am nächsten Morgen gemeinsam in ein Café zum Frühstück, versprach, sich wieder zu melden, ohne es vorzuhaben, im schlechtesten schlich er sich noch vor dem Morgengrauen hinaus. Telefonnummern wurden seinerzeit kaum ausgetauscht, obwohl das Mobiltelefon stark im Kommen war. Er hatte zu jenen gehört, die gemeint hatten, sie bräuchten kein so ein Ding; erst als Mona bei ihm einzog, legte er sich eins zu. Sie hatte schon eines. Sie riefen einander zwar selten an, aber er war froh gewesen, diese Verbindung zu ihr zu haben. Mona hatte das Natel, wie es damals in der Schweiz hieß, vor allem mit ihren Freundinnen benutzt, sie schrieben sich SMS, die gerade aufkamen und die zu schreiben Kummer kaum zustande brachte. Seine Finger waren zu dick für die kleinen Tasten, auf denen man jeden Buchstaben einzeln aussuchen musste. Mit den Programmen, die Wörter vorschlugen, ging es etwas einfacher. Bei der Polizei wurden Handys relativ spät eingeführt.

»Und selbst wenn«, sagte Irma. »Wir sind nicht verheiratet.«

»Nein«, bestätigte Kummer. Daran, dass es ihn verwunderte, welcher Stellenwert der Sexualität eingeräumt wurde, merkte er, dass er alt geworden war. Nach der prüden Stimmung der fünfziger und frühen sechziger Jahre war es eine Befreiung gewesen, als sie in all ihren Formen ans Licht geholt wurde, darüber auch außerhalb von Schlafzimmern und Kneipen geredet wurde, wo sich die Männer mit Zoten, Heldentaten und Erfahrungsberichten übertrumpften, die zum größten Teil im Kopf stattgefunden hatten. Das Geschlechtliche galt als faszinierend, aber auch als *grusig*. Es gab jene, die gerne *grusige* Witze erzählten. Witze, die nicht lustig waren, über die aber trotzdem laut gelacht wurde, weil die Lacher damit zeigen wollten, dass sie sich auf dem Gebiet auskannten.

Dass die Frauen sich endlich auch dazu äußern konnten und eine ziemlich andere Geschichte erzählten, bei der die vermeintlichen Helden weit weniger gut wegkamen, hatten noch immer nicht alle verdaut. Mitunter kam es ihm vor, als sei aus der Befreiung, die für Frauen ohnehin nur bedingt eingetreten war, eine Last geworden. Neben Erfolg im Beruf gehörte zu einem gelungenen Leben eine erfüllte, aufregende Sexualität. Nullachtfünfzehn ging gar nicht. Mit den Möglichkeiten stieg die Auswahl und damit die Angst, das

Falsche zu wählen, etwas zu verpassen, etwas nicht ausgeschöpft zu haben. Die zu seiner Zeit noch fast unaussprechliche Homosexualität war, zumindest in den Städten, akzeptiert, inzwischen waren die Geschlechter und ihre Rollen im Auflösen begriffen. Kummer hatte nichts dagegen, es ging ihn, so dachte er, schlicht nichts an, und es interessierte ihn auch nicht besonders, wer sich als was identifizierte.

Er hatte sich früher nicht vorstellen können, dass Sechzigjährige sich noch mit Sex befassten, ob zu Recht oder zu Unrecht war im Nachhinein nicht mehr feststellbar. Die Menschen seiner Elterngeneration hatten, einmal verheiratet, kaum mehr Wert auf das Äußere gelegt. Es hatte natürlich Ausnahmen gegeben, aber die meisten gaben sich asexuell und bieder. Ob seine Eltern in diesem Alter noch Sex hatten, bezweifelte er, wollte er nicht wissen, nicht einmal daran denken. Mit Irma ging sporadisch mal was, so sporadisch wie vieles in ihrer Beziehung, und er musste sich eingestehen, dass der Impuls meist von ihr kam. Nach dem Bauchschuss hatte er lange Zeit Schmerzen und keine Lust, hatte schon geglaubt, das Kapitel sei für ihn abgeschlossen. Doch es war wieder gekommen. Zaghaft.

Die Wäsche war fertig, er warf sie in den Trockner. Außer seinem kurzärmligen Lieblingshemd, das aus einem Mischgewebe mit Wolle war. Er hängte es an die Markise des Campers und ging ausgiebig duschen.

Als er zurückkehrte, war das Hemd schon fast trocken, ein schnell trocknender Stoff, Outdoor Gear eben. Kummer nutzte die Zeit, alles abzubauen und zu verstauen, nur Taras Box blieb unter der Markise stehen. Ob er sie mitnehmen sollte? Die Frau hatte gesagt, sie liebe Hunde.

## *Dreißigstens*

Er klingelte pünktlich um halb acht. Ein Summer ertönte, und er stieg eine ziemlich enge und steile Treppe hinauf. Sie erwartete ihn oben vor der Wohnungstür. Sie hatte sich umgezogen und trug ein elegantes Sommerkleid aus Baumwolle, goldene Ohrringe und eine Halskette.

*»Benvenuto«,* bat sie ihn herein und führte ihn durch die Wohnung auf die Terrasse. Die Wohnungseinrichtung war in hellen Farben gehalten, das Sofa war hellblau, es gab eine Feuerstelle, der Fernseher hing an der Wand.

»Setz dich«, sagte sie auf Deutsch mit einem Akzent, den Kummer nicht zuordnen konnte. Sie deutete auf einen der beiden Gartenstühle mit Lehne, die an dem runden Tisch standen, der mit einem weißen Tischtuch und Geschirr aus robustem weißem Porzellan gedeckt war.

Sie beugte sich kurz zu Tara, streichelte sie und verschwand in der Wohnung. Bald darauf kam sie mit einer Flasche Weißwein zurück und reichte sie Kummer, zusammen mit einem Korkenzieher. Er öffnete die Flasche, sie schenkte ein.

»Ich bin Teresa.«

»Henry«, sie stießen an. Kummer trank einen Schluck, er hatte schon lange keinen Wein mehr getrunken, dieser war kühl und schmeckte fruchtig.

Teresa verschwand wieder und kam mit einer Schüssel Salat zurück.

»Schön hier oben«, sagte Kummer und ließ seinen Blick über den Campingplatz auf den See schweifen.

»Danke, es ist die Wohnung meiner Eltern.« Teresa schüttelte den Kopf. »Ich bin im Februar angereist, weil es meiner Mutter nicht gut ging.« Sie trank einen Schluck. »Inzwischen ist sie gestorben.«

»An diesem Virus?«, fragte Kummer.

»Nein, sie hatte Krebs. Mein Vater ist an dem Virus gestorben. Im Mai.«

»Das tut mir leid.« Kummer trank einen Schluck und dann noch einen, weil er nicht wusste, was er sonst noch sagen sollte. Das war kein leichter Anfang für ein Gespräch zwischen zwei Menschen, die sich nicht kannten. Teresa schöpfte Salat.

»Ich bin hier gestrandet. Eigentlich lebe ich in den USA, in Florida, seit acht Jahren. Ich habe eine Greencard, bin aber keine US-Bürgerin. Darum kann ich nicht zurück. Also führe ich den Campingplatz meiner Eltern, etwas, das ich nie vorgehabt habe. Ich wollte sie überreden, den Platz zu verkaufen oder wenigstens zu verpachten und das Leben noch ein wenig zu genießen.«

»Bist du hier aufgewachsen?«

»Zeitweise.«

»Wie alt waren deine Eltern?«

»Die Mutter war sechsundsechzig, der Vater dreiundsiebzig, sie haben den Platz neununddreißig Jahre lang geführt. Bis zum vierzigjährigen Jubiläum wollten sie durchhalten. Jetzt sind beide tot.«

Sie seufzte und räumte den Salat ab. Kummer saß alleine am Tisch, Tara neben ihm, sie legte ihren Kopf auf seinen Schoß. Er streichelte sie und dachte, dass das keine gute Idee war, sondern unhygienisch. Er müsste sich endlich Handdesinfektionsmittel kaufen, aber das war überall ausverkauft. Erst langsam kam der Nachschub in Gang. Was, wenn er auch mit sechsundsechzig tot sein würde?

Es gab *Bisteca al limone* mit Risotto, sie reichte ihm eine Flasche Rotwein und bat ihn, sie zu öffnen. Den Weißwein trug sie ab, er schaute der Flasche ein wenig wehmütig hinterher. Er war es gewohnt, einmal geöffnete Flaschen auch auszutrinken. Für den Rotwein standen bauchige Gläser bereit, er musste ihn kosten und tat so, als ob er etwas davon verstünde, was er nicht tat. Der Rotwein war nicht schwer und ebenfalls fruchtig, aber der Weiße hatte ihm besser gemundet. Doch es gab nichts zu mäkeln. Teresa war eine ausgezeichnete Köchin, und Kummer lobte das Essen. Es war seit Langem das erste Mal, dass er Fleisch aß, er hatte nicht daran gedacht, ihr zu sagen, dass er Vegetarier war, weil er keinen Aufstand machen und vor allem nicht eine Diskussion über Sinn und Unsinn des Fleischkonsums führen wollte.

»Warst du hier, als der Mord verübt wurde?«

Sie schaute ihn an. »Deshalb bist du gekommen, stimmt's?«

»Zum Abendessen?«

»Nein, auf den Platz. Ich habe dich erkannt, du bist der Polizist, über den berichtet wurde. Natürlich habe ich die Geschichte um die Morde auf den Campingplätzen verfolgt. Sie hat bei mir schlimme Erinnerungen geweckt. Meine Eltern hätten damals fast aufgegeben. Ich war fünfzehn Jahre alt, und obwohl es meine Eltern nicht gerne sahen, wenn ich mit Gästen Kontakt hatte, haben mich die Jugendlichen natürlich interessiert. Ich habe an ihnen mein Deutsch ausprobiert. Nach dieser Tat mochte ich den Sommer nicht mehr hier verbringen, ich zog zu meinen Großeltern ins Verzascatal. Seither habe ich nie mehr hier auf dem Platz gewohnt. Mit achtzehn ging ich an die Uni in Mailand.«

»Was hast du studiert?«

»Physik.«

»Ich habe Geschichte studiert.«

Sie lächelte nachsichtig.

»Nur zwei Semester«, räumte Kummer ein.

»Meine Mutter wollte unbedingt, dass ich studiere. Sie selber ist mit zwanzig schwanger geworden. Sie hatte sich das Leben auch anders vorgestellt, aber sie gehörte zu einer Generation, in der die eigenen Bedürfnisse und Träume nichts zählten, sondern alle Hoffnung in die Kinder gesetzt wurde. Ich war ihr einziges Kind, ich konnte sie nicht enttäuschen. In den USA arbeite ich für ein Start-up, in dem ich mit meinen sechsundvierzig Jahren bei Weitem die älteste bin.«

Kummer wollte ihr ein Kompliment machen, dass man ihr das Alter nicht ansehe, sie viel jünger wirke, ließ es dann aber bleiben. Erstens war es billig, zweitens implizierte es, dass es für eine Frau besser war, jung auszusehen.

»Dieser Mord war schlimm für meine Eltern, nicht nur emotional. Natürlich fühlten sie sich schuldig, dass unter ihrer Aufsicht, auf ihrem Platz ein junges Leben ausgelöscht wurde. Sie haben sich enorm verschuldet für den Campingplatz und den ganzen Sommer über gearbeitet wie die Irren. Die ersten paar Jahre habe ich die Saison bei den Großeltern verbracht, weil meine Eltern keine Zeit für mich hatten. Im Winter arbeiteten beide in der Hotellerie. Ich habe sie selten gesehen. Im siebten Jahr waren sie endlich auf einen grünen Zweig gekommen, und dann das. Die Leute haben den Platz für den Rest der Saison gemieden. Es ist fast wie dieses Jahr.«

»Ihr seid doch ausgebucht.«

Sie nickte. »Seit letzter Woche. Vielleicht reden sich die Leute ein, der Killer schlage nur in der Deutschschweiz zu, oder sie haben einfach genug von all den Vorschriften und Einschränkungen.«

»Hast du den Burschen, der verhaftet wurde, auch gekannt?«

»Ja natürlich. Wie gesagt, in dem Alter ist das Interesse an älteren Jugendlichen groß, und es schien eine nette Gruppe zu sein. Mein Vater wollte die vier Jungs eigentlich gar nicht auf den Platz lassen. Er hatte genaue Vorstellungen, was gute Kundschaft war, und mit den Töfflibuben, die Jahr für Jahr über den Gotthard geknattert kamen, hatte er keine guten Erfahrungen gemacht. Halbstarke, die sich auf dem Platz und in der Stadt schlecht aufführten und mit den Einheimischen prügelten. Ich war zufällig an der Rezeption, als sie angekommen sind, und habe gleich gesehen, dass das anständige Jugendliche waren. Sandro, der vermeintliche Mörder, kam aus gutem Haus, und sein Freund Thomi, das war so ein Verträumter, das waren keine Schläger. Und ja, Sandro sah gut aus, er hat mir gefallen, ich habe hin und wieder ein paar Worte mit ihm gewechselt, ebenso mit Andrea, dem späteren Opfer.«

Teresa stand auf und trat ans Geländer der Terrasse. Kummer folgte ihr.

»Ich habe früher oft hier oben gesessen, geraucht und alles beobachtet«, sie zeigte nach links. »Dort waren die Stellplätze. Die Familie des Opfers hatte den Platz ganz vorne am See. Sie waren schon zum zweiten Mal bei uns. Die Tochter hatte ihr eigenes Zelt am Rand der Wiese da drüben, wo auch die Jugendlichen gezeltet haben. Die hatten zwei kleine Giebelzelte dabei. Hier vorne«, sie wies wieder nach links, »war das Zelt dieses seltsamen Mädchens und ihrer Familie.«

»Was für ein seltsames Mädchen?«

»Sie hieß Ursula, daran erinnere ich mich noch. Sie war etwas jünger als die anderen und ist dem Opfer nachgelaufen wie ein Hündchen. Sie hatte so etwas Verschlagenes. Wahrscheinlich hatte sie es nicht leicht, sie war mit ihrem Stiefvater und jüngeren Geschwistern hier. Ihr kleines Zelt stand da hinten bei der Hecke, der Stiefvater und die beiden kleineren Kinder wohnten in einem großen Pavillonzelt weiter vorn. Ich habe sie manchmal, wenn ich nicht schlafen konnte und nachts hier oben stand, auf dem Platz herumschleichen sehen. Sie saß mitten in der Nacht vor dem Zelt des späteren Opfers, als höre sie ihr beim Schlafen zu. Die war mir nie ganz geheuer, und sie ist dann auch von der Polizei verhört worden, ohne Ergebnis. Danach durfte sie wieder gehen und ist wie die meisten am Samstag abgereist. Ich war überzeugt, dass sie etwas mit dem Mord zu tun hatte oder zumindest etwas wusste.«

»Frauen töten nur selten. Weibliche Serienmörder gibt es schon gar nicht«, wandte Kummer ein.

Teresa lächelte. »Vielleicht, weil man es ihnen nicht zutraut. Sie morden gewiss viel seltener als Männer, aber wenn man Frauen von vornherein als Verdächtige ausschließt, wie groß ist dann die Chance, dass eine Frau mit ihren Taten davonkommt, weil sie gar nie in Verdacht gerät?«

»Zugegeben, das hat etwas.«

»In den USA, wo ich lebe, werden immer wieder verurteilte Mörder freigelassen, weil bewiesen werden kann, dass sie die Tat nicht begangen haben. In vielen Fällen wird der wahre Täter oder eben die Täterin nie gefunden. Es ist ein bisschen wie bei dem Witz von dem Betrunkenen, der nachts unter einer Laterne nach seinem Schlüssel sucht und auf die Frage, ob er ihn denn dort verloren habe, antwortet: ›Nein, aber nur hier kann ich etwas sehen.‹«

»Traditionell heißt es, dass Frauen eher zu Gift greifen, und tatsächlich werden viele Vergiftungen, gerade bei älteren Menschen, nicht festgestellt. Aber jemanden ersticken oder erstechen?« Kummer schüttelte nachdenklich den Kopf. »Ursula hieß sie, sagst du. Erinnerst du dich an den Nachnamen?«

Teresa lachte. »Nein, ich habe sie ja nur flüchtig gekannt.«

Kummer seufzte. »Die Gästeliste von damals gibt es wahrscheinlich nicht mehr.«

»Ich weiß es nicht. Im Keller stehen noch eine Menge Kartons mit Sachen meiner Eltern. Dem Vater ist zuzutrauen, dass er alles behalten hat. Du bist doch Polizist, du kannst die Namen aller Beteiligten auch so erfahren.«

»Ich war Polizist, zudem wurden die Personalien von Verdächtigen, vor allem Minderjährigen, nach zwei Jahren gelöscht, wenn keine Anklage erhoben wurde. Offiziell zumindest.«

»Glaubst du wirklich, dass die Fälle von heute mit diesem Mord zusammenhängen?«

»Es ist immerhin eine Spur, und zurzeit gibt es nicht allzu viele Spuren.«

Sie legte ihm die Hand auf den Arm. »Schnapp dir die Person, die das getan hat«, sagte sie. »Jeder Mord verursacht so viel Leid, nicht nur bei den Angehörigen, auch bei Leuten im Umfeld der Tat. Aber wem erzähle ich das? Du hattest viel mehr damit zu tun als ich.«

Ehe er erwidern konnte, dass er als Polizist nichts mit Kriminalfällen zu tun gehabt hatte, griff sie nach seiner Hand und drückte sie. »Genug davon.« Teresa schüttelte sich wie ein Hund, der aus dem Wasser kommt. »Lass uns den schönen Abend genießen. Es gibt noch Nachtisch.«

Sie servierte einen gedeckten Apfelkuchen, dazu ein Glas Süßwein und erzählte von ihrer Arbeit in den USA, ihrem Lebenspartner, der dort auf sie wartete, einem Südafrikaner. Tara hatte die meiste Zeit über am Balkongeländer gelegen und hinabgeschaut. Hin und wieder kam sie zum Tisch, in der Hoffnung gestreichelt zu werden oder Krumen aufzulecken. Bei Kummer fiel immer wieder etwas zu Boden.

Als er in seinen Camper zurückkehrte, merkte er, dass er mehr als üblich getrunken hatte; zwar schlief er rasch ein, dann aber wurde er wieder wach und konnte nicht mehr einschlafen.

## *Einunddreißigstens*

Den Handywecker, den er auf halb sieben Montagmorgen gestellt hatte, schaltete Kummer zehn Minuten vorher aus und stand auf. Tara umtanzte ihn jaulend. »Ruhig«, sagte er und streichelte ihren Kopf. Noch war alles still. Die Campinggäste standen fast alle zur selben Zeit auf, zwischen acht und halb neun. Im angrenzenden Waschraum machte er sich frisch, danach rollte er die Markise auf und machte eine kurze Runde mit Tara, ehe er losfuhr.

Die Rezeption war noch nicht besetzt, und es kam ihm vor, als stehle er sich davon. Er hoffte, dass Teresa bald wieder nach Hause in die USA reisen konnte.

Kurz vor acht Uhr stand er vor dem Polizeiposten. Die Tür war noch verschlossen, Kummer klopfte an die schmale, mit Draht verstärkte Wabenscheibe, hinter der sich ein Schatten näherte.

»Komm herein«, begrüßte ihn Giancarlo, nachdem er die Tür geöffnet hatte. »Ich habe den Karton schon heraufgeholt.«

Kummer betrat den Posten. Vorne war ein Schalter aus hellem Holz, dahinter ein Tisch mit einem Computerbildschirm, hinten rechts eine Bürotür. Giancarlo klappte den Durchgang zum Schalter hoch, trat hindurch und hob eine große Kiste darauf.

»Viel ist nicht drin.« Der Dorfpolizist zog ein kleines, rechteckiges, bunt gestreiftes Kissen heraus. »Die Sachen wurden einfach reingeschmissen, an DNA dachte damals niemand, zumindest nicht hier im Tessin.« Außer dem Kissen enthielt der Karton eine blaue Trainingshose und ein lindgrünes T-Shirt. In einem kleinen Plastikbeutel lag etwas Gelblichbraunes, wahrscheinlich das inzwischen aufgelöste Kondom.

Kummer sah in der Schachtel ein blaues Schulheft liegen. »Darf ich?«

Giancarlo nickte. »Das haben schon so viele Leute in den Fingern gehabt, da kann nichts mehr verwertet werden.«

»Ferientagebuch«, las Kummer die Aufschrift in rotem Filzstift, »Von Ursula Keller« stand etwas kleiner auf der zweiten Zeile der aufgedruckten Etikette.

»Das haben wir hinter dem Zeltplatz in einem Abfallcontainer gefunden. Das Mädchen, das es geschrieben hat, kannte das Opfer, sie waren gleich alt, eine Urlaubsbekanntschaft. Dass sie das Heft kurz vor dem Mord entsorgt hat, war natürlich verdächtig. Wir haben sie damals befragt, im Grotto, das uns zur Verfügung gestellt wurde. Ich sprach damals noch nicht gut Deutsch. Sie war ziemlich verstockt und schien vom Tod ihrer Freundin nicht sonderlich geschockt. Aber Teenager reagieren anders als Erwachsene, und bald kam heraus, dass es ihr Stiefvater war, der das Tagebuch in den Müll geschmissen hatte. Offensichtlich hat er darin gelesen, und weil er alles andere als gut wegkam, ist er wütend geworden.«

»Ich würde es auch gerne lesen. Kannst du mir eine Kopie davon anfertigen?«, bat Kummer.

»Du kannst es mitnehmen. Der Fall ist verjährt, der wird nicht mehr gelöst. Falls er mit den aktuellen Taten zusammenhängt, dann ist es bei dir am richtigen Ort.«

Giancarlo ging immer noch davon aus, dass er ein Kollege war. Kummer ließ ihn in seinem Glauben, bedankte und verabschiedete sich.

Es war zwanzig nach acht Uhr morgens, und er hatte

einen weiten Weg vor sich. Für die Route über den Simplonpass gab das Handy eine Wegzeit von vier Stunden an, aber er wusste, dass er mit Camper und Hund länger brauchen würde. Nach zwei Espressi in der Dorfbeiz fuhr er los.

Die Fahrt war schön, aber anstrengend, hinter Locarno durchquerte er eine Art Hochebene mit noblen Hotels, ehe es hinunter ging nach Domodossola und wieder hinauf zum Simplon, zurück in die Schweiz an den beiden Dörfern auf der Südseite vorbei. Gondo hatte vor ein paar Jahren für Schlagzeilen gesorgt, weil ein Erdrutsch und die folgende Schlammlawine das Dorf verschüttet hatten. An der Grenze wurde er nicht kontrolliert, obwohl eigentlich Reisebeschränkungen galten und gerade Bergamo von der Pandemie schwer getroffen worden war. Die Leute hatten sich, so wurde vermutet, bei einem Fußballspiel angesteckt und damit das Virus in das Bergtal gebracht.

Kummer versuchte sich vorzustellen, wie es wäre, mit dem Rennvelo diesen Berg hinaufzufahren, aber es gelang ihm nicht. Vor allem, weil die Sonne unbarmherzig brannte, selbst in der Höhe war es heiß. Oben auf dem Pass parkte er und trank einen Espresso, überlegte, ob er etwas essen sollte, ließ es aber bleiben, weil es zu lange dauern würde. Das Restaurant war gut besucht, die Bedienung im Stress. Auto-, Motorrad- und Rennradfahrer wollten verpflegt sein, offenbar versuchte man hier mit möglichst wenig Personal möglichst viel Umsatz zu machen. Die Gäste waren ungeduldig, und Kummer taten die Angestellten leid. Es waren Frauen, die gebrochen Deutsch sprachen. Sie hatten einen langen Tag vor sich, und er wollte gar nicht wissen, wie viel sie pro Stunde verdienten und wie viel ihnen für Kost und Logis von diesem Lohn abgezogen wurde.

In der Schweiz hatten Menschen, die aus anderen Ländern stammten und zu miesen Bedingungen schufteten, wenig Mitleid zu erwarten. Sie haben es immer noch besser als bei sich zu Hause, und wenn es ihnen nicht passte, konnten sie ja heimkehren, war die weitverbreitete Ansicht. Weil sie auch kein Wahlrecht hatten, interessierte sich selbst die traditionelle Arbeiterpartei nicht übermäßig für sie.

Tara, die es im Auto tüchtig durchgeschüttelt hatte, brauchte Bewegung, und er ging mit ihr den erstbesten Wanderweg entlang. »Auch schön«, dachte er, als er an dem kleinen See vorbeischlenderte. Der Weg würde weiter auf den Chastelbergpass und nach Simplon Dorf führen, von dort konnte man mit dem Postauto wieder zurückfahren. Tara gefiel das Alpine offensichtlich, er würde wohl bald das Rennvelo gegen eine Wanderausrüstung eintauschen müssen.

Auf dem Parkplatz standen einige Camper und Wohnmobile, man konnte hier die Nacht verbringen und frühmorgens loswandern. Der Parkplatz war voll, auf den umliegenden Wegen herrschte Betrieb. In der Presse waren erste Berichte darüber erschienen, dass beliebte Ausflugsziele unter einem Besucheransturm litten, weil alles und jede in die Berge drängte und dort alles verstopfte. Sie kamen in Strandbekleidung, mit Flipflops und Turnschuhen, machten ein Selfie, hinterließen ihren Abfall und brausten wieder davon. So zumindest wurde es beschrieben. Wahrscheinlich würden die echten Wanderer ihn mit seinen Trekkingschuhen auch zu dieser Gruppe der Neo- und Hobby-Bergverstopfer zählen. Immerhin hatte er einen Hund, das legitimierte seine Anwesenheit auf Wanderwegen halbwegs.

Die Fahrt von der italienischen in die französische Schweiz, fast ohne die Deutschschweiz zu passieren – nur das Oberwallis zählte, wenn man großzügig war, zu den deutschsprachigen Regionen –, gefiel ihm. Untermalt wurde die Reise von einer CD mit dem Titel *Great Googly*

*Moo*, auf der vor allem Songs mit nicht entzifferbaren Texten, erfundenen Wörtern und gesungenen Lautmalereien waren. Das berühmteste Beispiel darunter war Little Richards *Tutti Frutti*, dessen Text entschärft werden musste, bevor es ein Hit werden konnte. *»Tutti Frutti, good booty, if it don't fit, don't force it, you can grease it, make it easy«* war dann doch zu eindeutig gewesen. Geschrieben hatte den Song Dorothy La Bostrie. Seine Favoriten waren neben *The Bird is the word*, das als Surfing' Bird abgekupfert und von den Ramones gecovert wurde, der *Egyptian Shumba* der Tammys und Shirley Gunter *Ipsy Opsie Ooh*. Ebenfalls vertreten waren die Kingsmen, allerdings nicht mit ihrer Version von Richard Berrys *Louie Louie*, die bei Erscheinen das FBI auf den Plan rief, das den Song zwei Jahre lang auf obszönen Inhalt untersuchte. Die Untersuchung wurde schließlich eingestellt, weil die Beamten nicht in der Lage waren herauszufinden, was da genau gesungen wurden.

Bei einem kleinen Restaurant an der Landstraße legte er eine Pause ein und aß eine Käseschnitte mit Ei, die ihm später quer im Magen lag. Irma schickte ihm eine SMS, sie war schon in Yverdon und machte sich auf den Weg auf den Campingplatz.

»Ich bin laut Navi um vier Uhr da«, schrieb er zurück.

## *Zweiunddreißigstens*

Um zehn nach vier erreichte er den Campingplatz in Yverdon und rief Irma an. Sie kam zum Eingang, Kummer umarmte sie kurz und ungelenk. Irma stieg neben ihm ein, Tara jaulte in ihrer Box, sie wollte raus.

»Dein Platz ist da vorne, nahe am See.« Sie deutete nach rechts. »Mein Bungalow-Zelt steht da hinten.«

Kummer parkte seinen Camper, befreite Tara, legte sie vorschriftsgemäß an die Leine und folgte Irma zu einem großen Zelt, das in einer Reihe anderer großer Zelte stand. Vor den meisten saßen Leute, Familien mit Kindern an Tischen, und grüßten. Drinnen gab es zwei Bereiche mit Betten und eine komplett eingerichtete Küche.

»Wie ich gesagt habe, es ist viel zu groß. Ich bin noch dabei, mich einzurichten.«

»Magst du etwas trinken?«

»Ein Glas Weißwein wäre fein.«

Kummer hatte noch den Geschmack des am Vortag getrunkenen Weißweins im Mund, dachte aber daran, wie schlecht er geschlafen hatte. Daher nahm er neben einer Flasche einheimischen Weißweins einen Sechserpack Lokalbier aus dem Kühlschrank des kleinen Ladens.

»Sie müssen sich dann noch anmelden, Herr Baumgartner.« Irma hieß Baumgartner, der Mann, der an der Kasse saß, offenbar der Platzbetreiber, ging davon aus, dass er ihr Ehemann war. Kummer ließ ihm und sich die Illusion.

»Ich komme gleich, nach dem Apéro.« Er hielt die Weinflasche in die Höhe.

»Der Apéro ist der Bürokratie stets vorzuziehen.« Der Mann lächelte. »Lassen Sie sich Zeit, Sie können auch morgen kommen.«

Wenig später saßen die beiden nebeneinander auf der Veranda von Irmas Zelt, stießen an, tranken einen Schluck, hielten sich an der Hand und schauten auf den See.

»Du glaubst nicht, wie ich mich auf diese Ferien freue«, seufzte Irma. »Vermutlich werde ich die ersten paar Tage die meiste Zeit schlafen.«

»Tu das«, ermunterte sie Kummer. »Ich gehe nachher einkaufen und frage, ob es einen Markt gibt. Kann ich sie bei dir lassen?«

Er deutete auf Tara, die bereits ihren Kopf auf Irmas Oberschenkel gelegt hatte und sich die Ohren kraulen ließ.

»Ja natürlich. Wir verstehen uns, nicht wahr?« Tara schaute zu ihr hinauf.

»Ich wusste gar nicht, dass du Hunde magst.«

»Mein Großvater hatte einen Appenzeller, den habe ich gerngehabt. Aber seither habe ich mir die Frage gar nie mehr gestellt, weil ich sowieso keine Zeit habe für einen Hund.«

Sie stand auf. »Ich schreibe dir ein paar Dinge auf, die ich brauche.« Tara sah ihr nach und legte sich mit einem Seufzer auf den Holzboden.

»Schön warten«, befahl Kummer. Sie gehorchte, winselte aber leise, als er sich entfernte.

Er kehrte zum Camper zurück, holte das Rennvelo vom Ständer und klappte den Hundeanhänger auf, in dem er die Einkäufe zu transportieren gedachte. Er fuhr ein wenig durch das Städtchen, bis er einen Supermarkt fand. Yverdon gefiel ihm. Im Gegensatz zu Zürich, das immer makelloser, cooler und jünger wurde, gab es hier noch unaufgeräumte Ecken und unproduktive Elemente. Er war nur selten in der Westschweiz gewesen, wie wohl die meisten Deutschschweizer. Selbst jene, die am liebsten mit einem Schweizerkreuz-T-Shirt herumliefen, beherrschten kaum eine zweite Landessprache. Er konnte immerhin Bau-Italienisch, und sein Französisch reichte fürs Nötigste, sodass er nicht auf die beliebte Methode zurückgreifen musste, immer lauter Deutsch zu reden, wenn ihn jemand nicht verstand.

Als er zurückkam und sich dem Zelt näherte, kam Tara angeschossen und bellte ihn an, sodass er fast vom Velo gefallen wäre. Ein junger Familienvater mit zwei kleinen Kindern schaute misstrauisch herüber. Kummer konnte es ihm nicht verübeln, ein Hund konnte eine Gefahr darstellen für kleine Kinder.

»Sitz!«, befahl er, und Tara gehorchte. Kummer stellte das Velo vor Irmas Zelt ab, Tara blieb dicht neben ihm. Der junge Mann entspannte sich und nickte ihnen zu.

Nachdem er die Einkäufe bei Irma, die tatsächlich auf einem der Betten eingeschlafen war, eingeräumt und ein paar Sachen zu sich in den Camper gebracht hatte, nahm er Tara an die Leine und ging mit ihr die nähere Umgebung erkunden. Er fand einen Weg, der an Bade- und Bootshäusern vorbeiführte und dabei zwei Kanäle überquerte. Schließlich gelangte er zu einem schönen Park direkt am See. Morgen würde er mit dem Anhänger hinfahren, dachte er sich.

Als Irma wieder wach war, machte er einen Salat und Teigwaren. Sie aßen auf ihrer Terrasse. Zum Schlafen kehrte Kummer in den Camper zurück, die Anmeldung hatte er vergessen.

*

Am nächsten Morgen schaltete er, wie immer mit Unbehagen, das Tablet ein und hoffte, dass kein weiterer Mord geschehen war. Erst dann entspannte er sich wieder. Die

Diskussionsforen schaute er noch nicht an, auch auf Signal wurden ihm keine neuen Nachrichten angezeigt.

Er schaltete das Gerät aus und lud es an der Powerstation auf, die noch immer zu vierzig Prozent voll war. Er holte am Kiosk Gipfeli und musste an Rosa und Heinz denken. Irma war gerade erst aufgestanden. Nach dem Frühstück spazierten sie zusammen am See entlang, spielten mit Tara und kehrten auf den Campingplatz zurück. Sie machte eine Siesta, und er kam endlich dazu, das Tagebuch anzuschauen. Die ersten paar Seiten klebten zusammen, das Heft musste auf etwas Feuchtem gelegen haben, die Schrift war verschmiert.

## *Dreiunddreißigstens*

*Montag, 25. Juli 1988*

*Heute Morgen habe ich beim Abwaschen ein Mädchen kennengelernt. Sie heißt Andrea und ist nett. Sie ist mit ihren Eltern und ihren zwei Brüdern hier, der eine ist zwölf, der andere erst zwei Jahre alt, das hat sie mir erzählt. Das passiert selten, dass jemand einfach so mit mir spricht. Ich hoffe, ich sehe sie bald wieder. Wir sind seit Samstag hier, und es ist so öde. Mama fehlt mir. Sie muss arbeiten. Ich muss die Ferien mit Albert, Oliver und Jasmin verbringen. Jetzt sind sie am See. Albert hat ein Schlauchboot gekauft. Es hat Platz für drei Personen. Nicht, dass ich mit denen in einem Boot hocken möchte. Aber gerecht ist es nicht. Ich muss den Zmittag vorbereiten, posten, abwaschen, aufräumen, weil der Albert kann das nicht, dafür sind die Frauen zuständig, sagt er, und Jasmin ist noch zu klein. Das nennt man also Ferien. Zwei Wochen lang, ich weiß nicht, wie ich das aushalten soll. Wenigstens habe ich mein eigenes Zelt, genau wie Andrea, das hat sie mir auch erzählt. Ihre Eltern und die kleinen Geschwister, der eine Bruder ist noch fast ein Baby, haben einen alten VW-Bus mit Vorzelt, der am See vorne steht.*

*Dienstag, 26. Juli 1988*

*Andrea ist wirklich nett, ich habe sie heute zweimal gesehen. Sie war auch beim Abwaschen. Sie wechseln sich ab, ihr Vater, ihre Mutter, der größere Bruder und sie. Das sollte ich mal vorschlagen. Ich könne ja zu Hause bleiben, wenn es mir nicht passt, würde Albert sagen. Wie gern ich zu Hause bei Mama sein würde. Natürlich darf ich das nicht, dann müssten sie ja noch selber etwas machen. Eine Drohung, die eigentlich eine Belohnung wäre. Und sowieso nicht eingelöst wird. Das ist so typisch. Für Albert, der mir immer wieder sagt, dass ich dumm bin und nichts tauge. Auch zu Mama sagt er das. Dabei ist er selber nicht der Hellste, und taugen tut er grad gar nichts. Sonst müsste Mama nicht so viel arbeiten. Sie verdient mehr als er und arbeitet auch mehr als er. Seit Mama mit ihm zusammen ist, ist es schlimm. Warum konnten wir nicht zu zweit bleiben? Ich fand es schön. Albert will, dass ich Papi zu ihm sage. Sag ich aber nicht, ich habe einen Vater. Auch wenn es Leute gibt, die sagen, ich hätte keinen. Früher wurde ich deswegen ausgelacht. Bis ich mal einem eins auf die Nase gegeben habe, sodass sie gebrochen war. Mit Albert rede ich so wenig wie möglich. Es reicht, wenn er mit mir redet, und das macht er gern, er redet überhaupt sehr gern und am liebsten erzählt er von sich. Wie gut er ist, was er alles weiß, wie alles funktioniert.*

*Nur zu Oliver und Jasmin ist er nett. Sind ja auch seine Kinder. Sie sind fünf und sieben. Mama war erst achtzehn, als ich zur Welt kam. Sie hat ihre Lehre fertig machen und bei der Firma bleiben können. Mit meinem Vater hat es nicht geklappt. Aber es gibt ihn, und das ist das Wichtigste. Acht Jahre lang lebte ich mit Mama, zeitweise auch bei Oma und Opa, und alles war gut. Dann kam Albert. Am Anfang war es auch noch gut, und er war nett. Das ist aber schon lange her. Als Mama mit Jasmin schwanger war, sind wir zusammen in eine Wohnung gezogen, und da fing es an. Seither lässt er den Chef raushängen.*

Kummer legte das Heft weg. Er fühlte sich auf einmal müde. Was hatte er erwartet? Ein Geständnis? Irma kam vorbei, sie gingen zusammen ins Städtchen, wo sie in einer Pizzeria zu Abend aßen. Danach tranken sie noch etwas vor Irmas Zelt, und er übernachtete bei ihr. Erst als sie am folgenden Nachmittag ihre Siesta machte, nahm er das Heft wieder zur Hand.

*Mittwoch, 27. Juli 1988*

*Andrea hat mir beim Abwasch geholfen, ich habe noch nie ein so nettes Mädchen kennengelernt. Mit ihr kann ich richtig gut reden, sie hat mich gefragt, ob meine Eltern nett seien. Zuerst wollte ich Ja sagen, aber dann habe ich ihr erzählt, wie es wirklich ist. Sie hat einfach zugehört und mich am Schluss umarmt. Das war so lieb.*

*Ich glaube, wir werden Freundinnen. Beste Freundinnen.*

*Mittwochabend:*

*Andrea hat mich gefragt, ob ich am Nachmittag mit ihrer Familie nach Locarno gehen will. Albert hat es mir nicht erlaubt, logisch. Zum Trost teilte Andrea, als sie zurückkam, ihr Überraschungsei mit mir. Das heißt, ich durfte die ganze Schokolade essen. Sie ist so lustig, sie kauft sich Schokoladeneier, obwohl sie die gar nicht gern hat. Aber sie ist Fan der Figürchen, die drin sind. So kleine Nilpferde. Es ist natürlich nicht jedes Mal eins drin. Sie hat mir versprochen, dass sie mir von nun an ihr Überraschungsei schenkt, wenn ich ihr das Figürchen lasse, wenn eins drin ist. Mir soll es recht sein. Ich habe kein Taschengeld und ich mag Schokolade. Es ist so schön, eine Freundin zu haben.*

Kummer las die Stelle noch einmal, zog dann das Handy und fotografierte die Seite. Das Bild schickte er an *Beachboy. Bist du das? Du bist eine Frau?*, fragte er ihn.

Cherchez la femme, *sozusagen? Lass mich raten: Darauf wärst du von alleine nie gekommen. Hast du dieses Heft im*

*Tessin gefunden? Ich muss schon sagen, Kummer, für einen alten Mann bist du gar nicht so schlecht. Die Leute nehmen mich langsam ernst, und du verhilfst mir zum Durchbruch. Ich spüre es. Zwinker-Emoji, Champagner-Emoji.*

Darunter hatte sie verschiedene Artikel verlinkt, die über den Camping-Killer berichteten, einer sogar aus dem deutschen Nachrichtenmagazin *Der Spiegel*. Kummer rief Giancarlo an.

»Kannst du dich erinnern, wo das Mädchen mit dem Tagebuch herkam?«

»Aus Zürich würde ich sagen, ob aus der Stadt oder dem Kanton, weiß ich nicht mehr. Ich kann mal einen Antrag stellen beim Tessiner Staatsarchiv, ob es die Verhörprotokolle noch gibt.«

Kummer bedankte sich und rief Brandstetter an.

»Der Camping-Killer ist möglicherweise eine Frau!«, eröffnete er ihr.

»Jetzt hör aber auf.«

»Ich bin mir sicher, sie hieß zur Tatzeit Ursula Keller und wohnte in der Region Zürich. Wir müssen sie unbedingt finden.«

Er nannte ihr das errechnete Alter der Frau – sie musste heute achtundvierzig Jahre alt sein – sowie die Vornamen ihres Stiefvaters und ihrer Geschwister.

»Ich schaue, ob ich etwas finde«, versprach Brandstetter.

Kummer nahm das Heft wieder zur Hand und las weiter.

*Donnerstag, 28. Juli 1988*

*Heute war im Ei wieder ein Happy Hippo, so heißen die Figuren, die Andrea sammelt. Sie war ganz aus dem Häuschen. Eine Gruppe von vier Knaben auf Mofas ist angekommen. Einer hat uns angesprochen, als wir beim Abwasch waren. Sein Name ist Sandro.*

*Samstag, 30. Juli 1988*

*Andrea war gestern den ganzen Tag mit Sandro zusammen. Ich solle mitkommen, hat sie gesagt. Sie machen abends ein Feuer bei der Badestelle oben am Fluss. Ich habe mich aus dem Zelt geschlichen. Albert hat nichts gemerkt, der hockt jeden Abend, kaum sind die Kleinen im Bett, im Grotto vorne, da ist er beliebt. Der flotte Kerl, der Witze reißt, der dem Fräulein schöne Augen macht. Ich wusste, der kommt so schnell nicht zurück.*

*Am Feuer war es schön, nur dass Andrea immer bei Sandro saß, hat mich gestört. Es war fast, als sei ich Luft für sie. Zwei der Buben haben Bier getrunken, sie sind schon siebzehn und dürfen das. Der vierte heißt Thomi. Er ist sechzehn, genau wie ich. Thomi ist nett. Aber ich interessiere mich nicht für ihn. Mich interessiert, warum Andrea mich links liegen lässt. Ich will nichts von ihr, also nicht so, das ist es nicht. Aber ich war zuerst da. Sie kann mit diesem Sandro den ganzen Tag zusammen sein, wenn ich anderes zu tun habe. Es ist ganz sicher kein Grund, mich nicht mehr zu beachten.*

*Sonntag, 31. Juli 1988*

*Heute hatte ich Streit mit Albert. Wegen der Lehre. Ich soll nach den Ferien eine Lehre in einer Papeterie anfangen. Das will ich aber nicht, ich will ins Gymi. Ich habe Mama gebeten, dass sie mich trotzdem für die Prüfung anmeldet, den nötigen Schnitt habe ich. Anscheinend haben sie heute telefoniert. Ich habe bestanden. Ich kann aufs Gymi. Ich will aufs Gymi. Ich bin nicht dumm. Ganz und gar nicht. Albert ist völlig ausgeflippt, als er erfahren hat, dass ich die Prüfung gemacht und bestanden habe. Ich müsse gar nicht meinen, ich sei etwas Besseres, hat er gesagt. Wir können uns das nicht leisten. Du bist sechzehn, Zeit, dass du Geld heimbringst. Du kannst froh sein, dass du eine Lehre ma-*

*chen darfst. Wenn es nach mir ginge, hat er gesagt, müsstest du direkt in die Fabrik. Er hat gesagt, das könne ich mir abschminken, er wäre blamiert, wenn ich die Lehre nicht antreten würde. Die Papeterie gehört einem Bekannten von ihm. Ein totaler Saftladen ist das, dort würde ich mich zu Tode langweilen.*

*Mama muss mir helfen. Um den Lehrvertrag aufzulösen, brauche ich ihre Unterschrift.*

*Später habe ich Andrea beim Abwasch gesehen. Sie hat gesagt, dass sie nachher noch zu der Badestelle im Wald gehen. Ich soll unbedingt kommen, Thomi hat nach mir gefragt. Irgendwie hat es mich gefreut, dass sie an mich gedacht hat. Sie gab mir wieder ein Ei, aber es war nur ein Autöli drin. Ich habe es weggeworfen. Nach dem Krach mit Albert habe ich es nicht gewagt, mich davonzuschleichen.*

Kummer legte das Heft beiseite und schaute nach Irma. Sie hatte sich an dem neben dem Campingplatz liegenden Sandstrand eingerichtet und döste in der Sonne. Er ging ins Bistro, wo er einen Kaffee trank, dann kehrte er zu dem Tagebuch zurück.

*Montag, 1. August 1988, Nationalfeiertag. Judihui*

*Andrea war heute nicht beim Abwasch. Ich bin hinauf zur Badestelle am Fluss, da waren drei von den Buben und zwei Mädchen, die ich nicht kannte. Sie sind oben, hat Thomi gesagt, komm, ich zeig dir, wo. Es gibt einen schmalen Weg, der zu einem Felsen führt, der weit oberhalb der Badestelle ist. Kurz bevor wir ankamen, hat Thomi extra laut mit mir geredet, ich bin zuerst gar nicht daraufgekommen, warum er das macht. Aber als wir oben waren, saßen Andrea und Sandro ziemlich verlegen da. Sie haben wohl rumgeknutscht. »Hoi zäme« und so, es war richtig peinlich.*

*Der Thomi hat gesagt, dass von hier aus Leute ins Wasser runterspringen. Das glaubst du ja selber nicht, habe ich gesagt. Wir sind dann eine Zeit zu viert dagehockt und haben gequatscht, bis ich gesagt habe, dass ich zurückmuss.*

*»Warum?«, hat der Thomi gefragt.*

*»Weil ich den Znacht machen muss.«*

*»Es sind doch Ferien.«*

*»Nicht für mich«, hab ich gesagt.*

*»Bist du so was wie das Aschenputtel?« Er hat gelacht.*

*»Ja, nur dass ich einen bösen Stiefvater habe statt einer bösen Stiefmutter«, hab ich gesagt.*

*»Dann bin ich der Prinz, der dich aufs Fest einlädt. Heute Abend ist 1.-August-Fest. Kommst du mit?«*

*»Erstens darf ich nicht, und zweitens habe ich kein Geld.«*

*»Du musst kommen! Ich helfe dir beim Abwaschen«, hat Andrea gesagt, und das hat mich gefreut, dass sie mich endlich auch wieder mal zur Kenntnis nimmt.*

*»Wir gehen alle zusammen«, hat Sandro gesagt.*

*»Ich kann nicht«, hab ich geantwortet.*

*Da stand der Thomi auf und ging zur Felskante.*

*»Wenn ich runterspringe, musst du kommen.«*

*»Ist gut«, hab ich gesagt, weil ich dachte, das macht der nicht. Nie im Leben.*

*»Versprochen?«, hat er mich gefragt und mir in die Augen geschaut.*

*Ich hab es versprochen, und er ist von der Klippe weggetreten, auf mich zugekommen und hat mir einen Kuss gegeben. Ich bin ziemlich erschrocken, aber es war auch herzig. Dann hat er sich umgedreht und ist über die Kante hinausgerannt. Er hat geschrien wie Tarzan, dann klatschte etwas aufs Wasser, und Leute kreischten. Wir standen da schon an der Kante und schauten vorsichtig hinab. Es geht etwa zehn Meter runter, und da planschte Thomi im Wasser, johlte und lachte und winkte. Das hat mich schon beeindruckt, dass er das gemacht hat. Das hätte ich ihm nicht zugetraut.*

*Hat der wirklich sein Leben riskiert, nur damit ich mit ihm zum Fest komme?*

*Der Sandro konnte sich natürlich dann nicht lumpen lassen und ist auch gesprungen. Von der Kante aus, mit den Armen in der Luft rudernd und pfeilgerade eintauchend.*

*Ich bin mit Andrea den Weg hinunter, und es war schön, mit ihr allein zu sein.*

*»Gefällt dir der Thomi?«, hat sie mich gefragt.*

*Ich zuckte mit den Schultern, und sie hat gelacht.*

*»Was läuft mit dir und Sandro?« Das hätte ich besser nicht gefragt, denn den Rest vom Weg erzählte sie nur von ihm.*

*Es ist nicht, dass ich in sie verliebt bin, ich stehe nicht auf Mädchen. Ich will Freundschaft, keine Liebe. Ist denn das zu viel verlangt? Freundschaft, und dass sie zu mir steht. Sie kann ihren Sandro ja haben, aber sie darf mich nicht vergessen.*

*Dienstag, 2. August 1988*

*Ich bin zum Fest gegangen. Es war lustig, all die Menschen und die Lichter und die Bahnen. Wir sind im Städtchen gewesen, haben am See gehockt und Bier getrunken. Also ich habe nur ein paar Schlucke genommen. Der eine Kumpel vom Sandro und vom Thomi, der war richtig blau. Ich habe ein bisschen mit dem Thomi geschmust, das war schon okay. Andrea und Sandro hingen die ganze Zeit aneinander, das war eklig. Sie sind dann auch irgendwann verschwunden. Thomi hat mich zu meinem Zelt begleitet und geküsst. Ich glaube, er wäre gerne reingekommen, aber hat sich nicht getraut zu fragen. Vielleicht hätte ich Ja gesagt. Traut sich von einem zehn Meter hohen Felsen zu springen, aber nicht mich zu fragen, ob ich etwas von ihm will. Selber schuld.*

*Ich musste dann aber noch mal mitten in der Nacht aufs WC, wahrscheinlich wegen dem Bier. Da habe ich gesehen, wie Sandro aus Andreas Zelt gekrochen ist.*

*Dienstagabend*

*Ich kam grad vom Einkaufen, als ich die ganze Clique getroffen habe, die wieder zur Badestelle wollte. »Warum bleibt ihr nicht am See?«, hab ich gefragt. »Zu heiß«, hat Sandro gesagt. Thomi hat mich angelächelt. Andrea hat am Kiosk ein Überraschungsei gekauft und es Sandro gegeben. Er hat es gegessen und ihr die gelbe Kapsel überreicht. Was war drin? Ein Happy Hippo! Sie hat völlig übertrieben gekreischt und ist ihm um den Hals gefallen. Du bringst mir Glück, das ist Beach Boy, den hatte ich noch nicht, sagte sie und hielt so ein Nilpferd mit roter Mütze in die Höhe. Das hat mir wehgetan. Das ist Verrat, weil das wäre ja auch drin gewesen, wenn sie das Ei mir gegeben hätte, wie immer.*

*Ich habe Mama angerufen, wegen dem Lehrvertrag, sie hat ihn noch nicht gekündigt. Weil sie vor Albert Angst hat. Ich glaube, er macht sie fertig, wenn sie nicht tut, was er sagt. Er muss immer der Chef sein. Wenn ich zwei Jahre lang in diese Papeterie muss, dann drehe ich durch.*

*Mittwoch, 3. August 1988*

*Ich bin abends mit zur Badestelle, wir haben Bier getrunken, und als wir wieder bei meinem Zelt waren, hat Thomi sich doch noch getraut zu fragen, ob er mit hineindarf. Wir haben miteinander geschlafen. Andrea schläft mit Sandro, das hat Thomi mir erzählt, und ich habe ja selber gesehen, wie er aus ihrem Zelt kam. Ich wollte wissen, wie das ist, ob es das wert ist, seine Freundin dafür zu verraten. Hätte ja sein können, ist aber nicht so. Thomi hatte sogar ein Kondom dabei, aber das war ein ziemliches Gefummel, es ging schnell, und ich weiß ehrlich gesagt nicht, warum darum so viel Aufhebens gemacht wird. Andrea und Sandro hingegen scheint es Riesenspaß zu machen.*

*Albert hat zum Glück nichts mitbekommen, weil der selber mit einer Mutter, die allein mit ihrem Sohn hier ist, etwas am Laufen hat und erst spät in der Nacht heimkommt. Dafür ist er morgens unausstehlich und stinkt nach Schnaps.*

*Donnerstag, 4. August 1988*

*Andrea interessiert sich nur noch für Sandro. Heute hat er ihr ein Ei gekauft, und es war wieder ein Treffer. Die letzte Figur, die ihr noch gefehlt hat. Ich bin nur noch Luft für sie. Dabei reist sie wie ich am Samstag ab, und dann sehe ich sie nie wieder. Sie hat zwar gesagt, sie schreibt mir. Aber das sagt man so in den Ferien und macht es dann doch nicht. Vielleicht kommt irgendwann mal eine Postkarte. Sehr schön.*

*Es sind die letzten Tage, die wir zusammen haben. Albert hat mich zu sich zitiert und mir gesagt, dass ich die Lehrstelle antreten werde, und wenn er mich höchstpersönlich hinprügeln müsste. Es kommt mir vor, als gäbe es mich einfach nicht. Niemand beachtet mich, niemand interessiert es, was ich mache, was ich will. Meine Mutter nicht, meine Freundin nicht. Ich bin so wütend, ich könnte platzen vor Wut.*

An dieser Stelle hörte das Tagebuch auf. Offenbar hatte der Stiefvater Albert an diesem Abend das Heft gefunden und auf den Kompost geschmissen. In der Nacht vom vierten auf den fünften August war Andrea ermordet worden. Fast auf den Tag genau vor zweiunddreißig Jahren, dachte Kummer.

## *Vierunddreißigstens*

»Henry?« Irma stand vor ihm. »Bist du in diesen Fall vertieft?«

»Wie kommst du darauf?«

»Du hast so einen abwesenden Ausdruck auf dem Gesicht.«

Kummer legte das Heft auf den Campingtisch. »Du hast natürlich recht.«

»Wir sind im Urlaub, und langsam kehrt meine Energie zurück. Lass uns spazieren gehen. Morgen machen wir dann einen richtigen Ausflug.«

An diesem Abend aßen sie wieder in der Pizzeria, die sie entdeckt hatten, und diesmal übernachtete Irma bei ihm. Es war schön, so nahe beieinander zu sein und doch Rückzugsmöglichkeiten zu haben, dachte Kummer.

Kaum aufgestanden, schaute er auf sein Tablet, er fürchtete, dass etwas geschehen sein könnte. Wenn seine Theorie stimmte und Ursula Keller die Killerin war, hätte es gut sein können, dass sie die Entdeckung ihres ersten Mordes mit einer neuen Tat »gefeiert« hatte. Er würde es ihr zutrauen. Irgendwie hatte sie jeglichen Respekt vor menschlichem Leben verloren. Zum Glück war nichts dergleichen geschehen. Brandstetter hatte sich auch noch nicht gemeldet.

Irma mietete sich ein Elektrovelo, Kummer nahm das Rennvelo mit dem Anhänger. So fuhren sie dem See entlang, hielten unterwegs an, aßen zu Mittag, spazierten mit Tara und fuhren erst gegen Abend wieder zurück. Es war ein schöner Tag.

»Hier ließe sich auch noch leben«, sagte Kummer, als sie von ihrem Ausflug zurückgekehrt waren und vor seinem Camper etwas tranken, Irma Weißwein, er Bier.

»Auf dem Campingplatz?«, fragte sie.

»Nein, in dieser Gegend, es ist noch in der Schweiz und doch ganz anders als in Zürich.«

»Kannst du denn genug Französisch?«

»Ich müsste es wieder lernen, warum nicht, es ist gut, im Alter Sprachen zu lernen, hält das Gehirn auf Trab.«

»So alt bist du nun auch wieder nicht.«

Kummer antwortete nicht. Natürlich stimmte es, so alt war er nicht, aber schon ziemlich alt. Etwas, das man in dieser Gesellschaft besser nicht war. Niemand wollte zugeben, dass die Kräfte nachließen, dass man schwächer wurde, geistig und körperlich. Es war ein persönliches Versagen, alt zu werden. Selber schuld, hättest halt nicht so früh auf die Welt kommen sollen. Es hatte mitunter etwas Verzweifeltes, wenn sich Sechzigjährige noch immer wie Dreißigjährige aufführten, auf keinen Fall den Anschluss verlieren wollten, dem Ideal der ewigen Jugend ebenso angestrengt wie vergeblich nachstrebten. Dadurch wurde der Anblick des langsamen Abbaus vertuscht, man blieb jung, bis man verfiel und in den Altenheimen verschwand, unsichtbar wurde und die Illusion nicht störend, dass ewige Jugend bloß eine Frage der richtigen Einstellung und des Willens war. Kummer hatte nicht vor, dabei mitzumachen.

Sein Handy klingelte, Erika Brugger war dran, die Journalistin. Irma gestattete ihm mit einer Geste abzunehmen.

»Kummer, warum höre ich nichts von dir?«

Er musste zugeben, dass er nicht mehr an sie gedacht hatte.

»Ich habe dir den Fall im Tessin gesteckt und keinen Bericht erhalten. Was ist damit? Hast du etwas herausgefunden?«

Kummer erzählte von dem Tagebuch und nannte ihr den Namen Ursula Keller.

»Der Name nützt dir aber nichts, sonst wäre sie inzwischen gefunden worden«, folgerte Brugger.

»So ist es.«

»Vielleicht suchst du am falschen Ort.«

»Wie meinst du das?«

»Dich interessiert nur die Täterin, du kümmerst dich nicht um das Opfer.«

»Was willst du damit sagen?«

»Ich bin ins Archiv gestiegen und habe mir noch einmal die Berichte aus der Zeit angeschaut, außerdem eine alte Kollegin kontaktiert, die sich mit dem Fall beschäftigt hatte. Dank ihr konnte ich den Vater des ermordeten Mädchens ausfindig machen, Georg Strasser. Er wohnt in einem Vorort von Bern. Morgen gehe ich ihn besuchen.«

»Wann?«, fragte Kummer.

»Wieso, willst du mitkommen?«

Kummer winkte ab, obwohl sie das nicht sehen konnte. »Ich würde schon, aber ich bin in den Ferien.«

»Pensionierte haben keine Ferien.«

»Aber meine Freundin, und die hat sie sich verdient. Sie gehört zu den Systemrelevanten, die durchgearbeitet haben während des Lockdowns. Wir sind für ein paar Tage in Yverdon.«

»Das ist nicht allzu weit von Bern.«

Kummer seufzte. Irma sah zu ihm herüber, lächelte und nickte. Auch ohne verstanden zu haben, was Erika sagte, wusste sie Bescheid. Der Fall rief. Er würde den ganzen Tag unruhig sein, wenn er hierbliebe.

»Also gut, ich komme.«

»Wir treffen uns am Bahnhof Bern. So gegen elf Uhr.« Sie hatte offenbar keine andere Reaktion erwartet.

Kummer suchte auf dem Handy den Zug heraus. »Ich bin um sieben nach dort.«

Sie hängten auf.

»Es tut mir leid«, sagte er zu Irma.

»Das braucht es nicht«, antwortete sie.

»Danke«, brummte Kummer gerührt.

## *Fünfunddreißigstens*

Erika Brugger erwartete ihn auf dem Bahnsteig im Bahnhof Bern. Sie verschwendete keine Zeit mit langen Begrüßungen, sondern informierte ihn knapp: »Die Mutter ist letztes Jahr gestorben, sie war Ende siebzig, der Mann ist ein paar Jahre älter. Ich weiß nicht, wie gut er beieinander ist. Hast du eine Maske dabei?«

Kummer hatte im Zug eine getragen, die jetzt in der Brusttasche seines Hemdes steckte. Er hatte sich am Morgen rasiert, die sauberen Jeans und ein kurzärmliges Hemd angezogen. Es würde heiß werden, sagte die Wetter-App.

Sie nahmen einen Regionalzug und einen Bus und mussten dann noch ein Stück zu Fuß gehen, bis sie ein kleines altes Haus mit verwildertem Garten erreichten. An der Fassade hing eine ausgeblichene Regenbogen-Friedensfahne und ein neueres kleines Transparent für die Konzerninitiative, die im November zur Abstimmung kam. Kummer wusste nicht genau, worum es ging, obwohl der Name der Initiative einen Hinweis gab. Abstimmen würde er ohnehin nicht können, die Unterlagen kamen zu Mona, bei der er gemeldet war, und im November war er längst wieder im Süden. Andernfalls würde er dafür stimmen. Mitunter waren jene, die am liebsten von Verantwortung und Eigenverantwortung redeten, am stärksten bemüht, genau jene von sich zu weisen, wenn sie einen Fehler gemacht hatten. Schuld waren immer andere. Richter etwa, die Unschuldige verurteilt hatten und trotzdem jeden Fehler abstritten. Es waren oft dieselben, die Angeklagten gegenüber keine Gnade kannten,

Fehler, die diese im Leben gemacht hatten, immer als das Resultat von Entscheidungen sahen, die aus freiem Willen gefällt wurden und für die ein Täter mit aller Härte bestraft werden musste. Die eigenen Fehler hingegen waren eine Verkettung unglücklicher Umstände, sie hätten gar nicht anders gekonnt, als das zu tun, was sie getan hatten. Dasselbe galt für hoch bezahlte Manager.

Als Erika Brugger einmal tief durchatmete und klingelte, setzte sie seinen Grübeleien ein Ende. Es dauerte eine Weile, bis ein alter Mann die Tür aufmachte. Unwillkürlich überschlug Kummer im Kopf: Zwanzig Jahre trennten ihn von diesem feinen, fast durchsichtigen Greis, der sich mühsam fortbewegte.

Georg Strasser führte die beiden in seine kleine Stube und bat sie an einem alten hölzernen Beizentisch mit Schiefereinlage Platz zu nehmen. Auf dem Tisch stapelten sich Bücher, Zeitschriften und Zeitungen. Der Raum war niedrig und verwinkelt, alte Balken waren zu sehen, der Boden war aus hellem Holz, das Haus war wohl vor langer Zeit einmal umgebaut worden.

Strasser kochte in der Küche Kaffee in einer achteckigen, uralten Bialetti und tischte ihn mit ein paar Keksen und einer Karaffe Wasser auf.

»Ach, die Andrea.« Er seufzte. »Es ist so lange her, aber trotzdem vergeht kein Tag, an dem ich nicht an sie denke. Meine einzige Tochter, mein erstes Kind, das war eine ganz tiefe Beziehung.« Er sah seine Gäste an. »Haben Sie auch Kinder?«

»Eine Tochter und einen Sohn. Inzwischen sind vier Enkelkinder dazugekommen«, antwortete Erika Brugger. Kummer sah sie verblüfft an. Sie hatte ihre Familie nie erwähnt, und irgendwie war er davon ausgegangen, dass diese zielstrebige, zähe Frau alleinstehend war. Er hatte gar nicht daran gedacht, dass sie außerhalb ihres Berufes noch ein anderes Leben hatte. Bei Männern, das musste er sich eingestehen, hatte er das nie überlegt. Fast alle Kollegen hatten Familie, die aber abgesehen von ein paar Fotos auf dem Schreibtisch nicht ins Berufsleben vordrang.

»Ich hätte natürlich nicht gedacht, dass sie nur so kurze Zeit bei uns sein wird. Wer rechnet schon mit so etwas?« Er sah auf. »Sie haben gesagt, es gibt neue Erkenntnisse?«

»Es ist möglich, dass die Person, die Ihre Tochter umgebracht hat, weitere Morde begangen hat«, bestätigte Kummer.

Der alte Mann runzelte die Stirn. »Das kann nicht sein. Der Giel ist doch an Drogen gestorben. Nicht, dass mir das leidgetan hätte, das nicht, aber ich habe ihn nicht gehasst oder ihm den Tod gewünscht. Der Hass zerfrisst einen nur selber und macht alles noch schlimmer. Es gab viele Leute, die das nicht verstanden haben, die meinten, sie würden auf seinem Grab tanzen, wenn sie ich wären. Aber was bringt das?«

»Es ist eine andere Person verdächtig. Mehr kann ich Ihnen zurzeit leider nicht sagen.«

Der Mann schüttelte den Kopf und trank einen Schluck Wasser. Sich selbst hatte er keinen Kaffee eingeschenkt. »Sehen Sie? Wenn das stimmt, hätte ich dreißig Jahre lang den Falschen gehasst. Ich hätte mein Leben verschwendet.«

»Haben Sie ihn denn gekannt, den Sandro?«, fragte Erika.

Strasser zuckte mit den Schultern. »Nein. Wissen Sie, wir haben unsere Kinder frei erzogen. Andrea war siebzehn, ich habe nicht kontrolliert, mit wem sie ausgeht und was sie macht. Das wurde uns auch vorgeworfen. Wir hätten eben besser aufpassen sollen. Sie glauben nicht, wie viele Leute meinen, in so einem Moment der Trauer und des Entsetzens brauche man Belehrung und gute Ratschläge.« Er schüttelte den Kopf. »Fand ich es gut, dass sie so früh schon etwas mit Jungen hatte? Nein, aber meine Frau hat sie aufgeklärt, auch über Schwangerschaft und Aids. Wir waren da offen, wir sind beide im Mief der fünfziger und frühen sechziger Jahre groß geworden. Wir waren keine Achtundsechziger, aber schon ein bisschen Hippies. Die anderen Kinder aus dem Quartier, damals wohnten wir noch in Bern, sind immer gerne zu uns gekommen, weil es bei uns nicht so streng zuging. Bei uns durfte man vieles, was anderswo verboten war. Auch die Reisen mit dem vw-Bus gehörten zu diesem alternativen Leben dazu. Das machten damals nur wenige, das war ganz ohne Komfort. Erst als der Valentin auf die Welt kam, der Nachzügler, wurde es in dem Büsli für lange Reisen zu eng, und wir sind nur in der Schweiz auf Campingplätze gefahren. Andrea durfte ihr eigenes Zelt aufstellen. Wir dachten, so hat sie ihren Freiraum und ist doch in unserer Obhut. Andere sind in dem Alter mit dem Interrail quer durch Europa gefahren. Andrea kam lieber mit uns. Sie war so vernünftig und herzlich. Wer konnte das ahnen, dass sie so jung an den Falschen gerät? Es war einfach Pech. Natürlich habe ich mir nachher Vorwürfe gemacht, ob ich nicht besser auf sie hätte aufpassen sollen, aber wer erwartet denn so etwas?«

»Niemand«, sagte Erika Brugger. »Sie konnten es nicht voraussehen, und Sie konnten es nicht verhindern.«

»Wir hatten unsere Söhne, wir mussten weitermachen. Eine Zeit lang hätte ich am liebsten alles fahren lassen. Aber es ist besser so, wenn das Leben weitergehen muss, sonst wird man noch wahnsinnig. Meiner Frau hat es allerdings das Herz gebrochen. Sie war danach nie mehr die Gleiche. Der Mörder hat unserer Familie schweren Schaden zugefügt. Der ältere Sohn hatte in der Jugend ziemliche Probleme, auch mit Drogen, er fühlte sich schuldig, hat seine

Schwester vergöttert und sich eingeredet, er hätte sie beschützen müssen. Irgendwann hat er aber wieder in die Spur zurückgefunden. Der Kleine hat zum Glück nichts mitbekommen. Er erinnert sich nicht an sie.«

Erika Brugger fragte ihn behutsam nach jenen Ferien, an seine Erinnerungen daran. Er holte weit aus und sprach teils auch von anderen Reisen, die sie als Familie gemacht hatten, kam aber wieder auf den Platz im Tessin zurück.

»Sie war oft mit dieser Clique unterwegs, die sich dort gebildet hatte, wie das halt so üblich war. Mir ist nur ein Mädchen aufgefallen, so eine kleine, drahtige. Mit der hat sich Andrea gleich zu Beginn der Ferien angefreundet. Die hatte es nicht gut mit ihrem Stiefvater und hat Andrea leidgetan. Sie hat sich um sie gekümmert, so war sie eben. Sie hat sich auch mit denen abgegeben, die von den anderen geschnitten wurden. Das Mädchen konnte anstrengend werden, hat sie mir erzählt. Sie wollte immer nur mit ihr zusammen sein, wurde wütend, wenn sie mit anderen etwas machte. Der Sandro hat einmal bei uns zu Abend gegessen, als wir gegrillt haben. Der war ganz anständig, auch wenn er einen auf Punk machte, war er gut erzogen, aus besserem Haus, das merkte man schon. Ich wäre beruhigt, wenn er sie nicht umgebracht hätte, ich habe mir das nie so richtig vorstellen können. Warum hätte er das tun sollen? Sie mit ihrem Kissen ersticken, nachdem sie miteinander geschlafen haben, in der Nacht, bevor er abreist?«

Der alte Mann schweifte wieder ab, erzählte über seine Familie und sein Leben, Erika hielt den Redefluss mit Fragen am Laufen, versuchte ihn zu lenken.

»Bis wir in dieses Haus gezogen sind, da war der Valentin zehn Jahre alt und der Bernhard schon ausgezogen, haben wir ihr Zimmer so gelassen, wie es war. Wir haben es einfach nicht fertiggebracht, ihre Sachen wegzuschmeißen.

Mit dem Umzug wurde es nötig. Es hat der Marion, meiner Frau, noch einmal schwer zugesetzt. Nur ein paar Sachen haben wir behalten.« Er deutete auf einen Sessel: »Da sind ihr Lieblingsstofftier, die Bilder, die sie gemalt hat, ihr Aufsatzheft und das Adressbüchlein, das sie immer mit sich herumgetragen hat. Sie hat viele Brieffreundschaften gepflegt, war in verschiedenen Fanclubs. Wenn sie zu Hause war, hat sie oft Briefe geschrieben, es gab ja noch keine E-Mails oder Handys.«

Auf dem Stuhl lag ein uralter verfilzter Plüschaffe, ein paar Schulhefte, eine Mappe, aus der Papiere quollen. Zuoberst war ein kartoniertes Büchlein mit Blumenmuster. Kummer stand auf und trat zu dem Stuhl. Vorsichtig nahm er das Adressbuch auf und blätterte es durch, mit schöner, schwungvoller Handschrift eingetragene Namen, mit verschiedenen Stiften und Farben notiert. Er stieß auf die Adresse von einem Sandro Bringolf, das musste der Junge sein, und endlich fand er, was er suchte.

*Ursula Keller*
*c/o Meierhans*
*Alte Landstrasse 124*
*8620 Wetzikon*

Mit dem Handy fotografierte er die Anschrift ab, die mit demselben Stift geschrieben war wie jene des vermeintlichen Mörders. Endlich hatte er eine Adresse. Eine zweiunddreißig Jahre alte, aber immerhin eine Adresse.

Kummer bemerkte, wie der Vater ihn anschaute, und klappte das Büchlein zu.

»Sie haben uns sehr geholfen«, sagte er.

»Ich wäre sehr froh, wenn Sie den wahren Täter fassen würden«, sagte der alte Mann zum Abschied, und Kummer musste daran denken, dass Teresa ihm dasselbe gesagt hatte.

Sie gingen schweigend zurück zur Bushaltestelle. Der nächste Bus kam erst in zwanzig Minuten. »Ich hoffe, dass diese Adresse zu Ursula Keller führt, bevor sie noch einen Menschen tötet«, sagte Kummer.

»Wenn du sie findest, bist du mir einen weiteren Gefallen schuldig«, antwortete Brugger. »Wenn ich die Serie über den Camping-Killer schreibe, werde ich sicher einiges von dem Gespräch verwenden können.«

Ihr Handy hatte den ganzen Besuch über diskret auf dem Tisch gelegen und aufgenommen.

»Du musst die Täterin fassen, da hat der Mann recht. Du weißt jetzt, wie sie heißt und wo sie gewohnt hat.«

»Vor über dreißig Jahren.«

»Trotzdem, wie schwer kann das sein?«

Sehr schwer, wenn es der Teufel will, dachte Kummer.

Auf der Zugfahrt zurück nach Yverdon gab er Brandstetter die Adresse durch. Er vermutete, dass dieser Albert mit Nachnamen Meierhans hieß; die Mutter, von der er noch immer keinen Vornamen hatte, hatte wohl vor ihrer Ehe Keller geheißen. Dass das Mädchen den Namen des Stiefvaters angenommen oder behalten hatte, hielt er aufgrund ihrer Tagebucheinträge für unwahrscheinlich.

## *Sechsunddreißigstens*

Gegen sechzehn Uhr war Kummer zurück auf dem Campingplatz in Yverdon. Zwischen all den Zelten stieß er beinahe mit einer kleinen, drahtigen Frau zusammen, einer typischen Camperin in beigen Cargoshorts, Turnschuhen, T-Shirt, Rucksack, Sonnenbrille und einer blauen Baseballkappe. Sie brummte eine Entschuldigung und ging zügig weiter. Kummer sah ihr kurz nach. Irgendwie kam sie ihm bekannt vor.

»Irma?«, rief er, als er ihr Zelt betrat. Keine Antwort. Er vermutete, dass sie im hinteren Teil des Bungalowzelts eine Siesta hielt.

Erst jetzt entdeckte er auf dem Tisch das kleine blaue Nilpferd, das ein lila Eis schleckte.

»Irma?«, Kummer riss den Vorhang zur Schlafkoje weg. Das Bett war leer.

Er schaute in alle Abteile, sie war nicht da.

»Irma?«, rief er, »Irma?«

»Henry? Was schreist du hier herum?«

Die Stimme kam vom Zelteingang. Kummer gelang es noch, das Figürchen in der Brusttasche seines Hemdes verschwinden zu lassen. Irma war in ein Badetuch gewickelt. »Ich war duschen«, sagte sie. »Was ist denn los?«

Kummer schüttelte den Kopf. »War jemand hier? Eine Frau?«

»Nein. Ich habe geschlafen und bin aufgewacht, weil mich etwas gestochen hat.« Sie drehte ihm den Hals zu, auf dem eine kleine Rötung zu sehen war. »Danach konnte ich nicht mehr einschlafen und bin schließlich aufgestanden und duschen gegangen.«

»Wo ist Tara?«

»Sie war unruhig und hat nach dir gesucht, ich habe sie bei deinem Camper angebunden, ich dachte, da fühlt sie sich wohler. Ich wäre jetzt gleich nach ihr schauen gegangen.«

»Kann ich den Stich mal sehen?« Kummer beugte sich zu ihrem Hals.

»Wieso? Es ist bloß ein Stich.« Sie wich zurück, ließ ihn dann aber doch näher kommen.

Es sah aus wie ein winziger Schnitt, die Stelle war nicht geschwollen. Hatte ihr die Mörderin das Messer an den Hals gehalten, sie leicht gepikst, nur um ihm zu zeigen, dass sie seine Freundin umbringen konnte, wann immer sie das wollte? Das Risiko einer Entdeckung war groß. Irma hätte sie sehen können, als sie aufwachte. Vielleicht hatte sich die Frau weggeduckt. Irma hätte ihre Wunde selber beurteilen können, aber dazu hätte er ihr seinen Verdacht schildern müssen. Der Urlaub wäre dahin gewesen.

»Ich bin gleich wieder da.« Kummer lief aus dem Zelt und über den ganzen Campingplatz. Die Frau war verschwunden. Er fragte an der Rezeption und im Bistro nach ihr, niemand hatte sie gesehen.

Zurück beim Camper kriegte sich Tara fast nicht ein, als sie ihn erblickte. Kummer musste sie von der Leine losmachen, damit sie sich nicht verhedderte. Als sie sich ein wenig beruhigt hatte, setzte er sich an den Tisch und zog das Handy hervor. Auf Signal wählte er den Kontakt von *Beachboy* und drückte auf Anruf. Niemand nahm ab. Kummer schloss die App und rief Brandstetter an.

»Sie ist hier, du musst sie zur Fahndung ausschreiben. Sie hat Irma bedroht.«

»Kummer? Wovon sprichst du?«

Er berichtete atemlos, was geschehen war, und hielt das Nilpferd vor die Handykamera.

»Das kann auch ein Spaßvogel da hingestellt haben. Kummer, du bist berühmt. Zumindest auf Campingplätzen. Ist ihr denn etwas passiert?«

»Nein, nicht wirklich.«

»Woher sollte die Täterin, wenn es denn diese Ursula Keller ist, wissen, wo du bist?«

»Keine Ahnung, vielleicht hat sie alle Campingplätze der Schweiz abgeklappert.«

»Ein Selfie wirst du ihr ja nicht geschickt haben?«

»Nein, sicher nicht, wie kommst du darauf?« Kummer ärgerte sich über ihre Frage.

»Digitale Fotos enthalten Metadaten, die festhalten, wann und wo und mit was für einem Gerät das Bild aufgenommen wurde.«

»Tamisiech!«, fluchte Kummer. Peti hatte ihm diese Informationen bei seinem Beweisfoto vom Klausenpass gezeigt. »Sie ist es, Brandstetter. Ich habe diesem *Beachboy* von hier aus ein Bild des Tagebuchs geschickt. Ich habe die Frau gesehen, schreib sie zur Fahndung aus.« Kummer skizzierte sie und merkte, dass diese Beschreibung auf zahllose Frauen in der Schweiz zutraf.

»Bei der Gemeindeverwaltung in Wetzikon habe ich niemanden mehr erreicht. Aber morgen sollte ich mehr erfahren.«

Kummer wollte etwas einwenden, aber er wusste, dass es keinen Sinn hatte und hängte auf.

Er rief Mona an, auf einmal hatte er Angst um sie. Obwohl sie nicht auf einem Campingplatz wohnte und nicht denselben Nachnamen trug, fühlte er sich verletzlich, als ob er überwacht würde und Ursula Keller alles von ihm wusste.

»Hallo Papa, ist etwas passiert?«

»Nein, ich wollte nur schauen, wie es dir geht.«

»Ich bin am Arbeiten, ich rufe dich später an.«

»Nicht nötig, ich wollte mich nur melden, mach dir keine Sorgen.«

Kummer beendete das Gespräch.

*

Brandstetter meldete sich am nächsten Morgen. Die zuständige Person arbeitete nur an vier Tagen die Woche und war erst am Montag wieder zu erreichen. Zu einer Großfahndung mithilfe eines Phantombilds ließ sie sich nicht überreden.

»Das würde sie aufscheuchen, gut möglich, dass sie mal geheiratet hat und anders heißt. Sie könnte ins Ausland entwischen, es ist nicht auszuschließen, dass sie mobil ist, vielleicht mit einem Camper oder Wohnwagen.«

»Sie ist gefährlich. Wir müssen sie stoppen.«

»Das versuche ich, glaub mir. Wann bist du zurück?«

»Am Montagabend.«

»Komm am Dienstagmorgen in mein Büro. Ich bin ab halb neun da.«

Kummer, dem das alles viel zu langsam ging, stimmte zu und hoffte einfach, Ursula Keller würde bis dahin nicht noch jemanden umbringen. Über Signal schickte er ihr entsprechende, deutliche Warnungen. Doch sie reagierte nicht, sie genoss seine Angst.

Den restlichen Urlaub wich Kummer nicht mehr von Irmas Seite. Am Montag, den 10. August, fuhren sie gemeinsam in seinem Camper zurück nach Zürich.

»Das waren schöne Ferien«, seufzte Irma, und Kummer, der seinen Stress und seine Angst um sie so gut wie möglich verbarg, stimmte ihr zu. Er übernachtete bei ihr, es kam ihm fast seltsam vor, in einer Wohnung zu schlafen.

# *Siebenunddreißigstens*

Kummer betrat seine alte Wirkungsstätte an der Kaserne. Die junge Kollegin, die am Eingang saß, kannte er nicht, er meldete sich an, ohne zu erwähnen, dass er früher ihren Job gemacht hatte. Wenig später klopfte er an die Tür von Brandstetters Büro, es war gerade halb neun, Dienstag Morgen. Sie bat ihn herein. Brandstetter trug eng anliegende Leggins, ein gelbes T-Shirt und Turnschuhe. Kummer fragte sich, ob sie vom Training kam oder ob das einfach ihre gewöhnliche Kleidung war.

»Nimm Platz«, sie wies auf den Stuhl vor ihrem Schreibtisch. »Die Beamten in Wetzikon sind noch dran. Sie haben die An- und Abmeldungen der letzten fünfzig Jahre dokumentiert. Allerdings nicht elektronisch, sondern auf Mikrofilm, und wie man das Lesegerät bedient, weiß nur eine Angestellte, die gestern frei hatte. Offenbar arbeiten dort alle Teilzeit. Sobald wir den Namen haben, können wir eine Fahndung rauslassen. Lass uns bis dahin den Fall noch einmal durchgehen.«

»Was gibt es da durchzugehen? Sobald wir wissen, wo sie wohnt, schnappen wir sie.«

»So einfach ist das nicht. Ich habe den Profiler zu unserer Sitzung eingeladen.« Sie hantierte am Computer und drehte den Bildschirm so, dass Kummer ihn einsehen konnte. In einer Ecke war ein Fenster, darin war der Profiler zu sehen. Er saß in einem Kellerraum, trug ein kariertes Hemd. Ohne Anzug und Krawatte wirkte er gleich weniger kompetent.

Kummer erzählte etwas ungeduldig alles, was er über den Fall wusste.

Der Profiler hatte starke Zweifel daran, dass Ursula Keller der Campingkiller sein könnte.

»Ich halte es für möglich, dass sie damals ihre Freundin umgebracht hat. Teenager haben eine Hirnstruktur, die sie Sachen machen lässt, die rational nicht nachvollziehbar sind. Dass sie der Serienmörder ist, schließe ich hingegen aus. Rein statistisch ist die Wahrscheinlichkeit einfach zu klein. Die Brutalität, die passt überhaupt nicht zu einer Frau. Es wurde unter anderem ein Messer benutzt, dazu braucht es Kraft und Entschlossenheit. Hinzu kommen die technischen Kenntnisse, das Benutzen von Telegram und Signal, das Auswerten der ID-Datei des Fotos. Eine knapp fünfzigjährige Frau? Ich bitte Sie.«

»Wollen Sie damit sagen, dass man über vierzig zu dumm ist, um soziale Netzwerke und Handys zu begreifen? So kompliziert ist das nun auch wieder nicht. Zudem ist sie intelligent. So wie ich ihr Tagebuch und ihre Nachrichten deute, wurde sie stets unterschätzt. Das ist etwas, das sie antreibt. Sie will der Welt beweisen, zu was sie fähig ist.«

»Kann ich die Nachrichten einmal sehen? Haben sie die gespeichert?«

»Nein, die verschwinden kurz nach dem Lesen.«

»Haben Sie etwa keinen Screenshot gemacht?«, fragte der Profiler mitleidig.

Kummer seufzte. Er hatte nicht und bestätigte dem Mann damit wohl die Theorie, dass ältere Leute von moderner Technik nichts verstanden.

Der Profiler musste sich wieder ausklinken. Er hatte eine weitere Sitzung, wie er sagte. Er war ein gefragter Mann.

»Tut mir leid, Kummer. Ich rufe dich an, sobald sich das Einwohnermeldeamt gemeldet hat«, versprach Brandstetter.

»Du glaubst mir also?«

»Haben wir eine andere Spur?«, fragte sie zurück.

Kummer verließ die Wache und fuhr zu Monas Café. Er war froh, sie zu sehen, und es war sogar ein Platz draußen frei, als er um halb elf ankam. Trotzdem setzte er sich drinnen hin, er wollte nicht, dass es sie Laufkundschaft kostete. Tara verschwand unter dem Tisch, wurde aber von einem Kind entdeckt, das geradewegs auf sie zusteuerte und ihr auf den Kopf patschte. Sie ließ es gutmütig geschehen. Der Vater war mit seinem Handy beschäftigt. Junge Menschen mit kleinen Kindern saßen draußen, hübsch zurechtgemacht, aber nicht so aufgetakelt wie in der Innenstadt, eher ein bisschen zufällig, das klassische Zürcher Understatement. Kleidung, die nach nicht viel aussah, aber von kleinen lokalen Labels stammte, fair hergestellt wurde, entsprechend teuer und nur von Leuten aus derselben Bubble, wie Szenen inzwischen genannt wurden, erkannt wurde, wie ihm Mona einmal erklärt hatte.

Sie fand sogar Zeit, sich kurz zu ihm zu setzen und ihn über den Urlaub mit Irma auszufragen. Wahrscheinlich hätte sie es gerne gesehen, wenn er mit ihr zusammenziehen oder sie gar heiraten würde, obwohl er es doch hätte sein sollen, der sie gern unter der Haube gesehen hätte. Vielleicht fürchtete sie, sich um ihn kümmern zu müssen, wenn er alt und einsam war. Doch noch war es nicht so weit.

Weil es ihn daran erinnerte, entschloss er sich, nach langer Zeit mal wieder seinen Vater im Altersheim zu besuchen, der seine Freude über den Besuch – sofern er welche empfand – gut zu verbergen wusste. Sie hatten immer noch kein einfaches Verhältnis. Sein Vater hatte ihm nie verziehen, dass er Polizist geworden war.

Es war schon fast fünf Uhr, er hatte schon damit gerechnet, einen weiteren Tag warten zu müssen, da rief Brandstetter an.

»Wir haben die Mutter gefunden. Sie heißt Doris Keller, es ist ihr Mädchenname. Ihr Ex-Mann hieß, wie vermutet, Albert Meierhans, er ist der Vater der zwei gemeinsamen Kinder Oliver und Jasmin und vor ein paar Jahren nach Thailand ausgewandert. Ursula, ihre Tochter, die damals Keller hieß, haben wir noch nicht auftreiben können. Wahrscheinlich hat sie irgendwann geheiratet, nachdem sie aus Wetzikon weggezogen ist, zuerst nach Dübendorf, dort habe ich eine Anfrage gestartet, aber das kann dauern. Dübendorf hat seit Jahrzehnten eine der höchsten Fluktuationsraten, und die Gemeindebehörden sind notorisch unterbesetzt. Erwarte also nicht zu viel.«

»Aber du weißt, wo die Mutter lebt?«

»Ja, sie ist mehrmals umgezogen, aber wir haben sie gefunden, in Regensdorf.«

Brandstetter gab ihm die Adresse durch. Eine Festnetznummer hatte sie nicht. Kummer überlegte nicht lange, sondern fuhr gleich hin.

## *Achtunddreißigstens*

Die Adresse, die ihm Brandstetter gegeben hatte, erwies sich als Hochhaus. Die Frau, laut Tagebuch der Tochter heute sechsundsechzig Jahre alt, war wohl pensioniert und hoffentlich zu Hause.

Kummer hatte Glück, sie war da, aber die Kommunikation über die Gegensprechanlage gestaltete sich schwierig.

»Warten Sie«, rief sie schließlich. »Ich komme hinunter.«

Es dauerte eine geraume Weile, bis eine kleine, drahtige Frau hinter der Haustür erschien. Inzwischen hatten schon drei Personen das Haus betreten und ihn gefragt, ob er hineinmüsse. Offenbar waren die Leute hier nicht allzu misstrauisch, obwohl er nicht wie ein Paketbote aussah. Oder etwa doch?

Fast meinte er, die Frau wiederzuerkennen, die ihm auf dem Campingplatz in Yverdon entgegengekommen war und die, so glaubte er wenigstens, dieselbe Frau war, die er auf dem Campingplatz von Miroslav und im Tösstal gesehen hatte: Ursula Keller. Die beiden glichen sich und hatten etwas Altersloses, Unauffälliges. Nur dass die Mutter, Doris, bei genauerem Hinsehen mehr Falten und etwas längere Haare hatte. Zudem trug sie eine rote Lesebrille, über die sie hinwegschauen konnte.

»Meine Tochter sagt, ich solle aufpassen, wenn sich einer nach den Kindern oder Enkeln erkundigt oder vorgibt, Polizist zu sein. Nichts für ungut, aber das sind alles Betrüger. Wenn Sie mir irgendwelche Geschichten erzählen wollen, warum ich Geld abheben soll, können Sie gleich verschwinden«, erklärte sie durch die einen Spaltbreit geöffnete Tür.

»Ich will mich mit Ihnen über Ihre Tochter unterhalten.«

»Über Jasmin? Was ist mit ihr?«, fragte sie trotz der guten Vorsätze.

»Nein, über Ursula.«

»Ist sie gestorben? Sind Sie am Ende wirklich Polizist?«

»Nein, ich war Polizist, bin aber mittlerweile pensioniert. Ihre Tochter lebt noch, soweit ich weiß. Ich würde gerne mehr über sie erfahren. Es geht um den Mord an der jungen Frau, damals im Tessin.« Kummer zog das Tagebuch aus seiner Tasche und hielt es ihr hin. »Das gehörte Ihrer Tochter Ursula, nicht wahr?«

Die Frau schaute auf das Heft. »Das ist ihre Schrift. Wo haben Sie das her?«

»Der Dorfpolizist, der schon damals mit dem Fall zu tun hatte, hat es mir überlassen.«

Doris Keller öffnete die Tür.

»Also gut, ich glaube nicht, dass Sie ein Betrüger sind, erstens wäre das ein zu großer Aufwand, ihre Mädchenschrift zu fälschen, und zweitens sind das vor allem Ausländer, die solche Tricks anwenden. Ein Schweizer Betrüger mit Hund? Das wäre mir das Allerneuste. Zur Sicherheit mache ich ein Foto von Ihnen und Ihrem Ausweis und schicke es der Jasmin, dann können Sie hereinkommen. Sie macht sich ständig Sorgen um mich. Sie war damals, als das Mädchen auf dem Campingplatz umgebracht wurde, erst sieben. Es hat sie traumatisiert. Sie konnte zwei Jahre lang nicht mehr im eigenen Bett schlafen.« Sie winkte ab. »Was den Albert natürlich gestresst hat, aber mir war es recht.«

Frau Keller fotografierte Kummer und den Ausweis, den er hervorgekramt hatte.

»Kommen Sie mit hoch, es muss ja nicht das ganze Haus zuhören.«

Schweigend fuhren sie mit dem Lift in den siebten Stock hinauf und gingen einen düsteren Flur entlang zu ihrer Wohnungstür. Sie schloss auf und bat ihn herein. Gleich links hinter dem Eingang stand ein Tisch mit Eckbank.

»Sie können schon mal Platz nehmen, ich muss erst eine rauchen«, sagte sie und deutete auf den Balkon.

»Wenn es Sie nicht stört, komme ich mit.«

»Rauchen Sie auch? Brissago, wie der Kommissar Studer? Da gab es doch diese Filme, die waren super.«

»Ich rauche schon lange nicht mehr.«

Die Frau schaute ihn an, während sie die Balkontür öffnete. »Sie werfen mich aber nicht hinunter?«

»Versprochen.« Kummer lächelte.

»Das Ursi«, sagte ihre Mutter gedankenverloren, nachdem sie zwei tiefe Züge genommen hatte. »Was hat sie diesmal angestellt?«

»Wissen Sie, wo sie wohnt?«, überging Kummer die Frage.

»Seit vielen Jahren nicht mehr.«

Sie nahm noch ein paar Züge und drückte die halb gerauchte Zigarette in einer mit Sand gefüllten Tasse aus. »Es ist zu heiß hier draußen. Früher mochte ich die Hitze, heute halte ich sie fast nicht mehr aus.«

»Das geht mir ähnlich«, sagte Kummer, der Hitze noch nie besonders gemocht hatte. Jahrzehntelang war Hitze als das Beste, was passieren konnte, abgefeiert worden. Seiner Ansicht nach verwechselten die Leute die Hitze, die sie aus dem Urlaub kannten und die in ihrer Erinnerung positiv konnotiert war, weil mit süßem Nichtstun verbunden, mit der Hitze im Alltag, die hinderlich und beschwerlich war. Sie glaubten, mit steigenden Temperaturen komme Urlaubsstimmung auf. Feierabende wurden mit Gartenmöbeln, klebrigen Getränken und lauter Musik in vermeintliche Miniferien verwandelt, die schon am nächsten Morgen vorbei und darum wenig erholsam waren. Erst mit der Bedrohung durch den Klimawandel war ein Bewusstsein dafür aufgekommen, dass hochsommerliche Temperaturen nicht etwas durchweg Positives und Begrüßenswertes waren. Dass die Alten das schon immer gesagt hatten, geschenkt. Alte kommen halt nicht raus. Würde der Klimawandel dazu führen, dass es kälter statt wärmer wurde, hätten die Menschen, zumindest in der Schweiz, schon längst reagiert. Nun hatte es eine Pandemie gebraucht, damit die Leute merkten, dass es auch ohne ständiges Herumfahren und -fliegen ging.

»Das ganze Unglück der Menschen rührt allein daher, dass sie nicht ruhig in einem Zimmer zu bleiben vermögen«, hatte Blaise Pascal schon vor rund vierhundert Jahren festgestellt. Daran hat sich nichts geändert, dachte Kummer.

»Möchten Sie ein Käfeli?«, schreckte ihn Doris Keller aus seinen Gedanken.

»Einen Espresso, gern.« Sie bat ihn, auf dem Stuhl am Tisch Platz zu nehmen, und bereitete ihm auf einer stotternden Kapselmaschine einen zu, den sie in einem feinen Porzellantässchen servierte. Sich selber machte sie einen langen Kaffee, in einer größeren Tasse aus demselben Service. Sie gab Zucker und Milch hinein und setzte sich Kummer gegenüber auf die Eckbank.

»Das Ursi«, seufzte sie und rührte in ihrer Tasse. »Das Ursi hatte es nicht leicht. Ganz und gar nicht leicht. Das muss ich zugeben, und da bin ich auch schuld daran. Ich war viel zu jung, als sie zur Welt kam. Sie war nicht geplant, wie Sie sich vorstellen können. Der Vater war eine Chilbi-Bekanntschaft. Ich war betrunken, er hat mich regelrecht abgefüllt und dann bedrängt. Heute würde man das, was passiert ist, eine Vergewaltigung nennen. Ich wusste nicht, wie mich gegen einen Mann wehren, das habe ich zu Hause nie gelernt. Nur hat das damals niemanden interessiert. Ich als junge Frau war ganz einfach selber schuld, ein Flittchen halt. Wäre ich zur Polizei gegangen, hätten sie mich ausgelacht und wahrscheinlich noch dumme Sprüche gemacht. So war das. Für mich und meine Familie war es eine Schande, zumal der Kerl die Vaterschaft auch noch abgestritten hat. Vaterschaftstests gab es noch nicht, nur Blutgruppentests, und die waren unzuverlässig.«

Kummer deutete auf das Heft. »Hier drin schreibt sie, dass sie einen Vater habe. Hat sie denn Kontakt gehabt?«

»Nein, aber obwohl sie ihn nie getroffen hat und er sich einen Dreck für sie interessiert hat, hat sie ihn sich als Helden zusammenphantasiert. Er war ein wichtiger Mann, der viel zu tun hatte und sie eines Tages holen würde. Mal war er Arzt in Afrika, mal war er ein berühmter Künstler. Was sie sich alles ausgemalt hat, das ist schon erstaunlich. Phantasie hatte sie schon immer, denn sie hatte etwas im Kopf, die Ursi. Heute würde man sie vielleicht hochbegabt nennen, damals war sie einfach ein seltsames Mädchen, das überall aneckte.« Doris Keller nahm einen Schluck Kaffee. »Auffällig wurde sie allerdings erst zu der Zeit, in der ich den Albert geheiratet habe. Damit kam sie gar nicht zurecht. Ich war wieder schwanger, und zwei Kinder alleine aufziehen, davor hatte ich echt Schiss. Das ist heute noch schwierig, damals war es noch viel schlimmer. Albert hat erst nach der Hochzeit sein wahres Gesicht gezeigt, aber da war es zu spät. Dass ich mich für ihn entschieden habe, war ein Verrat für Ursi, zumal er sie nicht adoptierte, sie behielt meinen Namen. So hieß sie als einzige Keller, der Rest der Familie hieß Meierhans. Das war gemein. Das hat er extra gemacht. Er wollte sie kleinhalten, sie und mich. Darum habe ich nach der Scheidung wieder meinen Geburtsnamen angenommen. Er hat uns erniedrigt, um sich groß zu fühlen. Sie hat sich dann immer mehr zurückgezogen und in ihre Phantasiewelt geflüchtet. Dort war sie diejenige, die bestimmte. Es gab Vorfälle, da hat sie kleinere Kinder erschreckt oder eingesperrt, bei der Nachbarin wurden die Meerschweinchen tot im Käfig gefunden, nachdem Ursi da war. Katzen verschwanden, im Veloraum waren alle Fahrräder beschädigt. Der Verdacht fiel immer auf sie, aber nachweisen konnte man ihr nie etwas. Sogar auf den Polizeiposten hat sie gemusst, ich weiß jetzt nicht mehr genau, wegen welcher Geschichte. Normalerweise würde das eine Zwölfjährige schwer beeindrucken, aber sie hat nur so gelächelt, als ich sie abholte. Es kam mir vor, als würde es ihr Spaß machen, von diesen gestandenen Männern verhört zu werden und nicht einzubrechen, ihnen ins Gesicht zu lügen, zu wissen, dass sie schlauer war.«

Kummer nippte an seinem Espresso, und Doris spielte mit ihren Händen.

»In diesen Ferien im Tessin, wo der Mord geschehen ist, hat sie den Schalter umgelegt. Vorher konnte sie mir gegenüber zumindest ab und zu noch die liebe Ursi sein, die mich umarmt hat, die mit mir gelacht hat. Das war nach der Sache mit dem Gymnasium endgültig vorbei. Da mache ich mir heute noch Vorwürfe. Ich war nicht stark genug, das hat sie mir nie verziehen. Jetzt hatte sie einen richtigen Hass auf die Welt, und der machte mir Angst. Sie hat von dem Tag an, als sie aus den Ferien heimgekommen ist und die Lehre antreten musste, kein Wort mehr mit mir geredet. Da war sie knallhart. So viel Wut in so einer kleinen Person. Natürlich hat sie mir leidgetan, aber was hätte ich tun sollen? Ich hatte zwei kleine Kinder. Sie hatte ja recht. Ich habe immer alles mit mir machen lassen, bis die beiden groß waren. Aber dann war Schluss. Ich habe den Albert hinausgeworfen, und seither lebe ich mein eigenes Leben. Viel zu spät, aber immerhin. Die Vergangenheit kann ich nicht mehr ändern. Ursi hat mich dafür verachtet, dass ich mich so habe herumschubsen lassen. An ihrem achtzehnten Geburtstag, als sie volljährig wurde, hat sie die Lehre geschmissen und ist ausgezogen. Sie hat dann die Matura nachgeholt und zu studieren begonnen. Um dann denselben Fehler zu machen wie ich. Sie wurde schwanger. Der Vater war zwar kein Halodri, sondern ein Anwalt, aber um einiges älter als sie. Sie haben geheiratet, und sie wurde noch mal schwanger und Hausfrau, mit Haus an der Goldküste und allem. Wenn es nach ihr gegangen wäre, hätte ich meine Enkel überhaupt nie gesehen, aber der Marcel, der Vater, der wollte, dass sie Kontakt haben. Er hat versucht, den Kindern eine intakte Familie zu bieten. Bis es nicht mehr ging.«

»Wie hieß ihr Mann?«

»Marcel, wie ich schon sagte.«

»Mit Nachnamen, meinte ich.«

»Ach so, Homberger.«

»Heißt sie immer noch so?«

»Sofern sie nicht wieder geheiratet hat. Meinen Namen wollte sie nicht mehr annehmen. Sie haben sich vor knapp zehn Jahren scheiden lassen, als die Kinder fünfzehn und siebzehn waren. Sie wollten beim Vater bleiben, das hat sie überhaupt nicht ertragen, obwohl sie denen immer wieder gesagt hat, sie hätten ihr Leben ruiniert. Inzwischen haben die Kinder den Kontakt zu ihr abgebrochen.«

»Warum das?«

»Weil sie es nicht mehr ausgehalten haben. Sie hat mich und Marcel nur schlecht gemacht. Sie hasste ihr Leben. Weil die Kinder beim Vater blieben, brauchte er ihr keinen Unterhalt zu zahlen. Sie musste sich einen Job suchen und beim Wiedereinstieg ins Berufsleben ganz von vorn anfangen. Vor ein paar Jahren hatte eine Bekannte von mir zufällig mit ihr zu tun, als sie den Achtzigsten für ihren Vater organisierte. Sie hat mir erzählt, dass Ursula bei der Cateringfirma im Büro arbeitet.«

»Haben Sie die Adresse der Firma?«

»Nein, wie gesagt, das ist lange her. Zu der Bekannten habe ich auch kaum Kontakt. Aber das Fest war in Horgen, daran erinnere ich mich. Wahrscheinlich war das Unternehmen dort in der Nähe.«

»Wissen Ihre Enkel vielleicht, wo sich Ursula aufhalten könnte?«

»Nein, das glaube ich nicht.«

»Ich würde sie gerne fragen.«

»Das werden Sie nicht können. Die wissen nichts über das Ursi und haben genug gelitten. Von mir bekommen Sie die Adresse nicht.«

Kummer trank den restlichen Espresso, der längst kalt war, und stand auf.

»Sie hat etwas angestellt, das spüre ich«, sagte Frau Keller, die ebenfalls aufgestanden war. »Geht es um diese Morde auf den Campingplätzen?«

Kummer sah sie erstaunt an.

»Sie sind mir gleich bekannt vorgekommen, jetzt weiß ich wieder, woher. Ich bin nach der Scheidung viel auf Campingplätze gegangen, das ist, neben den Kindern, das einzig Positive, was ich von Albert habe, die Freude am Camping.«

»Ja, ich glaube, sie hat diese Menschen umgebracht«, sagte Kummer. »Ich glaube auch, dass sie damals das Mädchen umgebracht hat, im Tessin.«

Doris Keller seufzte. »Ich würde Ihnen gerne sagen, dass meine Tochter so etwas niemals tun könnte. Aber ich traue es ihr zu.«

Kummer verabschiedete sich und rief Brandstetter an.

»Der Name der Frau, die wir suchen, ist höchstwahrscheinlich Ursula Homberger. Sie wohnt möglicherweise im Kanton Zürich. Bitte, finde heraus, wo sie ist. Schreib sie zur Fahndung aus.«

»Also gut, aber mach dir keine zu großen Hoffnungen. Das Meldewesen ist kommunal geregelt, wir müssen jede einzelne Gemeinde abklappern. Hast du es schon mit search.ch und solchen Seiten versucht?«

»Nein, warte.« Er öffnete die App und gab den Namen ein. Neun Treffer, acht Ehepaare, bei denen immer zwei Vornamen, Ursula und ein männlicher, eingetragen waren. Kummer gab Brandstetter die Adresse der einzigen, einzeln aufgeführten Ursula Homberger durch. Sie lebte im Kanton Glarus.

Es war schon fast vier Uhr nachmittags. Er musste schauen, wo er unterkam. Bei Roger im Tösstal war alles besetzt, sogar im Toggenburg gab es keinen Platz mehr. Darum übernachtete er auf einem Rastplatz. Irma wollte er nicht auf die Pelle rücken, sie hatte wieder zu arbeiten begonnen.

*Ursula Homberger*, schrieb er an *Beachboy. Es ist Zeit, zu deinen Taten zu stehen. Das ist es doch, was du wolltest. Wo bist du?*

Auf Telegram schrieb er all seine Erkenntnisse in den Gruppenchat.

# *Neununddreißigstens*

Kummer trank seinen zweiten Espresso im Restaurant auf der Autobahnraststätte, als er informiert wurde, wo sie war. Oder zumindest, wo sie gewesen war. Es war Brandstetter, die ihn anrief.

»Ich wurde eben alarmiert.«

»Ein weiterer Campingmord?«

»Ein Versuch, das Opfer hat schwer verletzt überlebt.«

»Wo?«

»Auf einem Platz am Sihlsee, in der Nähe von Einsiedeln.«

»*Tamisiech*«, fluchte Kummer. »Wann ist es passiert?«

»Heute Morgen früh, so um halb neun.«

»Hat man sie gefasst?«

»Nein, aber die Fahndung läuft.«

»Wohnt sie an der Adresse, die ich dir durchgegeben habe?«

»Gemeldet ist sie dort, die Dorfpolizei ist vorbeigegangen, aber sie war nicht da. Die Kollegen haben die Nachbarn befragt, offenbar ist sie verschwunden. Sie wurde schon seit Wochen nicht mehr gesehen, und wie sich herausgestellt hat, hat sie seit April ihre Miete nicht mehr bezahlt.«

»Was erzählt das Opfer?«

»Nichts, es ist noch nicht vernehmungsfähig.«

Brandstetter hatte zu tun und beendete das Gespräch.

Kummer dachte nach. Seit Juni waren die Campingplätze wieder offen, Ursula Homberger war seit einigen Wochen verschwunden. Konnte es sein, dass sie auf einem Campingplatz lebte?

Er erinnerte sich daran, wo er sie das erste Mal gesehen hatte oder wenigstens glaubte, sie gesehen zu haben. Bei Miroslaw. Er suchte die E-Mail mit der Liste der Gäste heraus, die der Besitzer ihm geschickt hatte. Da war sie, angekommen am 8. Juni, am selben Tag wie er.

Kummer rief Miroslav an.

»Du hattest im Juni einen Gast mit Namen Ursula Homberger, sie ist am Eröffnungstag angereist.«

»Das weiß ich nicht auswendig.«

»Kannst du schauen, ob sie eine Adresse oder eine Handynummer hinterlassen hat?«

»Homberger, sagst du? Natürlich, sorry, das ist die Frau, die Rosas Wohnwagen übernommen hat.«

»Jetzt hör aber auf.«

»Doch doch, ganz sicher. Ich hätte ihn entsorgen müssen, weil die Kinder von der Rosa, die wollten damit nichts zu tun haben, das war sofort klar. Etwa eine Woche nach dieser schrecklichen Tat hat mich eine Frau gefragt, ob sie den Wagen nicht bis Ende Saison mieten könne. Sie ist, da hast du recht, kaum dass der Platz offen war, mit einem Zelt angereist. Sie hat gemeint, sie wisse schon, was dort passiert sei, aber das mache ihr nichts aus, der Blitz schlägt nicht zweimal am selben Ort ein. Wie du weißt, hatte ich genug um die Ohren, und für mich bedeutet das ein Problem weniger bis zum Herbst. Die Sachen von der Rosa hat sie mit einem Mietwagen entsorgt und ein paar eigene Dinge gebracht. Ich sehe sie nur selten, sie ist sehr zurückgezogen, und wie mir scheint, viel unterwegs.«

»Ich komme vorbei. Sei vorsichtig.«

»Warum?«

»Erklär ich dir später.«

Kummer startete den Camper. Er war schon am richtigen Seeufer, der Weg war nicht allzu weit.

Er parkte auf dem Besucherparkplatz, Miroslav kam aus dem Büro, als er in Richtung Rosas Wohnwagen eilte.

»Willst du mir nicht erklären, worum es geht?«

Kummer blieb stehen. »Wenn ich in fünf Minuten nicht zurück bin, ruf Vera Brandstetter an, die Polizistin, die hier war. Hast du die Nummer noch?«

Miroslav nickte.

»Kann ich Tara bei dir im Büro lassen? Im Auto ist es zu heiß.«

»Du hast Nerven. Nun gut.«

Kummer brachte Tara ins Büro und eilte weiter. Auf dem ehemaligen Platz von Heinz stand bereits ein neuer Wohnwagen mit einem Sommervorzelt. Kummer erreichte Rosas Wagen und klopfte an.

»Was ist?«, kam es von hinter der Tür.

»Ich bin es, Kummer. Mach auf, Ursula. Es ist vorbei.«

»Bist du alleine gekommen?«

»Ja.«

Die Wohnwagentür ging auf. Vor ihm stand die Camping-Killerin. Jene unauffällige, kleine drahtige Frau, deren Wege er an dem Morgen, als Rosa umgebracht wurde, nahe der Waschräume zum ersten Mal gekreuzt hatte.

»Endlich lernen wir uns kennen.« Sie lächelte ihn an. »Wobei, kennen tun wir uns ja schon, nicht wahr? Ich habe dich also richtig eingeschätzt. Du bist der Einzige, der begriffen hat, was läuft.« Sie trat zur Seite. Kummer zögerte einen Moment.

»Hast du etwa Angst vor mir?« Sie lachte. »Das brauchst du nicht. Du bist ein großer, starker Mann. Komm herein und setz dich hin. Ich werde dir alles erzählen, das hast du dir verdient.«

Kummer trat in den Wohnwagen und betrachtete die Stelle, an der Rosa gelegen hatte. Der gelbe Teppich war durch eine Korkplatte ersetzt worden. Ansonsten war die Einrichtung noch dieselbe, wirkte aber frischer. Hier war aufgeräumt und geputzt worden. Ursula wies auf die Sitzecke neben der Tür, und er quetschte sich auf die Bank. Er war nicht der Einzige, der sich nachher fragen sollte, wie man so blöd sein konnte.

Er hatte kaum Platz genommen, da spürte er etwas Kaltes am Hals. Als er versuchte aufzustehen, war er zwischen Bank und Tisch eingeklemmt, sodass das Messer seitlich in seinen Hals eindrang, bevor er ihren Arm zu fassen bekam und sich daran hochziehen konnte. Es war ein sehniger, kräftiger Arm. Ursula schüttelte grinsend den Kopf, es folgte ein Knall, und sein Gesichtsfeld explodierte in einer Galaxie heller Sterne. Sie hatte ihm einen Kopfstoß verpasst, und er glaubte noch, ein lautes, wütendes Bellen zu hören, Schritte, Rufen, ein Krachen, ein Knurren, einen Schrei, aber da war es bereits schwarz um ihn geworden.

## *Vierzigstens*

Kummer erwachte in einem Spitalzimmer. An seinem Bett saß Irma, aber nicht in ihrer Berufskleidung.

»Wo bin ich?«, wollte er fragen, aber er brachte nur ein heiseres Krächzen hervor.

Irma, die in einem Stuhl gesessen hatte, stand auf und strich ihm übers Haar.

»Du kannst noch nicht richtig sprechen. Du wurdest am Hals verwundet, der Kehlkopf ist verletzt.«

Kummer nickte.

»Tara hat die Frau in den Arm gebissen, Miroslav konnte sie festhalten, die Leute vom Wohnwagen nebenan haben die Polizei gerufen. Ursula Homberger wurde verhaftet«, erstattete sie ihm in aller Kürze Bericht. Mehr musste er auch gar nicht wissen. Außer einer Sache. »Tara?«, krächzte er.

»Sie ist bei mir. Leider sind Tiere im Krankenhaus nicht erlaubt.«

Kummer genas ziemlich schnell. Etwas mehr als ein Jahr nach seiner ersten Begegnung mit dem Tod war es wieder so weit gewesen. Er fürchtete, dass ihn diese beiden Ereignisse Jahre seines Lebens kosten könnten. Ein alter Körper erholt sich nicht mehr so schnell.

Ursula Homberger legte ein umfassendes Geständnis ab. Ihr letztes Opfer, neben Kummer die einzige Überlebende, konnte sie identifizieren und berichtete von dem unerwarteten Überfall der Frau, die sie auf dem Campingplatz angesprochen und plötzlich angefallen hatte. Die Frau praktizierte Jiu-Jitsu und konnte sich wehren, trotzdem wurde sie schwer verletzt, schwerer als Kummer. Am Tatort fand man eine weitere Happy-Hippo-Figur, den *Beachboy*.

Obwohl sie dazu nicht berechtigt war, schickte Brandstetter die Audio-Dateien der Verhöre mit Ursula Homberger an Kummer. Er hörte sie in seinem Camper, der auf dem Campingplatz von Roger im Tösstal stand. Ein Stellplatz war frei geworden, und ausnahmsweise durfte er ihn bis zum kommenden Frühling mieten, auch wenn er keinen Wohnwagen besaß. Ob er den Winter hier verbringen würde, darüber wollte er noch nicht nachdenken. Er hoffte, bis dann wieder so fit zu sein, dass er in den Süden reisen konnte. Die schlimmste Phase der Pandemie schien vorbei zu sein, und das Reisen war wieder möglich. Es war seltsam, über den Kopfhörer Ursulas Stimme zu hören, ohne sie zu sehen.

»Ich habe im März meinen Job bei einer Catering-Firma verloren. Sechs Jahre lang habe ich dort gearbeitet, war keinen Tag krank, habe immer alle Schichten übernommen, unzählige Überstunden geleistet. Genützt hat es mir nichts. Können Sie sich ja vorstellen. Der Mensch zählt heutzutage nichts mehr, nur das Geld. Ich bin in ein Loch gefallen, weil dieses Virus, da bin ich mir sicher, uns alle über kurz oder lang dahinraffen wird. Ich wollte einfach nicht sterben, ohne eine Spur hinterlassen zu haben, und sei es bloß eine Blutspur.«

»Sie haben den Plan gefasst, Menschen auf Campingplätzen umzubringen?«

Die Verhörstimme gehörte zu einem Mann, Brandstetter war es nicht.

»Nein, ich bin auf dem Campingplatz gelandet, weil mir zu Hause die Decke auf den Kopf gefallen ist. Ich mochte nicht in diesem anonymen Block verrotten, zudem konnte ich mir die Wohnung nicht mehr leisten.«

»Sie kriegten doch Arbeitslosengeld.«

»Nein, ich habe mich nicht auf dem RAV angemeldet. Ich bin keine Bettlerin und keine Asoziale wie diese Rosa. Ich habe sie gleich am ersten Tag bei den Duschen getroffen, es war nur noch eine Kabine frei, sie hat mich vorgelassen und mit mir geredet, als ich fertig war. Danach hat sie immer gequatscht, wenn ich sie gesehen habe, das war so ein Opfer, die hat mich genervt. Richtig genervt. Auf einmal habe ich gewusst, was ich tun muss. Solche Leute verdienen es nicht zu leben, sie sind nur eine Last, und weil die Welt ungerecht ist, sind das wahrscheinlich die letzten, die an der Seuche zugrunde gehen. Das wollte ich ändern. Ich weiß, wie man jemanden umbringt. Ich habe mit sechzehn ein Mädchen umgebracht. Andrea hieß sie. Fragen Sie den Kummer, der weiß das alles. Der ist schlauer als ihr alle zusammen. Was nicht allzu viel heißen will. Ich habe so viele Spuren hinterlassen, und trotzdem hat er mich ewig nicht erwischt.«

»Sie sprechen von den Nilpferd-Figuren?«

»Genau, die habe ich aus Andreas Zelt gestohlen, als ich sie damals umgebracht habe. Die hat gar nicht gemerkt, was los ist, ich habe erst mit ihr geredet, ganz lieb, und ihr über die Haare gestreichelt, sie dann am Hals gepackt und zugedrückt. Die hat gezappelt wie blöd, zum Glück lag sie im Schlafsack und konnte sich nur eingeschränkt wehren. Ich habe mich auf sie draufgesetzt und ihr das Kissen aufs Gesicht gedrückt, das braucht Kraft, aber die hatte ich schon damals. Trotzdem hat es lange gedauert. Darum habe ich bei Rosa ein Messer genommen. Das ist effizienter. Und spektakulärer.« Kummer hörte, wie sie kurz auflachte. »Ich wusste, wo Andrea ihre Figuren hatte, die habe ich eingepackt und bin verschwunden. Ich habe sie nie weggeworfen und sie mitgenommen, als ich meine Wohnung verließ. Die letzten drei sind noch im Wohnwagen. Ich habe immer eine davon mit mir herumgetragen. Sie sollten mich daran erinnern, dass ich mehr bin, als ich scheine, dass die Leute Respekt vor mir haben sollten. Stattdessen haben sie mich ignoriert. Mein ganzes Leben lang. Nun aber war es mein Vorteil: Wer schaut schon auf eine wie mich? Eine Frau um die fünfzig, graue Haare, Freizeitbekleidung? Ich bin unsichtbar. Ich kann mich überall bewegen, niemand erinnert sich, niemand schaut mir nach, niemand nimmt mich zur Kenntnis. Nach dem Mord an Rosa hat die Polizei nicht einmal meinen Ausweis kontrolliert. An jenem Morgen bin ich Rosa begegnet und habe einen Entschluss gefasst. Ich bat sie, mir eine Schüssel auszuleihen, und sie hat mich in ihren Wohnwagen gelassen. Morgens um sieben, wer glaubt denn so was? Völlig nutzlos die Frau. Mit der Figur habe ich unterschrieben, aber es hat mich furchtbar aufgeregt, dass der Mord nicht die erhofften Schlagzeilen machte. Ich wollte, dass die Leute Angst haben.«

»Darum haben Sie noch weitere Morde begangen?«

»Natürlich. Ich bin mit dem Zug durch die Schweiz gefahren und auf Campingplätzen herumgegangen. Ich hatte keinen festen Plan. Bei der Frau in Interlaken wusste ich einfach, die ist es. Ich hatte vorher gehört, wie ihr Mann sie zusammengeschissen hat. Richtig mies. Sie ist dann in eine Duschkabine heulen gegangen, und ich habe sie getröstet, ihr sanft den Arm um den Hals gelegt und dann langsam zugedrückt. Keinen Mucks hat sie gemacht und sich auch kaum gewehrt. Ein richtiges Opfer eben.« Wieder lachte Ursula ihr trockenes Lachen. »Ich wollte in einem Touristenort zuschlagen. Ich wollte Panik, und die kam ja dann auch ein bisschen auf. Dank Kummer, der Alarm geschlagen hat. Die Mainstream-Medien haben natürlich wieder mal alles verschweigen wollen, die sind alle ferngesteuert, schon klar. Nur dank diesem Lokalblatt und den Kommentarspalten konnten sie irgendwann nicht mehr anders, als die Wahrheit durchsickern zu lassen.«

»Was ist mit dem Mann im Tösstal?« Diesmal war es Brandstetter, die fragte.

»Den habe ich im Café des Campingplatzes gesehen, der hat so saublöde Sprüche gemacht und ein Bier getrunken, noch vor dem Mittag. Der hat mich an Albert erinnert, und ich wusste, der muss weg. Ich bin ihm einfach in den Wagen gefolgt und habe kurzen Prozess gemacht. Danach hatte ich erst mal genug, die Panik war da, und ich konnte die Angst der Menschen genießen. Die Freundin vom Kummer habe ich nur angeritzt, um ihm zu zeigen, dass er so schlau auch nicht ist, wie er tut. Uiuiui, da ist er aber bös geworden.«

Kummer musste unterbrechen. Er ging zu Roger ins Café und trank einen Espresso, ehe er sich den Rest anhörte.

»Ich habe vier Menschen getötet, einen schwer verletzt. Damit bin ich wohl die schlimmste Serientäterin der Schweiz. Ich hätte gerne etwas anderes gemacht, damit sich die Leute an mich erinnern, aber man hat mir keine Chance gegeben, etwas anderes zu leisten, und so ist es auch recht. Dieses Corona hat mir gezeigt, wie schnell es vorbei sein kann, und ich bin froh, dass ich es gemacht habe. Schade, dass Kummer und die letzte Frau davongekommen sind. Die hatte so verfilzte Haare und schäbige Kleider, hauste in einem alten Bauwagen, daraus habe ich geschlossen, dass sie eine Drogensüchtige ist. Leider lag ich komplett daneben. Ich habe gewusst, dass Kummer mir näher kommt und ich über kurz oder lang verhaftet werde. Ich wollte meinen Zählerstand noch erhöhen. Ich weiß, einer Frau traut man das nicht zu, und mir schon gar nicht.«

Kummer schaltete das Handy ab, auf dem die Audiodatei gespeichert war. Er war sich nicht sicher, ob er sie nun ermuntert oder gestoppt hatte.

Tara stieß ihn mit der Nase an und legte den Kopf auf seinen Oberschenkel. Kummer stand auf, holte die Leine und ging mit ihr die Töss entlang, immer weiter, bis es dunkel wurde.

# *Glossar*

*Abwart* Hauswart

*Agglomeration/Agglo* Umland, stadtnahe Ortschaften

*AHV* Alters- und Hinterbliebenenversicherung, Kürzel für staatliche Rente

*Chilbi* Kirmes, Jahrmarkt

*Ennet* auf der anderen Seite, jenseits

*Giel* Junge

*Gümmeler* Rennradfahrer

*Gymi* Gymnasium

*Hock ane!* Nimm Platz, setz dich hin!

*Lädele* einkaufen, shoppen

*Matura* Abitur

*Momoll* doch, doch

*Posten* einkaufen

*Rächt häsch* recht hast du

*Rentner/Pensionär* Begriffe werden in der Schweiz synonym verwendet

*Stange* Glas Bier (0,3 Liter)

*Sürmel* mürrischer, verschlossener Typ

*Tamisiech!* Verdammt nochmal!

*Tobel* enge Schlucht, häufig im Wald

*Töfflibuben* Halbstarke

*Velo* Fahrrad

*Wähe* flacher Kuchen, bedeckt mit Früchten, Gemüse oder Käse

*Zmittag* Mittagessen

*Zmorge* Frühstück

*Znacht* Abendessen